Die Spuren des Paters
Descriptio Loci

Rudy Namtel

edition compact

FSC
www.fsc.org
MIX
Papier aus ver-
antwortungsvollen
Quellen
Paper from
responsible sources
FSC® C105338

Bibliografische Information der Deutschen Nationalbibliothek:
Die Deutsche Nationalbibliothek verzeichnet diese Publikation in der
Deutschen Nationalbibliografie, detaillierte Daten sind im Internet über
http://dnb.dnb.de abrufbar.

Impressum

© 2013-2014 All Rights Reserved
Rudy Namtel:
Die Spuren des Paters (Descriptio Loci)
edition compact
3. Auflage (Nov 2014) / 1. Compact-Auflage
Text: © Rudy Namtel
Bildmaterial: © Rudy Namtel Publishing unter
Benutzung einer Karte von 1642

Herstellung und Verlag:
BoD - Books on Demand, Norderstedt

ISBN 978-3-7347-3366-6

Prolog - 1192 in Passau	3
Kap 1 - Der 14. Juni 2012	8
Kap 2 - Der Morgen danach	20
Kap 3 - Die Bibliothekarin	29
Kap 4 - Bad Godesberg	43
Episode I - 1192 an der Donau	48
Kap 5 - Beim Stiftsbibliothekar	56
Kap 6 - Giftpfeile	66
Kap 7 - Kolb	73
Episode II - 1192 im Schwarzwald	79
Kap 8 - Engelburg	84
Kap 9 - Rudolphis Stapel	96
Kap 10 - Nachricht aus Moutier	102
Kap 11 - Vormittägliche Beifahrer	114
Episode III - Weihnachten 1192	123
Kap 12 - Der Abend des 16. Juni 2012	129
Kap 13 - Der Morgen des 17. Juni 2012	145
Kap 14 - Unweit des Sees	152
Kap 15 - Die Schlagzeile	165
Kap 16 - Am Flughafen Köln/Bonn	167
Epilog - 2013 in Passau	173
Nachwort	176
Über den Autor	178
Weitere Werke	179

Prolog - 1192 in Passau

Weiß eine Nonne, dass sie nur noch wenige Minuten von ihrem gewaltsamen Tod entfernt lebt? Die Ordensfrau im Passauer Kloster Niedernburg wusste es nicht.

Gisela strich nach ihrer Rekreation ihr Nonnengewand glatt. Ein schneller Handgriff prüfte den rechten Sitz der Haube. Dann verließ sie ihre Kammer.

Gleich stand das Abendgebet an. Die kurze Zeit, die ihr zuvor noch verblieb, wollte sie nutzen, um aus dem Wandelgang im ersten Stock einen Blick in Richtung Inn-Ufer zu werfen. Der Inn – sich wie eine riesige und mächtige Schlange der anderen mit Namen Donau annähernd, um sich im Spiel mit ihr zu vereinen. Und wehe, der Frühling entfachte das Spiel der beiden zu einem ausgiebigen und alles hinweg reißenden Liebesspiel! Gisela hatte schon erlebt, wie sehr die Wassermassen des Frühjahres ihre Kräfte spielen lassen konnten.

Leben erfüllte die freien Flächen und Ecken zwischen Inn und Donau. Marketenderzelte standen neben den kleinen Mannschaftszelten der Ritter und Soldaten. Mit den Feldherren war Hektik in das Areal eingekehrt. Die Männer suchten für ihre Rast auf dem Heimweg aus diesem Heiligen Krieg die Nähe von Klöstern und Bischöfen. Sie erhofften sich Schutz und Verpflegung gleichermaßen. Gisela wünschte sich so sehr, dass diese vergangene heilige Pilgerfahrt der Kriegsleute von größerem Erfolg für sich und den Herrn gekrönt worden wäre. Doch sie hatten Jerusalem nicht befreien können. Und um das Unglück ins Unermessliche zu steigern, hatte der Kaiser sein Leben im Wasser verloren. Jämmerlich ertrunken war er, so tuschelten die Männer.

Eine kurze Zeitdauer während einer Essensausgabe hatte die Nonne gestern benutzt, um aus erster Hand Näheres über den Feldzug zu erfahren. Ein Ritter namens Ottmar berichtete behänd und bildreich von den Gefahren und Entbehrungen auf ihrer langen Reise. Von den kalten und stürmischen Gebirgsüberquerungen weit hinter dem Land der Magyaren und dem Schweiß und den Entbehrungen beim Durchqueren der staubig-trockenen Ebenen. Mit Erschrecken hatte Gisela zur Kenntnis genommen, dass ganze Landstriche vor Konstantinopel von den Kaiserlichen

Truppen geplündert worden waren, um die eigene Versorgung vor dem Winter sicherzustellen. Plünderungen im Namen des Herrn! Die Zweifel in Gisela sägten an den Festen ihres Glaubens.

Vor etwas mehr als einem Jahr hatte sie das ewige Gelübde abgelegt. Ein Leben ohne den Herrn und nicht ausschließlich für den Herrn konnte sie sich nicht mehr vorstellen. Aus ihrer fast täglichen Arbeit mit den alten Schriften waren ihr verschiedene Gräueltaten im Namen des Herrn wohlbekannt. Aber eine direkte Konfrontation mit einem Augenzeugenbericht ging ihr doch stärker unter die Haut, als sie erwartet hatte. Nun bohrten die kriegerischen Nachrichten an die Festen des Glaubens.

Dieser Ottmar hatte auch umfangreich und in vielen Details über die Niederlagen und das Scheitern weit vor Jerusalem berichtet. Sollte das Heilige Land für die Kirche und den Glauben verloren sein? Ottmar hatte auf ihre Frage nur mit den Schultern gezuckt. Er als kleiner Ritter könnte dazu nichts sagen. Und für ihn wäre der Krieg jetzt zu Ende. Heim wollte er. Zu seinem Herrn. Ihn interessierte nicht, was Papst Clemens noch beabsichtigte. Er hoffte vielmehr auf eine Länderei. Vielleicht ersatzweise auf einen Dienst bei einem Bischof. Ob Landesfürst oder Bischof – das sei ja eh ein und dasselbe. Gisela konnte diesen Vergleich gut nachvollziehen und hatte ihm von den weltlichen Aufgaben der Kirchenmenschen erzählt. Darüber, was Mönche und Nonnen alles bewegten, wenn sie nicht beteten. Sie hatte ihm ein wenig von ihrer Arbeit berichtet. Und für einen kleinen, einen klitzekleinen Moment hatte Gisela beim Anblick dieses Ottmar sogar einen Gedanken daran verschwendet, wie es wohl gewesen wäre, wenn sie nicht den Herrn geheiratet hätte. Doch nur für den Bruchteil einer Sekunde – dann hatte sie das Gespräch abgebrochen und war errötet wieder ins Gemäuer zurück geeilt.

Dort unten bei den Zelten bereiteten sich die Truppen auf ihre Nacht vor. Gisela wusste nicht, wie lange die Männer noch hier verweilen würden. Aber wenn diese dort unten fortgezogen wären, würden sofort andere Heimkehrer über den Inn oder die Donau in kleinen Gruppen übersetzen und ihren Rastplatz auf dem Eck im Zusammenfluss der Ströme einnehmen. Sie alle wollten noch vor dem Winter zuhause sein. Es kam Gisela wie ein nicht versiegender Strom vor.

Sie strich noch einmal über ihr Gewand und begab sich in den Gang, der ins Innere des Klosters führte. Ein kühler Luftzug strömte ihr entgegen. Das Licht der Sonne brach sich an diesem Spätsommertag bereits am Horizont, doch noch waren in dem Gewölbegang keine entzündeten Fackeln von Nöten. Alle Ecken, Kanten und Stufen waren noch auffällig wahrzunehmen. In diesem dämmrigen Licht fiel ihr der Feuerschein im Spalt der Tür zum Skriptorium sofort auf. Gisela war überrascht. Jemand bei den Büchern? Wer mochte dort jetzt arbeiten, in ihrem Reich? Gisela fiel niemand ein. Die Nonnen versammelten sich ja gerade, und sie selbst war zwar nicht zu spät, aber doch schon zeitlich recht bedrängt dran. Keine der Nonnen hätte jetzt noch die Zeit, in Schriften zu lesen. Und Fremde hatten hier in der Klausur rigoros keinen Zugang. Wer oder was war dort?

Entschlossen öffnete Gisela die Türe. Knarrend schwang der Holzflügel auf. Gisela entdeckte den Umriss eines Mannes jenseits der Kerze sofort. Sie konnte zunächst nur seinen Rücken in der Lederweste erkennen, denn er stand abgewandt und studierte wohl etwas im Lichte einer zweiten, weiter hinten stehenden Kerze. Doch schon im nächsten Augenblick fuhr der Körper des Mannes aufgeschreckt durch das Türgeräusch herum.

„Ottmar! Was macht Ihr hier?" Gisela war entsetzt. Ein Mann im abgeschotteten Bereich des Klosters! „Was haltet Ihr dort in den Händen?"

Ottmar blickte sie nur stumm und kühl an. Offenbar erschreckte ihn die Störung nicht wirklich. Einen Soldaten, der die Grausamkeiten eines Krieges erlebt hat, überrascht wohl so leicht nichts. Langsam faltete er das Stück Papier in seinen Händen zusammen.

„Nicht, Ottmar! Das dürft Ihr nicht! Nicht knicken! Bitte nicht! Keines der Schriftstücke darf geknickt werden! Das wird sie zerstören!"

Doch der Ritter ließ von seinem angesetzten Handgriff nicht ab.

„Was ist das überhaupt, was Ihr da haltet?" Giselas Entsetzen klang nach wie vor aus ihren Schreien. „Was?"

Ottmar legte nur einen Zeigefinger auf seine Lippen und schob dann ganz ruhig nach: „Es gibt nichts, um das wir lärmen müssten."

Bevor Ottmar eiskalt lächelnd das Papier ganz gefaltet hatte, konnte Gisela das Werk am kunstvollen Titel erkennen.

„Oh nein! Descriptio Loci! Um Himmels Willen! Was macht Ihr?" Mit weit aufgerissenen Augen starrte Gisela auf das handschriftliche Kleinod.

„Liebe Gisela, Ihr haben mir gestern so überschwänglich von dieser einzigartigen Beschreibung erzählt – da kann ich nicht widerstehen. Einen solchen Schatz kann ich mir nicht entgehen lassen!"

Für einen kurzen Moment spürte Gisela trotz ihres Entsetzens einen Anflug von Bewunderung in sich. Ein Ritter, der des Lateinischen mächtig war! Doch dann stürzte Gisela auf ihn zu. Ihr weit aufgerissener Mund setzte zum Schrei an – da drückte ihr der Ritter seine Pranke auf die Lippen und erstickte so brutal jeden Laut. Mit der anderen Hand stieß er unvermittelt und vehement seinen Dolch zwischen ihre Rippen. Lautlos sank die Nonne zu Boden. Kein Laut könnte je wieder über ihre Lippen kommen. Die Eisenspitze hatte zielsicher ihr Herz getroffen und damit jeden letzten Schrei unterbunden.

„Ich lasse mir das nicht mehr nehmen. Der Herr sei mit Euch!" Er löschte das Licht und verließ hastig den Raum. Von außen schloss er die Türe ab und steckte den großen Schlüssel ein. Das würde ihm ausreichend Zeit verschaffen. Die Nonne konnte niemanden mehr alarmieren. Und niemand würde so schnell die tote Nonne entdecken. Noch weniger würde man direkt erahnen, welches Schriftstück er unter seiner Weste versteckte.

*

Pater Johannes untersuchte kniend den Boden des Tatortes. Dann schaute er zur Dechantin auf.

„Fehlt etwas?"

„Tut mir leid, Pater Johannes, ich kann es nicht sagen. Von den Codices ganz offenbar keines, denn wir konnten keine Lücken in den Regalen mit den gebundenen Schriften entdecken. Aber ob alle singulären Handschriften noch vorhanden sind, das vermag keiner zu bestimmen. Vielleicht wollte er auch etwas ...", die Dechantin stockte, „... ganz anderes von Schwester Gisela."

Nervös rieb sie ihre Finger. Pater Johannes erhob sich wieder und lächelte abschätzig, doch ging er darauf nicht ein.

„Und Ihr seid Euch sicher, dass es dieser Ottmar war?"

„Ja, ziemlich sicher, denn er verließ gestern Abend ganz überraschend und überstürzt das Lager. Andere der Ritter erzählten heute Morgen davon, ohne dass irgendwer schon von dem Vorfall hier wusste. Manch einer war über diesen hastigen Aufbruch sehr erstaunt. Sie wissen ja, wenn ein Ritter weiterziehen will, so wird er morgens in der Früh wohl vorbereitet das Lager verlassen. Aber sicher nicht so eilig in den Abendstunden wie dieser Ottmar."

Bruder Johannes nickte nachdenklich.

„Und, Pater, was werdet Ihr jetzt tun?"

„Nun, verehrte Dechantin, Bischof Wolfger hat mich beauftragt, die Sache zu klären. Und wenn es sein muss, auch einem Täter nachzujagen. Für den Bischof ist dieser Angriff auf sein Besitztum nicht hinnehmbar."

Der Pater nahm noch einmal die Regale im Schreibraum genauer in Augenschein. Doch was er auch an Codices und Einzel-Schriften entdeckte, vermittelte ihm keinerlei neue Erkenntnisse.

„Wissen wir, in welche Richtung der Ritter entschwand?"

„Ja, Pater. Reisende, die heute von Metten kommend hier ankamen, berichteten von einem Manne, auf den die Beschreibung Ottmars zweifelsfrei passt. Drei Reisegruppen gaben unabhängig voneinander die gleiche Beschreibung ab."

„Dann breche auch ich unverzüglich auf. Ich bin auf alles vorbereitet."

Wenig später verließ der Benediktiner-Pater Johannes das Kloster, ließ sich auf die andere Donauseite übersetzen und folgte dem nördlichen Ufer stromaufwärts. Er ahnte nicht, dass er Passau nie wiedersehen würde.

Kap 1 - Der 14. Juni 2012

Frank Braun drehte ein wenig am Gasgriff. Das dumpfe Grollen des bulligen Zweizylinders unter ihm schwoll zu einem die ganze Maschine in Vibration katapultierendes Donnern an. Frank liebte diese Beschleunigung, die trotz seines Festhaltens am Lenker auch seine Bauchmuskeln forderte, damit der Oberkörper nicht zu weit durch Masseträgheit und Fahrtwind nach hinten gedrückt wurde.

Die eintönige Autobahn, die ihn aus München hinaus geführt hatte, lag hinter ihm. Ab jetzt bestimmten kurvige Landstraßen den Fahrspaß. Klar, er hätte die schnelle Verbindung über Landsberg und Memmingen wählen können. Doch dann hätte er sein Ziel wahrscheinlich schon in der Mittagszeit erreicht – und dann? Es reichte vollkommen aus, wenn er erst am späten Nachmittag in Sankt Gallen eintreffen würde. Und die so gewonnene Zeit in Fahrspaß umtauschen konnte. Frank schmunzelte bei dem Gedanken, dass jeder termingehetzte Mensch von verlorener Zeit sprechen würde. Aber er hatte jetzt Muße für kleine Straßen durch das Hinterland gewonnen.

Frank verzichtete auch auf die Uferstraße des Starnberger Sees. So schön der Blick dort auch sein mochte – dem Motorrad-Erlebnis war der dortige Verkehr eher abträglich. Frank genoss das Schwingen durch die Landschaft. Tiefgrüne Wälder wechselten mit hellgrünen Feldern. Und mit jedem Landschaftswechsel änderten sich auch die Aromen, die seine Nase im Fahrtwind aufspürten. Er konnte riechen, in welcher Umgebung er gerade dahin rollte. Das hätte er im Auto nicht gekonnt. In einer solchen Blechdose hätte er sich wohl doch auf die Autobahn eingelassen und auch das Nadelöhr vor Bregenz in Kauf genommen. Oder gar für die fünf Kilometer Grenzübertritt die österreichische Maut bezahlt.

Er wollte den Tag genießen. Der Interview-Termin hatte ihm die Chance auf ein schönes, verlängertes Wochenende eröffnet. Und er hatte spontan zugegriffen. Heute am Donnerstag gemütlich nach Sankt Gallen fahren, am Abend dann das Interview mit Orschel führen, und am morgigen Freitag dann nicht gleich nach Hause reisen, sondern das Wochenende für eine ausgiebige

Motorradtour durch die Schweizer Berge nutzen. Perfekt! Und alles bis auf seine zusätzlichen Übernachtungen auf Kosten der Zeitung. An solch einem Tag liebte Frank seinen Job dann wieder. Raus aus der eintönigen Redaktionsarbeit! Nicht nur über Kultur in München und Umgebung schreiben, sondern auch einmal wieder etwas mehr von der Welt sehen. Das kam für Frank viel zu selten vor.

Er schwang sich auf seiner Maschine durch eine lang gezogene Kurve, überholte mit einem kurzen Gasstoß in Windeseile ein Auto und bremste vor der nächsten kurzgezogenen Linkskurve wieder ab. Diese Fahrt war auch der Startschuss zu einer perfekten zweiten Juni-Hälfte. Denn nach seiner Rückkehr am Montag hätte er nur vier Arbeitstage vor sich, bis er in seine Kölner Heimat führe, um bei der Hochzeit seines Jugendfreundes Armin dabei zu sein und anschließend eine Woche Urlaub in heimischen Gefilden zu machen. Doch jetzt erst einmal die Berge!

In seinen Gedanken durchlief er wieder seinen heutigen Streckenplan: über Füssen und Reute ins Lechtal, dann weiter hoch nach Warth und auf der anderen Seite des Arlberggebietes wieder hinunter in die Rheinebene und weiter nach Sankt Gallen. Frank schaute gen Himmel. *Was für ein Glückskind ich doch bin!* Es erfreute sein Bikerherz, dass die einzigen Wolken, die er entdecken konnte, weit entfernt über den Alpengipfeln schwebten.

Er drehte noch einmal am Gasgriff. Und Mary, wie er seine schwarze, fast dreißig Jahre alte Harley liebevoll getauft hatte, dankte es ihm mit aufgrollendem Herzschlag.

*

Ungefähr einhundertundfünfzig Kilometer entfernt packte in Riffian, einem Südtiroler Dorf, ein junger Mann in seinem Zimmer eine Reisetasche. In der benachbarten Küche werkelte eine ältere Frau am Herd. Der Duft frisch angebratener Kartoffeln erfüllte das Innere des einfachen Holzhauses.

„Du bleibst noch zum Mittagessen?"

„Nein, Mama."

„Wann wirst du denn wieder zurück sein, Andreas?" Die Frau wandte sich vom Herd ab und ging über die knarrenden Holzdielen zum Zimmer ihres Sohnes.

„Ich weiß es noch nicht, Mama."

Seine Mutter warf ihm einen vorwurfsvollen und prüfenden Blick zu.

„Du hast mir noch immer nicht gesagt, wohin du fährst."

„Ich kann nicht, Mama."

„Natürlich kannst du! Ich bin deine Mutter!"

Andreas schüttelte nur den Kopf.

„Es geht wirklich nicht. Versteh doch! Das gehört zu meiner Arbeit."

„Arbeit! Du und Arbeit! Was arbeitest du denn?", erwiderte die Frau in abfälligem Tonfall. Dabei fuchtelte sie mit einer Hand heftig in der Luft herum, so dass sie um ein Haar heftig gegen den alten Wäscheschrank geschlagen hätte. Andreas zuckte nur mit den Schultern.

„Signore Bartoli hat mir einen Auftrag gegeben." Seine Stimme blieb ruhig.

„Bartoli? Wer ist das?" Die Frau stemmte ihre Arme in die Seite, als wolle sie sich als Wand vor ihm aufbauen.

„Mama, mach es mir nicht so schwer. Du kennst ihn nicht. Aber er ist sehr ehrenwert."

„Dann erzähl mir mehr über ihn!"

Jetzt wurde Andreas' Stimme doch lauter. „Mama – bitte! Das geht nicht. Ich habe ihm versichert, über alles zu schweigen. Das gehört mit zu meinem Auftrag."

„Hm!" Seine Mutter schnaubte. „Aber mach mir keine Schande! Ich kenne dich. Dich und deine Bartolis." Als wollte sie ihren Sohn damit durchbohren, wurden ihre Blicke stechender.

„Lass sein, Mama! Ich weiß, was ich tu!"

„Du und wissen! Dass ich nicht lache! Ja, oft genug mit deinen fünfundzwanzig Jahren eine große Klappe. Und hinterher muss deine Mama dich irgendwo herauspauken wie einen kleinen Schuljungen."

Wortlos wandte Andreas sich ab und packte weiter.

„Mach doch, was du willst!", schleuderte die Frau ihm noch entgegen. Dann drehte sie ihm schwungvoll den Rücken zu und verließ die Tür zuknallend den Raum.

Andreas schaute sich noch einmal um und vergewisserte sich, dass er jetzt wirklich allein im Raum war. Er griff unter seine Matratze, zog einen Stoffbeutel hervor und fingerte nach und nach den Inhalt heraus. Bei der Pistole betätigte er noch einmal die Sicherungsarretierung. Das Ersatzmagazin war voll bestückt.

Einzeln und getrennt voneinander, so dass sie nicht aneinander schlagen könnten, versteckte er die Teile zwischen den Wäschestücken im Gepäck. Das Foto des Mannes, die Schweizer Telefonkarte und die Vignette steckte er in seine Brieftasche. Dann verschloss er seine Reisetasche und schaute sich noch einmal vergewissernd um, dass er auch nichts vergessen hatte. Er schnappte seinen Mantel und verließ sein Zimmer.

In der Küche drückte er seiner Mutter noch einen flüchtigen Kuss auf die Wange.

„Vielleicht bin ich morgen Abend zurück", brachte er zur Beruhigung heraus, obwohl er keine Ahnung hatte, wie lange es tatsächlich dauern könnte.

„Na also, geht doch!" Ein Lächeln huschte über das eigentlich ernste Gesicht der Frau. „Pass auf dich auf, mein Sohn!"

„Mach ich, Mama."

Dann eilte Andreas hinaus. Die Reisetasche warf er in den Kofferraum seines alten, silberfarbenen BMW Touring, stieg ein und brauste in Richtung Meran davon.

Mit einem flauen Gefühl im Bauch und einem Anflug von Traurigkeit aus dem Fenster blickend sah seine Mutter ihm hinterher.

Hinter Meran, auf dem Weg nach Westen, ging Andreas in Gedanken noch einmal die Anweisungen durch. Bartoli hatte ihm eingeschärft, um welche Art von Schriftstück es sich handelte und worauf er zu achten hatte. Das war nicht einfach gewesen – weder für Bartoli noch für Andreas. Denn Bartoli selbst kannte die Beschreibung nicht, hatte nur von ihr gehört. Vielleicht war es nur eine Notiz, eventuell aber auch eine Skizze. Aber Bartoli wollte sie unbedingt in seine Hände bekommen. Und alle zugehörigen Hinweise. Andreas hatte verstanden, worum es ging und worauf er zu achten hatte. Und was hatte Bartoli ihm eingeschärft? *Wie Sie dafür sorgen, dass es keine Mitwisser gibt, ist Ihr Problem.* Andreas hatte auch dies verstanden. Er würde Bartoli alles besorgen. Und niemand würde wissen, wer es gewesen war. Er würde allen beweisen, wie verlässlich er ist und wie gut er Aufträge zu erledigen weiß.

Bald schon hatte er den Abzweig in Richtung Schweiz erreicht. Es war nicht mehr weit bis zum Ofenpass.

*

Frank spürte jeden Luftzug. Reutte lag mittlerweile schon weit hinter ihm. Frank empfand wieder dieses prickelnde Gefühl des einsamen Reiters. Mary suchte sich ihren Weg wie eine erfahrene Mähre. Nur viel schneller. Und auch nicht mit eigenem Willen. Frank war doch froh, nur auf einer Maschine zu sitzen, die komplett und ausschließlich durch seine Handgriffe und Fußtritte gesteuert wurde. Im Umgang mit echten Pferden wäre er wohl hoffnungslos überfordert gewesen. Er liebte zwar Tiere, aber der erzieherische Umgang mit ihnen war nicht so sehr sein Ding. Schrauben schon eher.

Frank sog die Bergluft in sich auf. Nun ja, wirklich rein war die sicher nicht. In den wenigen Alpentälern drängte sich der Verkehr, auch wenn das hier keine Autobahn war. Der beigemischte Abgasgeruch war nicht zu überriechen.

Doch das störte Frank nicht im Geringsten. Es gehörte für ihn auch dazu – zum Sehen, Fühlen und Riechen mittendrin. Und er war jetzt mittendrin. Das war auch ein Grund dafür, dass er es nach wie vor ablehnte, auf seiner Mary einen Integralhelm zu tragen. *Ja, so ein Helm ist sicherer. Weiß ich.* Aber der geschlossene Helm vor dem Gesicht war wie ein Gefängnis. Frank liebte seinen vorne offenen Jet-Helm. Einfach den Wind mit allen seinen Gerüchen direkt spüren. Ja, leider auch mit allen seinen Insekten. Und Nadelstichen bei Regen. Aber das war Teil des Ganzen. Zum Schutz der Augen hatte er ja die Brille. Sie ärgerte Frank zwar dann und wann, aber dieses Teil war denn doch unverzichtbar.

Trotz des schönen Wetters kroch die Kühle der Höhe unter seine Lederjacke, die zwar länger geschnitten war und im Sitzen bis auf den Ledersitz hinunter reichte, aber trotz ihres Gürtels in der Taille die Windströme von unten nicht ganz abhielt. Der Zeitpunkt, sich aufzuwärmen, war wohl gekommen. Für eine gute Mahlzeit auch. Frank hatte seit dem Frühstück nichts mehr gegessen, nur bei seinen Zwischenstopps Mineralwasser getrunken. Jetzt forderte aber der Hunger sein Recht auf Befriedigung. Also kehrte Frank in Steeg in ein gemütliches Gasthaus ein. Die Sonne hatte schon ihren Zenit überschritten.

*

Andreas interessierte die Landschaft weniger. Er war in den Alpen groß geworden. Der Weitblick, die Höhe und die bizarren Berg- und Felsformationen zählten für ihn zum Alltag. Zum tagein, tagaus langweiligen Alltag. Aber nicht mehr lange – da war er sich sicher. Er hatte einen großen und wichtigen Auftrag übernommen. Und er würde ihn perfekt ausführen. Das Geld könnte ihm einen komfortablen Start in ein unabhängigeres Leben ermöglichen, aber mehr noch die Reputation, die er bei Bartoli nach erfolgreicher Mission genießen würde. Andreas sah sich schon in Bozen oder gar Mailand mit verantwortungsvollen Aufgaben eingesetzt. Er war kurz davor. Morgen hätte er es geschafft.

Der Ofenpass lag schon lange hinter ihm. Nur noch der Flüela-Pass, dann hätte er die Schnellstraßen erreicht.

Andreas achtete nach wie vor nicht auf das grandiose Panorama, das sich ihm bot. Er wusste, es gehört zu einem perfekten Job, keine Fehler zu machen. Ein Unfall auf der Anfahrt wäre für seine Mission fatal gewesen. Davon war der junge Mann überzeugt. Peinlichst wie noch nie zuvor in seinem Leben achtete er auf den Verkehr. Niemanden behindern, sich nicht reizen lassen, und um Himmels Willen nicht in eine Radarfalle tappen! Keine Spuren hinterlassen! Angespannt bis in die Fingerspitzen drillte Andreas sich zu perfekten Schritten. Das war sein Job! Bartoli hatte seine Fähigkeiten erkannt.

Jenseits des Flüela-Passes rollte er im Touristenstrom hinunter ins Tal. Vorbei an Davos und Klosters. In Landquart konnte er dann endlich auf die Autobahn fahren. Zum ersten Male in seinem Leben benutzte er eine Schweizer Vignette. Bartoli hatte auch wirklich an alles gedacht. Alles musste perfekt laufen. Nur kein unnötiges Risiko. Kein Handy, sondern nur öffentliche Telefone benutzen, nur Bargeld. Andreas bewunderte die gute Planung.

In eineinhalb Stunden würde er in Sankt Gallen sein. Noch früh genug, um sich in Ruhe auf seinen Einsatz vorzubereiten. Andreas trat aufs Gaspedal, jedoch immer mit einem Auge auf den Tacho.

*

Ungefähr zeitgleich mit Andreas traf Frank in Sankt Gallen ein. Es dauerte aber noch eine gute Viertelstunde, bis er endlich das Hotel in der Engelgasse erreicht hatte. *Das sind halt die Nachteile, wenn man zu faul ist, sein Navi heraus zu kramen. Aber das mache ich locker bei der Parkplatzsuche wett.* Frank grinste, als er direkt vor dem Hoteleingang sein Motorrad abstellte.

Bis zu seiner Verabredung hatte er noch gute drei Stunden Zeit. Ausreichend, um einen kurzen Erholungsschlaf nach diesem langen Motorradtag einzuleiten.

Auf dem Bett liegend ging Frank noch einmal die zurechtgelegten Fragestellungen durch. Aber viele waren das nicht. Denn er wusste ja nicht genau, warum Orschel um dieses Interview gebeten hatte. Aber er war sich sicher, dass es irgendetwas mit ihrem Gespräch von vor einem halben Jahr zu tun hatte. Warum hätte Orschel ansonsten ausgerechnet ihn, den Journalisten aus dem entfernten München, anrufen sollen. Darüber sinnierend dämmerte Frank in den verdienten, kurzen Schlaf. Die nächsten zwei Stunden nahm er nichts mehr von der Außenwelt wahr.

*

Draußen war die Dunkelheit bereits über die Stadt hereingebrochen.

Der stellvertretende Stiftsbibliothekar Gerald Orschel hastete an den Ausstellungsexponaten vorbei. Obwohl er hier einen klaren Heimvorteil haben sollte, schien er noch krampfhaft nach einem Ausweg zu suchen. Sein Gegner war dicht hinter ihm – das wusste er. Doch einen Ausweg konnte er nicht entdecken, obwohl er hier doch jeden Winkel kannte. Es ging ihm auch schon nicht mehr um diesen Ausweg – sein Ziel war etwas ganz anderes. Er hatte das Spiel verloren. Seit dem Augenblick als er erkennen musste, dass er an diesem schon fortgeschrittenen Abend nicht allein in diesen Räumen war und der andere bereits einen Schuss auf ihn abgegeben hatte, durchdrang ihn die Überzeugung, dass er den Abend nicht überleben würde. Denn hier gab es keinen Hinterausgang. Und noch bevor er eines der massiven Fenster eingeschlagen hätte, stände der Jäger in seinem Rücken. Er sah keine Chance, wenn der andere es nicht aus Großzügigkeit zuließe. Er dachte an Thomas. Die Nachricht hatte ihn gestern wie ein Blitz getroffen. Jetzt wollte er auch nicht mehr bis zum Letzten kämpfen ... Doch er konnte noch Entscheidendes verhindern und vielleicht eine Spur legen, die seine Häscher in ihren fernen Absichten behindern mochte. Aber dazu benötigte er noch ein paar Minuten Zeit. Der Killer durfte ihn noch nicht entdecken.

Er fürchtete um sein Leben und er hastete, doch er rannte nicht. Stattdessen schob er gefühlvoll wechselseitig die Füße wieder und wieder vor. Die Filzpantoffel schluckten jeden Geräuschansatz. Um Himmels Willen nur kein Klacken oder Quietschen der Schuhsohlen auf dem wertvollen Parkettboden provozieren. Doch dazu trieb ihn seine Sorge um den wertvollen Bodenbelag nur unmaßgeblich. Vielmehr versuchte er so sorgfältig, wie es ihm in dieser Gefahrenlage nur möglich war, jeden Ton in diesem hellhörigen und wenig Schall schluckenden Gemäuer zu unterbinden. Gerald schlurfte um die nächste Säule zum dahinter liegenden Schreibtisch. Für einen Augenblick spielte er mit dem Gedanken, den Alarm auszulösen. Aber dann würde auch sein Verfolger sofort wissen, an welchem Platz er jetzt war. Und sofort würden ihm die letzten entscheidenden Minuten fehlen. Aber vielleicht hatte er doch noch eine letzte Überlebenschance, wenn sich sein Gegner auf einen Informationspoker einließe. Vielleicht erlebte er den nächsten Tag ja doch. Er kannte ja nicht einmal die Absichten seines Verfolgers. Wurde er von seinem unsäglichen Kontakt gejagt? Oder hatte ein Dritter von der Sache Wind bekommen und wollte sich jetzt den Kuchen sichern? Wenn das so wäre, dann würde derjenige ihn als Informanten brauchen.

Gerald hastete in seinem Hirn die Varianten durch. Gab es für einen Dritten eine Möglichkeit, das Geheimnis ohne seine Hilfe zu lösen? Er war sich seiner Sache sicher, dass das ohne die schon zurechtgelegte Kombinatorik in seinem Kopf nicht gehen könnte. Ihn zu töten wäre gleichzusetzen mit dem Verlust des einzigen Schlüssels. War das vor wenigen Minuten doch nur ein Warnschuss gewesen?

Doch was wäre, wenn sein Jäger im Namen seines Kontaktes unterwegs war? Dann sah es für Gerald schlecht aus. Denn Bartoli wusste schon zu viel. Zwar noch nicht alles, aber die letzten Lücken für den ersten Schritt würde er vielleicht auch ohne den

Bibliothekar schließen können. Orschel verfluchte den Tag, an dem er sich zu diesem verhängnisvollen Kontakt hinreißen ließ. Er hatte geahnt, dass er die Bedeutung dieser Notiz gravierend unterschätzt hatte. Es gab offensichtlich Menschen, die hinter das Geheimnis kommen wollten und dafür über Leichen gehen würden. Gerald sah seine Chancen schwinden. Wer könnte helfen? Hier und jetzt – Gerald fiel niemand und nichts ein. Jemand aus seiner Familie? Sicher nicht. Da war niemand. Oder Maria? Maria hatte nicht die geringste Ahnung von seinen Absichten und Verbindungen. Und was sollte sie schon tun? Oder steckte sie vielleicht hinter alledem? Sie wusste ja auch etwas, wenn auch nur andeutungsweise. Orschel verwarf diesen Verdacht. Sollte er jetzt die Polizei anrufen? Vielleicht. Aber wenn die tatsächlich in einem Blitzeinsatz herbeikäme, wäre es schon vorher um ihn geschehen; da war er sich sicher. Gerald hoffte wieder trotz aller Gegenargumente auf den Dritten als Jäger. Aber wenn nicht?

Er drehte die bereits eingeschaltete, schwache Leuchte ein wenig herum, schob das aufgeschlagene Buch zur Seite und blätterte den Terminkalender auf dem Schreibtisch um. Fast in Gedanken versunken kringelte er den Termineintrag ein, den er jetzt schon seit über zehn Minuten verpasst hatte. Der könnte! Ja, sein eingetragener Gesprächspartner könnte das Rätsel lösen. Und ihm jetzt vielleicht helfen. In einer Kritzelei formte er gedankenversunken die Worte „er kann" neben den Termin. Vielleicht konnte er ihn irgendwie doch noch erreichen. Entschlossen griff er den Telefonhörer und wählte. Nach wenigen Klingelzeichen meldete sich eine Stimme.

Ein metallisches Klacken und ein betont deutliches Räuspern ließen Gerald auffahren. Der schwarz Vermummte richtete in der Türöffnung stehend seine Waffe auf Gerald. Stumm nur den Kopf schüttelnd gab er dem Bibliothekar zu verstehen, dass jetzt jedes Wort einem Selbstmord gleichkäme. Gerald biss sich auf die Unterlippe, sagte keinen Mucks und ließ die Hand mit dem Hörer sinken. Der Schwarze kam langsam näher, seine Waffe im Anschlag. Die Schritte waren laut zu hören, und ihr Echo hallte von den Wänden zurück. *Banause*, dachte Gerald trotz der akuten Gefahr, der er ungeschützt ausgesetzt war, und schaute auf die nicht in Filz versteckten Schuhe. Der Schwarze griff die Telefonschnur und riss sie mit einem kräftigen Ruck aus dem Wandanschluss heraus.

„Keine gute Idee, mein Freund! Es gibt jetzt nur einen, mit dem du redest. Und das bin ich!" Die Stimme klang durch die dicke Kopfhaube sehr gedämpft, was ihre bedrohliche Wirkung in dem Dunkel des Raumes noch verstärkte. *Mein Gott!* Gerald erschrak. Der Schwarze zuckte nur mit den Schultern. Gerald kam es vor, als lächelte der andere unter seiner Maske. Aber wirklich sehen konnte er das nicht.

„Was soll das?" Gerald war von sich selbst überrascht, dass er die Worte ohne zu zögern oder zittern herausbrachte.

„Bist du wirklich so dumm?" Der Schwarze stand jetzt direkt vor dem Schreibtisch. „Wie kann man nur so naiv sein!"

Er drehte die Schreibtischleuchte weiter zu Gerald, so dass der Schein den Bibliothekar stärker blendete. Doch Gerald konnte die Maskenöffnung im Gesicht seines Gegenübers noch immer erkennen, wenn er die Augen ganz leicht zusammenkniff. Und die Waffenmündung war trotz des schwachen Lichtes unübersehbar. Er erkannte, dass es sich um eine Pistole mit aufgesetztem Schalldämpfer handelte.

„Bartoli mag diese Unsicherheiten nicht."

„Welche Unsicherheiten?" Gerald hatte wirklich keine Idee, worauf der Schwarze anspielte. Das Szenario, das sich vor ihm aufbaute, ließ allerdings keinen Zweifel zu: Gerald wusste, dass es jetzt um alles ging.

„Er hätte gerne etwas von dir."

„Verdammt! Wer ist dieser Bartoli? Ich weiß nicht, was er will!"

„Verarschen kann ich mich allein! Du kennst ihn, das weiß ich. Und es gibt ein kleines Geheimnis, das du hütest. Ich bin mir sicher, du weißt auch was."

Hoffnung keimte in Gerald wieder auf. Sie wollten etwas von ihm. Er sollte also nicht einfach getötet werden, sondern sie brauchten ihn noch. Der Schwarze erwartete etwas, und Gerald ahnte auch, was. Es konnte sich nur um die Hinweise auf die Ortsbeschreibung handeln. Aber egal, über seine neueste Entdeckung konnten weder Bartoli noch der schwarz Maskierte vor ihm etwas wissen. Gerald hatte schon mehr, als nur irgendwer wissen konnte. Und hatte sogar schon eine Vermutung, wo er weitersuchen musste. Selbst in seinen Sicherheitshinterlegungen war noch kein Hinweis auf diese Fakten enthalten. Diesen letzten Hinweis wollte er niemandem überlassen. Und er wollte überleben. Jetzt musste Gerald pokern.

„Was?"

„Wo ist der Hinweis?"

In Geralds Kopf schossen die Gedanken kreuz und quer. Er wusste, was der Schwarze meinte. Doch was würde passieren, wenn er nicht nur den Hinweis, sondern sogar das gefundene Dokument selbst auf dem Präsentierteller servierte? Würde der Schwarze dann immer noch abdrücken? Wahrscheinlich ja. Gerald sah trotz des Gegenlichtes in die eiskalten Augen des Schwarzen in dem Maskenschlitz. Er vermochte keinen Hoffnungsschimmer für sich zu entdecken. Und wenn er sich irrte? Vielleicht ließen sie ihn ja am Leben und weitermachen. Gerald war keinesfalls bereit, das letzte Steinchen zu überlassen und gleichzeitig dafür zu sterben. Aber er konnte seinen Tod aus eigener Kraft wohl kaum verhindern. Er konnte nur hoffen. Doch würde er die Reaktion des Schwarzen erst erfahren, wenn er den Hinweis preisgegeben hätte. Er fasste einen Entschluss.

„Ich bin mir sicher, dass ich mehr herausbringen kann, als in dieser Notiz zur Handschrift des Kolb mitgeteilt wird. Ich glaube, ich bin auf der richtigen Spur. Wollen Sie oder Ihr Boss so einfach die Chance verstreichen lassen?"

Er pokerte. Seine Karten schienen nicht so schlecht. Vielleicht konnte er seinen Gegenüber durch demonstrativ zur Schau gestellte Kooperationsbereitschaft überzeugen.

„Liefern ist gut. Aber jetzt! Hier und gleich! Die Notiz bitte!"

Gerald sah seine Chancen schwinden. Der Schwarze schien auf Kooperationsangebote in keiner Weise einzugehen. Und das angedeutete Mehr schien ihn nicht zu interessieren. Oder verstand er die Andeutung nicht? Gerald hoffte auf Zeit.

„Ich hole sie."

Aber er zögerte noch. Erst als der Schwarze nickte, ging er die zwei Meter zu dem großen Wandregal und griff ein altes, in Leder eingebundenes Buch heraus. Zurück am Tisch schlug er eine Seite auf und zeigte mit dem Finger auf eine Textstelle. Die Augen des Schwarzen blickten skeptisch prüfend, dann knickte er eine Seitenecke um und klappte das Buch zu. Gerald spürte bei dem Anblick einen tiefgehenden Stich in seinem Innern. *Wie um Himmels Willen kann man mit solch einem Schatz so umgehen!*

Doch nichts war jetzt unerheblicher für seine Situation. Er hoffte, heil aus der Nummer heraus zu kommen, oder aber, falls das nicht gelang, seinen Mördern nicht das in die Hände fallen zu lassen, was sie letztlich unbedingt haben wollten. Doch Geralds Andeutungen waren nutzlos verpufft.

Der Schwarze schien zu grinsen, soweit Gerald das durch die Maske erkennen konnte. Er hob die Waffe ein wenig an. Die Bewegung ließ keinen Zweifel zu. Gerald würde aus der Nummer nicht heil herauskommen. Seine Unklarheit war beseitigt und sein Untergang besiegelt. Auch wenn er Ihnen einen klareren Hinweis oder gar die Handschrift gäbe, würde er sterben müssen. Er hatte die vermeintlich wichtigste Information gerade eben ja schon ausgehändigt, und trotzdem holte sein Gegenüber tief Luft, um sein Lebenslicht auszulöschen. In Sekundenbruchteilen schweifte sein Blick zu dem Buch, das er vor dem Telefonat auf die Seite geschoben hatte. Wenn er schon sterben musste, dann wollte er die letzte Chance, das Geheimnis weiterzugeben, nicht verstreichen lassen. Seine Hand lag jetzt auf dem Buch.

Das dumpfe „Plopp" begleitete den Feuerstrahl, der in dem schummrigen Licht aus der Mündig zuckte. Geralds Hand suchte Halt, klammerte sich im Todeskampf um die Buchseite und zerknüllte sie, während er langsam in sich zusammensackte und an der Schreibtischkante entlang schleifend auf den Boden fiel. Das Buch lag noch auf dem Tisch. Die herausgerissene Seite bot der im Todeskampf krampfenden Hand keinen Halt mehr. Sich am Boden krümmend blinzelte Gerald noch einmal auf das Papierknäuel in seiner Hand. Trotz seines Todeskampfes hoffte er noch, dass der Schwarze diesem Fetzen keine Bedeutung schenken würde, sondern den Handgriff als letzte Verzweiflungstat eines Sterbenden werten würde. Was es ja letztlich auch war.

Gerald spürte neben dem Schmerz die Wärme des eigenen Blutes, das langsam seine Brust einnässte. Er fühlte, wie das Leben aus ihm heraus floss. Dann zerfetzte ihm mit dem nächsten „Plopp" eine zweite Kugel das Hemd. Endgültig ging das Licht um ihn herum aus.

Mit vor Schmerz aufgerissenen Augen und starr gewordenem, glasigem Blick lag er tödlich getroffen auf dem Parkett.

Kap 2 - Der Morgen danach

Frank Braun verließ das Badezimmer und blickte dabei zu seinem Bett hinüber. Für einen Augenblick sog er das Strahlen von Rebeccas braunen Augen in sich auf. Welch herrlicher Kontrast zu ihren langen, hell-blonden Haaren! Frank stand auf Blond. Schon seit seinen ersten ernsthaften Erfahrungen mit dem für ihn damals so unendlich geheimnisvollen weiblichen Geschlecht war Blond für ihn die auserkorene Farbe. Mädchen schwarzer oder brauner Haarcouleur hatten verdammt schlechte Karten gehabt, falls sie etwas von ihm wollten. *Falls* sie wollten ... Aber Frank konnte sich auch noch gut daran erinnern, wie er damals wochenlang eine holde Weiblichkeit anschmachtete und weder diese noch irgendeine andere Schönheit an seiner Schule in Köln überhaupt irgendetwas von ihm wollte.

Aber jene Zeiten waren schon lange vorbei. Mit seinen 32 Jahren kannte Frank diese Befürchtungen nicht mehr. Allerdings überraschte ihn seine gestrige Eroberung doch – denn es war ja genaugenommen keine, wie er sich jetzt mit langsam klarer werdendem Kopf eingestehen musste. Wer hier wen erobert hatte, lag für ihn schon deutlich auf der Hand. Dieses Mal war er das Opfer.

Während er sich seine Jeans überstreifte, hüpfte Rebecca nackt an ihm vorbei ins Bad. Im Vorüberhuschen drückte sie ihm einen flüchtigen Kuss auf und kniff ein Auge zu.

„Ich beeil mich", flüsterte sie lachend.

Frank schaute ihrer Violinen gleichen Silhouette nach. Auch er lachte, sagte aber nichts, sondern schüttelte nur seinen Kopf. *Das ist mir noch nie passiert. Als hätte ich es nötig. Aber – war trotzdem schön. Einfach traumhaft.* Nach wenigen Minuten stand er fertig gekleidet mit seiner Lederjacke in der Hand am Fenster und schaute hinaus. Ein wenig anders hatte er diese Tage schon geplant. Er hatte sich alles so schön zurechtgelegt: Auf Kosten der Zeitung die Dienstreise hierher machen, gestern das Interview führen und dann den heutigen Freitag und das Wochenende für eine Tour durch die Schweizer Berge nutzen. Aber der heutige Tag war in diesem Sinne wohl verloren, denn jetzt musste er zusehen, dass das Interview heute stattfinden würde. Ohne

Ergebnis dürfte er sich nicht in der Redaktion blicken lassen. Die würden ihm seine Motorradtour garantiert heftig unter die Nase reiben.

Als Rebecca bereits nach etwas mehr als fünfzehn Minuten fertig vor ihm stand, war er doch sehr überrascht. Perfekt! Der rote, enge Rock unterstrich die aufreizenden Proportionen ihrer schlanken Taille und des wohlgerundeten Beckens messerscharf. Das Schwarz ihrer Lederjacke in Verbindung zum Blond der Haare und dem Rot des Stoffes formte für Frank das Bild einer sexuellen Freiheitstrikolore.

„Schon?"

„Klar, mein Herzchen. Macht die Routine." Charmant grinsend nahm sie die bereitliegenden Geldscheine und steckte sie ein. „Dass es auch mir gefallen hat, siehst du ja. Sonst wäre ich nicht bis jetzt geblieben. Du warst nicht schlecht."

Frank verstand diese Worte als vorzügliche Kundenbetreuung und drückte ihr noch einen Abschiedskuss auf.

„Ciao." Ein Anflug von Trennungsschmerz hemmte seine Stimmbänder.

„Ciao, mein Herzchen. Und falls du mal wieder ..." Ihm einen letzten aufreizenden Blick zuwerfend legte sie ihre Visitenkarte auf den Tisch und stakste in ihren roten High Heels grazil auf den Etagengang hinaus. Sie hatte es drauf, den Bauch eines Mannes zu pinseln und alles darunter feurig zu kitzeln.

Als sie die Tür zugezogen hatte, hing Frank ihr noch für einige Augenblicke nach. Diese Frau hatte seine Magengegend schon sehr zum Grummeln gebracht, gleich in den ersten Minuten am Abend zuvor. Und diese Schmetterlinge im Bauch hatten sich auch nicht wieder gesetzt. Dabei wusste er nichts über sie. Zweifelsfrei musste er annehmen, dass Rebecca auch bei ihm nur einen guten Job gemacht hatte. Wer weiß, vielleicht sogar widerwillig und nur gut geschauspielert? Frank hatte keinerlei Erfahrung im Kontakt mit Prostituierten. Und in ihr Innerstes hineinschauen konnte er schon gar nicht. Er zuckte nur leicht seine Schultern und machte sich klar, dass diese Nacht sicher für nichts ein Fundament gewesen sein konnte – für rein gar nichts.

Eine Minute später klopfte es.

„Hast du etwas vergessen?", rief Frank, während er schnell die Tür öffnete.

„Herr Braun?" Das Einheitsblau der zwei Uniformierten offerierte einen schlechten Ersatz für Rebeccas Trikolore.

„Ja ...? Sie wünschen?"

„Kantonspolizei. Entschuldigen Sie die Störung. Hätten Sie die Freundlichkeit, uns für eine halbe Stunde zu begleiten?"

„Ja ... äh, nein. Bitte – äh, worum geht es? Wollen Sie mich verhaften?"

„Oh, entschuldigen Sie, Herr Braun. Es ist wirklich nur eine Bitte. Normalerweise wäre Kommissar Gäggeler selbst gekommen, um Ihnen einige Fragen zu stellen. Aber weil er ganz akut nur sehr wenig Zeit hat ... Es ist wirklich nur eine Kleinigkeit. Sie können uns damit sehr helfen und Zeit sparen. Es ist sehr dringlich."

„Aber worum geht es denn?"

„Sie kennen Herrn Gerald Orschel?"

„Aber ja. Seinetwegen bin ich ja hier in Sankt Gallen."

„Es tut mir leid, Ihnen sagen zu müssen, dass Herr Orschel tot ist."

„Mein Gott! ... Deshalb ..." Frank wurde ein wenig bleich. Der Tod eines Menschen hatte ihn noch nie kalt gelassen. Gedankenversunken setzte er den Satz fort: „... war er gestern nicht da ..."

„Können wir?"

„Ja. Und – woran starb er?"

„Mord."

Frank schluckte. Mit dem Schock in den Gliedern streifte er seine Jacke über, steckte die Visitenkarte ein und folgte den Gendarmen. Das heutige Frühstück würde wohl ausfallen.

*

Wie alle anderen musste auch Frank die Filzpantoffel über seine Schuhe stülpen. Staunend schlurfte er durch den Barock-Saal. Die Pracht der kunstvoll in Ornamente eingefassten Deckengemälde fing ihn wie eine Traumwelt ein. Die Bilder schwebten in Bordüren, die die Form von Wolken hatte, hoch über den Köpfen der Besucher. Der Rest des Saales stand aber in nichts nach. Auf halber Höhe schmiegte sich eine begehbare Holz-Galerie mit kurvigem Schwung an die Wände und die Säulen. In ihrer Schlichtheit schon wieder prächtige Bücherschränke standen sowohl da oben auf der Empore als auch ebenerdig dicht an den Wänden. Alleinstehende Vitrinen aus Holz mit holzeingefassten Glasdeckeln verteilten sich innerhalb des Saals auf dem Parkettboden mit seinen kunstvollen Intarsien. In der Mitte des Saales stand ein riesiger, filigran mit vielen Drehebenen angelegter Globus. Frank fragte sich, warum Gerald Orschel ihn nicht hier empfangen wollte, wo doch schon ihr erstes Gespräch vor einem halben Jahr auch nicht hier stattgefunden hatte. Eine solche Pracht hätte ihrem Thema noch mehr Atmosphäre und Gewicht verliehen.

In der hinteren Ecke des angrenzenden Lesesaals empfing ihn der Kommissar.

„Es freut mich, dass Sie meiner Bitte gefolgt sind, Herr Braun. Ich bin Kommissar Gäggeler." Er reichte ihm die Hand.

„Angenehm. – Wie starb Herr Orschel?"

„Nun", Gäggeler stockte. Mit einem deutlich prüfenden Blick musterte er den Deutschen. „Ich hätte da erst noch ein paar Fragen, wenn Sie gestatten."

Frank spürte das ihm entgegenschlagende Misstrauen. Die freundliche Einladung war wohl doch nicht so ganz ehrlich gewesen. Gäggeler wollte ihm auf den Zahn fühlen.

„Nur zu, Herr Kommissar." Frank ahnte, welche Standardfrage jetzt auf ihn zukam.

„Wo waren Sie gestern Abend zwischen 21 Uhr 15 und 22 Uhr 15?"

„Ich wartete im Restaurant Metzgertor auf Herrn Orschel. Das war so ..." Frank ließ noch einmal den gestrigen Abend im Kopf-Kino ablaufen. „Also ... bis ungefähr Viertel vor Zehn wartete ich. Dann ging ich ums Eck in eine Bar mit Live-Musik, Rock Star oder Rock Story oder so ähnlich."

„Ja klar. Und Sie waren allein, vermute ich."

„Ja." Frank spürte den anklagenden Blick des Polizisten in seinem Gesicht.

„Und keiner oder alle haben Sie gesehen. Na toll!"

„Na ja, ... Moment! Also im Metzgertor bat ich die Bedienung ausdrücklich, mich auf dem Handy anzurufen, falls Herr Orschel doch noch auftauchen sollte. Ich hinterließ meine Nummer."

„Hm, Hm. – Und Sie glauben, das reicht? Sie hätten ohne Schwierigkeiten noch hierher eilen können."

„Moment!" Frank sah sich in die Enge gedrängt. Wie konnte so ein Verdacht überhaupt entstehen?! Er empfand Gäggelers Fragen als ziemlich unverschämt. „Im Rock Star oder Store, oder wie auch immer das heißt, haben mich auch Leute gesehen."

„Wer?"

„Nun ja, die Bedienung."

„Name? Oder Geschlecht?"

Frank war perplex. *Der hat sie doch nicht alle auf'm Kasten! Name!* Aber Frank erkannte, dass Gäggelers Frage gar nicht so abwegig war. Wer hatte ihn bedient? Frank hatte darauf überhaupt nicht geachtet. Er wusste es nicht. Er hatte seine Augen ganz woanders gehabt. Er kramte in seiner Jackentasche.

„Ich war im Gespräch." Frank reichte dem Kommissar die Visitenkarte.

„Rebecca!" Gäggelers Reaktion war kein Ausruf, sondern ein fast unterdrückter Fluch. Der Polizist nahm die Visitenkarte nicht an, sondern wählte auf seinem Handy die Nummer, ohne auf die Karte zu blicken.

„Ja, hier Gäggeler. ... Ja, Chris. ... Nein, rein dienstlich. Hast du – ... haben Sie gestern Abend mit einem Frank Braun im Rock Story zusammengesessen? ... Ja. Braun ist sein Nachname. ... Ach ... Kleinen Moment bitte!"

Gäggeler wandte sich an Frank. „Wie lange waren Sie denn mit der Dame zusammen."

Frank schluckte. Das Verhältnis zwischen diesem Kommissar und Rebecca war ihm nun gar nicht geheuer. Er zögerte, mit der Wahrheit heraus zu rücken. Was lief zwischen den beiden?

„Ähm ... also ... Wir gingen danach noch zu mir."

„Ins Weiße Kreuz?"

„Ja."

„Und? Für wie lange?"

„Bis Sie mich soeben abholen ließen." Frank schluckte noch einmal. Jetzt war es raus.

„Also, Reb-... meine Dame, wie lange? ... Oh ja! ... Also tatsächlich die ganze Nacht hindurch. ... Ich werde Sie nochmal anrufen." Gäggeler beendete sichtlich angefressen das Telefonat. Verkniffen starrte er Frank in die Augen.

„Sie ..." Das Wort klang wie eine dumpf gehauchte Drohung. Dann fing Gäggeler sich. „Also, die Dame bestätigt Ihre Angaben."

„Und? Was heißt das jetzt?"

Frank entnahm dem giftigen Bick Gäggelers, dass sie beide sicher nie Freunde werden könnten. Dabei hatte er doch weder ihm noch irgendwem anders aus dem direkten Umfeld etwas getan.

„Hm." Gäggeler verzog nur abfällig seinen rechten Mundwinkel und wandte sich ab.

„Kommen Sie, Herr Braun!" Frank überhörte die leichte Überbetonung des Wortes „Herr" nicht. Er folgte dem Kommissar um den Schreibtisch herum. Jetzt sah er die herausgerissene Telefonleitung anbindungslos und verloren auf dem Parkettboden liegen. Gäggeler zeigte mit dem Finger auf den Termineintrag im Kalender.

„Sie waren also gestern, den 14. Juni, um 21 Uhr 30 mit dem Bibliothekar verabredet?"

Frank nickte. „Aber er erschien nicht." Er schaute auf die Markierungen auf dem Fußboden. Klebestreifen. Wahrscheinlich hielt Kreide, die er eigentlich erwartet hätte, nicht auf dem glatten Parkett. Reste der Blutspuren waren noch deutlich erkennbar.

„Und was bedeutet diese Anmerkung?"

Frank zog die Schultern hoch. „Tut mir leid, Herr Kommissar. Vielleicht einfach, dass ich zu dem Termin kommen konnte. ‚Er kann'... Nein, etwas anderes fällt mir nicht ein."

Gäggeler blätterte durch den Kalender, indem er die Seiten vom Daumen gehalten in Reihe herunter rauschen ließ. „Eigenartig, dass er eine solche Bestätigung bei keinem anderen Eintrag vermerkte. Und nirgends sonst ein eingekreister Termin. Sie schienen ihm besonders wichtig."

Wieder zuckte Frank mit den Schultern. Er konnte sich nicht vorstellen, dass dieses Interview etwas außergewöhnliches sein sollte. Er schaute sich den Eintrag genauer an. Nur sein Name, eingekreist und ‚er kann'. Sonst nichts.

„Wie haben Sie mich gefunden?"

Gäggeler blickte kurz auf und schien zu überlegen, ob er sich auf diese Frage einlassen sollte. Er entschied sich für eine Gegenfrage.

„Wusste Orschel, wo Sie hier nächtigen?"

„Ja. Wir hatten sogar überlegt, ob wir das Interview im Hotel führen sollten. Aber Orschel empfahl dann doch das Metzgertor."

Gäggeler nickte kurz und sagte: „Okay. Wir fanden Sie per Telefon. Das letzte Telefonat, das von diesem Apparat aus geführt wurde, war ein Anruf im Weißen Kreuz. Die Verbindung stand allerdings nur wenige Sekunden."

„Mit wem sprach er?"

„Da er die dortige Zentrale anrief wahrscheinlich wegen der kurzen Dauer nur mit jemandem an der Rezeption. Aber wir konnten noch niemanden befragen, der über die Nacht dort Dienst hatte. Wir wissen noch nicht definitiv – falls wir das überhaupt definitiv klären können –, wen er sprechen wollte. Aber in der Gästeliste stießen wir auf Ihren Namen, den wir ja schon vom Kalender kannten. Aber erst seit wenigen Minuten weiß ich durch Ihre Angaben gesichert, dass tatsächlich Sie mit dem Eintrag im Kalender gemeint sind."

Frank hörte aus dem sich ändernden Tonfall in der Stimme Gäggelers, dass sich dessen Aversionen zu legen schienen.

„Und, wie starb Herr Orschel denn nun?"

Gäggeler blickte ihn nach wie vor abschätzig an, rang sich aber zu einer Antwort durch.

„Erschossen. Aus kürzester Distanz."

Frank schaute wieder auf die Klebestreifen.

„Und, wissen Sie schon mehr?"

Der Kommissar antwortete nicht, sondern dachte einen Moment lang über etwas nach. Nach einer kurzen Pause fragte er:

„Herr Braun, können Sie mit dieser Seite etwas anfangen?"

Er hielt ihm ein in eine durchsichtige Plastikhülle eingestecktes Stück Papier hin, das einmal sehr zerknüllt gewesen sein musste und an einem Rand deutlich rot gefärbt war. Frank schaute es sich genauer an. Er erkannte eine Katalogseite mit der Seitenzahl Drei. Das Papier schien irgendwo herausgerissen worden zu sein. Wahrscheinlich stammte das Blatt aus einem der Bibliothekskataloge. Der rote Rand war wahrscheinlich von Blut getränkt. Ganz offensichtlich handelte es sich um ein akutes Beweismittel, denn sonst hätte die Polizei dieses Stück nicht so verpackt.

„Eine Katalogseite, nehme ich an."

„Und die Notiz?"

Frank inspizierte das Blatt genauer.

„Vater unser und – was heißt das? Mit Notkerze? Lag das vielleicht in der Klosterkirche?" Frank konnte mit dem Eintrag nichts Rechtes anfangen. Er zuckte nur mit den Schultern.

„Okay, okay, Herr Braun." Gäggeler legte das Stück wieder auf den Schreibtisch. Direkt neben der Ablagestelle entdeckte Frank das aufgeschlagene Buch.

„Hier heraus?"

Gäggeler nickte.

„Darf ich?" Frank wollte das Buch greifen.

„Nein. Aber ich kann Ihnen den Titel nennen: „St. Gallen Codices". Sagt Ihnen das etwas?"

„Sie machen Witze, Herr Kommissar. Natürlich hat diese Bibliothek Verzeichnisse ihrer Schriften. Wer denn sonst wenn nicht die Bibliothek selbst?"

Gäggeler nickte und winkte ab. „Schon gut. Das Gespräch mit dem Bibliotheksleiter steht eh noch aus. Ich denke, er wird mir mehr sagen können, oder? Sind sie ein Fachmann?"

Frank wunderte sich über diese Frage. Warum hat Gäggeler ihm überhaupt Fragen zu dem Schriftstück gestellt, wenn er gar nicht einschätzen konnte, ob Frank fachlich etwas dazu sagen konnte. Ein Schuss ins Blaue?

„Nun ja, wie man es nimmt. Das Interview, das wir gestern führen wollten, sollte schon ein fachliches sein. Zugegeben – sicher nicht in allen Details höchstwissenschaftlich. Denn dann, so fürchte ich, würden meine Leser aussteigen. Aber tiefer als oberflächlich sollte es allemal sein. Sonst hätte Orschel mich sicher nicht kontaktiert."

„Er kontaktierte Sie? Nicht umgekehrt?"

„Nein, nicht umgekehrt. – Dieses Mal nicht."

„Dieses Mal?"

„Ja. Wir führten bereits schon einmal ein Interview. Damals fragte ich bei ihm an."

„Wann war das?"

„Vor zirka einem halben Jahr."

„Und – worum ging es?"

Frank wartete mit einer Antwort. Die Fragerei wurde ihm zu blöd. Was interessierte Gäggeler der Inhalt eines Zeitungsinterviews vor einem halben Jahr.

„Rein fachlich. Mittelalterliche Schriften. Ihre Bedeutung für unsere heutige Kultur, zumindest für unsere heutige Literatur."

„Sie arbeiten für wen? Das Fernsehen? Oder eine Zeitung? Oder ein Magazin?"

„Zeitung. Süddeutsche in München."

„Hm Hm." Gäggeler nickte. Aber offensichtlich war seine letzte Frage von ihm nur so dahin geplappert. Die Antwort interessierte ihn augenscheinlich nicht wirklich. Als driftete jetzt die Befragung in einen Small Talk ab. Doch das schien nur so.

„Einen Journalisten kann ich jetzt allerdings hier wahrlich nicht weiter gebrauchen. Ich denke, das verstehen Sie. Ich danke Ihnen jedenfalls für Ihre bereitwilligen Auskünfte. Hinterlassen Sie bitte bei meinem Kollegen, wie wir Sie in den nächsten Tagen und dann in Ihrer Redaktion erreichen können."

Gäggeler blickte ihn wieder scharf an und fuhr fort: „Hier haben Sie meine Karte. Vielleicht fällt Ihnen doch noch das eine oder andere ein." Dann fingerte er aus seiner Jackentasche seine Visitenkarte hervor. Während er sie Frank überreichte, fügte er in deutlich vernehmbarem abfälligen Tonfall hinzu: „Und die andere sollten Sie entsorgen."

Dann drehte er sich um und suchte das Gespräch mit seinem Kollegen. Frank verstand den Rausschmiss. Er hatte auch kein weiteres Interesse, mit Gäggeler weiter zu plaudern. Er verabschiedete sich und ging. Doch sein Interesse an dem Fall war forciert geweckt.

Kap 3 - Die Bibliothekarin

Frank setzte sich für eine kurze Pause zum Nachdenken auf einen der Stühle im Bereich vor dem Barocksaal.

Die Motorradtour zum Wochenende konnte Frank abschreiben. Jetzt einfach in die Berge zu fahren und so zu tun, als sei nichts geschehen, kam nicht in Frage. Das könnte er auch vor seiner Reporter-Ehre nicht rechtfertigen. Er selbst war direkt in einen Mordfall verwickelt! Mein Gott! Eine Schlagzeile war ihm in den Schoß gefallen – einfach so! Jetzt konnte er etwas daraus machen. Da *musste* er aktiv werden! Vielleicht ergab sich dann auch die Chance, aus dem Ressort „Kultur" einmal heraus zu kommen. Endlich etwas Richtiges! Auch wenn ihm viele der literarischen oder künstlerischen Themen Spaß machten, so hatte er doch diese Sparte immer als ein Abstellgleis empfunden, das ihn an seiner wahren Profession hinderte. Da half es auch nichts, dass er sich einen hervorragenden Ruf als Kenner der mittelalterlichen deutschen Kultur und sogar als exzellenter Kombinatoriker bezüglich mittelalterlicher Beschreibungen verschafft hatte.

Vor vier Jahren hatte er sich nach seinem Kölner Studium der Publizistik und Germanistik und anschließendem Volontariat um eine feste Anstellung bemüht und war in München gelandet. Die dortige Redaktionsleitung war anscheinend von dem jungen Journalisten angetan, machte ihm aber gleichzeitig klar, dass auch im Zeitungsleben die Ochsentour anstehe. Nicht gleich in die schlagzeilenträchtigen, publikumswirksamen Sparten mit blutrünstigen oder polit-aktuellen Themen einsteigen, sondern auch die Randbereiche kennenlernen. Frank wurde ein Job in der Kulturredaktion offeriert. Und Frank nahm an – denn große Auswahlmöglichkeiten hatte er nicht. Nur durfte das niemand ahnen, sonst wären seine Einstiegschancen noch schlechter gewesen. Er akklimatisierte sich schnell in der für ihn fremden Stadt. Doch einen wirklichen festen Freundeskreis hatte er bis heute noch nicht aufgebaut. Alles blieb in irgendeiner Form oberflächlich – ob es nun die Kumpels für die Motorradausfahrten, den Fußball oder das Bier am Abend waren oder die weiblichen Bekanntschaften für die späteren Stunden. Die richtigen Freunde oder die richtige Frau waren noch nicht dabei gewesen. Er vermisste seinen Kölschen Klüngel noch immer, in dem er nicht erst seit seiner Schulzeit auf dem Lindenthaler Apostelgymnasium groß geworden war. Und auch im Beruf hielten sich die Kontakte auf einem eher oberflächlichen Niveau. Und drehten sich immer um Literatur, um Sprachforschung oder auch dann und wann um Theater.

Jetzt hatte er die vielleicht einmalige Gelegenheit, den Beweis für andere Befähigungen zu liefern. Und – außerdem konnte er doch keinesfalls ohne irgendein Arbeitsergebnis aus diesem durch ihn selbst verlängerten Wochenende nach München zurückkehren. Was war hier im Gange? Warum wurde ein so biederer Mensch wie Gerald Orschel erschossen? Frank konnte sich keinen Reim darauf machen. Aber ein guter Journalist sollte Licht in die Hintergründe bringen können.

Eine junge Frau in einem modischen, aber streng und nüchtern geschnittenen petrol-blauen Kostüm kam auf ihn zu. Sie hielt einen Zeitungsausschnitt in der Hand. Ihr Blick wanderte immer wieder zwischen dem Fetzen Papier und Frank hin und her. Sie stutzte noch einen Moment, doch dann sprach sie ihn an.

„Herr Braun? Frank Braun von der Süddeutschen?"

Frank nickte erstaunt. Er kannte die Frau nicht. Höflich stand er auf. Er überragte sie um mehr als einen halben Kopf.

„Ja. Sie kennen mich?"

„So ist es. Von dem Bild hier. Ist ja nicht schwer." Sie reichte ihm den Zeitungsausschnitt. Doch schon während des Herüberreichens hatte Frank den Artikel erkannt – sein Orschel-Interview mit gemeinsamem Bild von vor einem halben Jahr.

„Ich bin Maria Brugger. Bibliothekarin hier in der Stiftsbibliothek."

„Freut mich." Er griff ihre zur Begrüßung ausgestreckte Hand.

„Sie haben das Unfassbare schon erfahren?" Ihre Frage schien eher rhetorisch, denn wenn Frank schon hier war, dann *musste* er es schon wissen. Frank nickte.

„Wirklich unfassbar." Während er dies sagte, fiel ihm die von mittlerweile getrockneten Tränen leicht verwischte Schminke um ihre braunen Augen hinter der sehr rechteckig designten Brille mit dickem, schwarzem Hornrand auf. *Au Mann! Schon wieder braun!* Sein Gedankenblitz zuckt einige Stunden zurück. Doch nur wie ein kurzer Nadelstich.

„Ich nehme an, auch für Sie und die anderen hier ein Schock."

Frau Brugger nickte und atmete einmal tief durch.

„Weiß irgendwer schon etwas näheres über die Hintergründe?"

Sie schüttelte den Kopf.

„Aber – Entschuldigung – Sie kamen auf mich zu. Kann ich Ihnen irgendwie behilflich sein?"

„Nein, Herr Braun. Es gibt nichts Bestimmtes. Ich wusste nur zufällig von Ihrem Termin gestern Abend. Und dann sah ich Sie heute Morgen mit den Polizisten hier eintreten, nachdem meine Befragung durch den Kommissar kurz zuvor beendet war. Und ich wollte Sie nicht einfach so kommentarlos hier sitzen lassen, als würde nur die Polizei sich um Sie kümmern. Wo Sie doch so weit angereist sind."

Frank nickte lächelnd und schloss dabei kurz, aber deutlich seine Augen als Ausdruck der willkommenen Zustimmung.

„Soweit ich es mitbekommen habe, war dieses Gespräch für Gerald, also Herrn Orschel, wohl sehr wichtig."

„Worum sollte es gehen, Frau Brugger?"

Die Frau zuckte mit den Schultern. „Ich weiß es nicht. Er sprach nicht darüber. Sie wissen es auch nicht? Ich habe es, wie gesagt, nur durch Zufall mitbekommen, als er in Ihrer Redaktion anrief."

„Hm."

„Wenn Sie einverstanden sind, dann können wir gern einen Kaffee trinken. Damit Sie nicht so ganz umsonst hier her gekommen sind." Sie zwang sich zu einem kurzen Lächeln.

„Das ist sehr freundlich, Frau Brugger. Das Angebot nehme ich gern an." Frank fiel jetzt zum ersten Mal seit Verlassen des Hotels sein ausgefallenes Frühstück ein.

Gemeinsam gingen sie durch die Gänge zum kleinen Büro der Bibliothekarin. Frank nahm auf dem einzigen Besucherstuhl Platz und nahm dankend die Tasse mit dem aus einer Thermoskanne ausgeschenkten Kaffee entgegen.

„Milch? Zucker?"

„Nein danke. Einfach schwarz."

Für einen Augenblick kehrte Stille ein. Offenbar war der Bibliothekarin nicht nach Small-Talk. Der Anlass verbot dies wohl. Frank musterte verstohlen seine Gesprächspartnerin. Die für sein Empfinden etwas zu große Brille wirkte trotz oder gerade wegen ihres breiten Randes nicht altmodisch. Und sie passte hervorragend zur Kleidung der Frau, denn sie verlieh ihrem Gesicht eine charmante Strenge, die in verblüffender Weise auffallend gut mit dem Alter der Frau harmonierte, wenn auch das Kostüm sie älter erscheinen ließ. Frank schätzte sie auf achtundzwanzig bis dreißig, also noch recht jung für den Job. Das glatt fallende, seitlich gescheitelte, knapp über der Schulter nach innen gelegte dunkelbraune Haar rundete das Erscheinungsbild ab. *Leider nicht blond,* dachte Frank. Das gesamte Styling der Frau wirkte stilsicher, aber unaufdringlich. Doch genau diese Unaufdringlichkeit in ihrer perfekten Gesamtheit schnitt sich in Franks Gedanken hinein. Die Frage der Bibliothekarin schreckte ihn auf:

„Sie haben gestern nichts von ihm gehört?"

„Nein, Frau Brugger. Ich war den ganzen Tag unterwegs. Das Handy war ausgeschaltet. Und am Abend wartete ich vergebens."

Die Frau nickte. „Und, was erzählte Ihnen die Polizei?"

„Nun ja, genau genommen nicht so sehr viel. Also – ich war ja gestern Abend um halb Zehn mit Orschel zu dem Interview verabredet. Aber er kam nicht. Die Polizei nahm mich ins Visier, weil unsere Verabredung in dem Terminkalender stand und der Bibliothekar zu ziemlich genau dieser Zeit erschossen wurde. Der Kommissar befragte mich nach dem Zeitraum von Viertel nach Neun bis Viertel nach Zehn. Also muss Orschel in diesem Zeitraum ..., ähm ..., erschossen worden sein."

„Und – wo waren Sie zu jener Zeit?"

„Zunächst im Restaurant, wo wir uns treffen wollten, dem Metzgertor, und dann im Rock Story, oder wie das auch immer heißt."

„Und – belegt?" Frau Brugger blickte ihn prüfend und für den Bruchteil einer Sekunde sogar misstrauisch an.

„Ja, Frau Brugger, belegt." Frank warf ihr einen etwas abfälligen Blick zu. Das hatte er nicht beabsichtigt, aber sein Missfallen über ihre Frage übermannte ihn für diesen einen Augenblick. Misstrauen beleidigte ihn.

„Okay!" Die Frau hob fast entschuldigend die Hände.

„Schon gut. Jedenfalls schien Orschel noch versucht zu haben, mich telefonisch zu erreichen. Er rief in meinem Hotel an. Aber nur ganz kurz. Vielleicht wurde sein Anruf unterbrochen. Doch das weiß ich nicht. Aber – es kann natürlich auch sein, dass der Anruf gar nicht mir galt. Und der Anrufer muss auch nicht zwingend der Ermordete gewesen sein. Auch der Mörder hätte dort anrufen können."

„Um Sie zu sprechen?"

Frank zuckte mit den Schultern. „Möglich. Auch wenn ich da keine Verbindung sehe. Aber im Weißen Kreuz wohnen ja auch noch andere Leute."

„Und – was noch?" In ihrer Ungeduld hatte Frau Brugger sich vorgebeugt, als wolle sie mit ihrem Blick in Franks Gehirn eindringen.

„Nun – Ihr ... Chef? – War Orschel Ihr Chef?"

Sie nickte.

„Also, Ihr Chef hatte den Termin mit mir besonders markiert und vermerkt ‚er kann'."

„Ja, den Eintrag hat mir der Kommissar auch gezeigt. Ich konnte mir aber keinen Reim darauf machen."

„So wenig wie ich. Und aus einem Katalog der Bibliothek war eine Seite mit einem Vermerk Ihres Chefs herausgerissen. Sie muss wohl im Blut gelegen haben."

„Was für eine Seite und was für ein Vermerk?"

„Etwas mit ‚Vater unser' und ‚Notkerze'. Damit konnte aber weder ich noch anscheinend dieser Kommissar etwas anfangen."

Sie schüttelte mit dem Kopf.

„Das hatte er mir nicht gezeigt. – Wo heraus gerissen?"

„Aus einem der Stiftskataloge. Glaube ich zumindest. St. Gallen Codices."

„Oh! Davon haben wir verschiedene Ausgaben. Wissen Sie welche?"

„Nein. Aber die herausgerissene Seite war eine Seite Drei."

„Da können wir gerne die Ausgaben durchsuchen. So viele sind es nun auch nicht."

„Aber die eine werden wir nicht finden. Denn ich denke, dass die Polizei das Buch mitnahm. Es lag auf dem Schreibtisch."

„Och, das macht nichts. Wir haben alle Exemplare als elektronische Kopien auch online verfügbar."

„Klar – hätte ich ja wissen sollen." Frank lachte.

„Aber dass auf der Seite eine handschriftliche Bemerkung stand – das sieht Herrn Orschel gar nicht ähnlich. – Oder es hatte etwas mit seiner Entdeckung von vor drei Monaten zu tun. Daraus machte er eine große Geheimniskrämerei. Auch untypisch für ihn. Seit der Zeit ..."

„Entschuldigung. Worum ging es da?"

„Ich weiß es nicht genau. Nur, dass es etwas mit einem Dokument zu tun hatte, das laut einer Anmerkung in einer alten Schrift schon vor Jahrhunderten von hier verschwunden sei. Gerald machte da einmal so eine Andeutung. Aber als ich nachfragte, war er zugeknüpft wie sonst nie."

„Irgendetwas mit ‚Vater unser' oder ‚Notkerze'?"

„Quatsch. – Oh, pardon! Ich weiß natürlich nicht, ob das Quatsch ist. Aber vorstellen kann ich mir das nicht. Wenn Sie wollen, können wir gern einen Blick in die Kopien werfen."

„Ja. – Aber mehr würde mich zunächst interessieren, was Ihr Chef auf seinem Computer hat. Falls er so etwas wie einen elektronischen Terminkalender führt."

„Einen solchen Kalender gibt es. Aber Gerald führte seine Termine nicht selbst. Das machte das Sekretariat für ihn. Er war ein Altmodischer. – Doch den Blick können wir uns schenken. Die Polizei nahm den Rechner heute Morgen schon mit."

„Klar. Auch das hätte ich mir denken können", stöhnte Frank. „Dabei hätte mich nicht nur sein Kalender, sondern noch mehr sein Schriftverkehr interessiert. Schrieb er Emails?"

„Ja. Da musste er aus seinen Gewohnheiten ausbrechen."

Frau Brugger dachte einen Augenblick nach.

„Vielleicht haben wir aber doch eine Möglichkeit. Auf seinem privaten Computer könnte etwas sein."

„Steht der denn auch hier?"

„Nein. In seiner kleinen Wohnung."

„Und – wie kommen wir da hinein ohne einzubrechen?"

„Mit einem Schlüssel." Dabei zog sie das Wort ‚Schlüssel' triumphierend in die Länge. Sie griff in die Schreibtischschublade und hob einen kleinen Bund in die Höhe.

„Oh. Sie haben eine Wohnungsschlüssel." Das rutschte Frank so heraus. Eine private Verbindung zwischen dem alten Orschel und der jungen Brugger hatte er nicht erwartet.

„Ach", lachte sie, „nicht was Sie jetzt denken. Gerald war alleinstehend, ohne Verwandtschaft, soweit ich weiß. Und sicherheitshalber hatte er hier einen Schlüssel deponiert. Man kann ja nie wissen. Und mich wählte er als Person seines Vertrauens. – Was Sie denken! Mit so einem Alten!" Trotz des traurigen Anlasses ihres Beisammenseins lachte Frau Brugger jetzt laut los. Dann fuhr sie fort:

„Wenn Sie wollen, können wir gern hinüber gehen. Seine Wohnung ist nur eine Gasse von hier entfernt."

„Und die Polizei?" Frank zuckte. In die polizeilichen Ermittlungen wollte er sich nicht direkt einmischen. Zumindest jetzt noch nicht. Mit Gäggeler wollte er sich nicht anlegen.

„Das werden wir doch direkt sehen, oder? Entweder ist die Wohnung unter polizeilicher Obhut – oder nicht."

Ihr Tatendrang überraschte Frank völlig. Er nickte, stimmte freudig zu. Ab sofort hatte die Frau bei ihm ‚einen dicken Stein im Brett'.

*

Nach wenigen Minuten betraten sie das dreistöckige alte Haus in dem südlichen Abschnitt der Gallusstraße.

„Keine Spur von Polizei – sehen Sie."

Schnell erreichten sie über die Holzstiege die erste Etage. Frau Brugger wollte gerade den Schlüssel einstecken, als sie sich erstaunt zu Frank herum drehte.

„Die Tür ist auf!"

„Doch Polizei?"

„Hm." Vorsichtig stieß sie die Tür auf. Beim Blick in den Flur war keine Menschenseele zu sehen. Langsam traten sie ein.

Ein heftiges Poltern schreckte die beiden auf.

„Da ist jemand!"

Frau Brugger unterdrückte aber einen Schrei und flüsterte den Ausruf nur.

„Woher kam das?" Frank sah die Überraschung im angespannten Gesicht der Frau.

„Das Arbeitszimmer, glaube ich!"

Die Frau schlich zu der Tür und drückte naiv, aber mutig die Klinke. Mit wilder Entschlossenheit warf sie den Türflügel auf. Frank erblickte den Umriss der schwarz gekleideten Person. Der Gegenstand in der Rechten des Eindringlings ließ sein Adrenalin in die Höhe schießen. In schnellem Sprung warf Frank seinen Arm von hinten um Frau Bruggers Hals. Mit voller Wucht zog er sie in den gegenüberliegenden Raum und riss sie im Fallen mit auf den Boden. Ein Schuss peitschte über sie hinweg. Mit heftigem Schwung knallte Frank noch liegend die Tür zu. Sie befanden sich im Badezimmer. Frank drehte blitzschnell den von innen steckenden Schlüssel. Das Schloss war jetzt verriegelt.

„In die Wanne! Schnell!", schrie er der Frau zu und zeigte auf das Bad an der gegenüber liegenden Wand. Maria sprang hinein und legte sich flach hin. Frank sah sie in Sicherheit, sich selbst presste er blitzschnell so eng es ging an die Wand direkt neben der Tür. Auch er dürfte kaum mehr in einem Schussfeld stehen.

Die Klinke wurde heruntergedrückt. Der Eindringling rüttelte erfolglos an der Tür. Im nächsten Augenblick feuerte er los. Frank atmete tief durch. Er sah die Verformungen im Holz, aber die Kugeln drangen nicht hindurch. Das Material der Tür war dicker oder härter, als er gedacht hatte.

Dann herrschte Ruhe.

Frank atmete tief und schwer. Er lauschte. Nichts mehr. Es war ruhig. Keine Schritte. Kein Schuss mehr. Vorsichtig und gleichzeitig mit einem leichten Anflug von Erleichterung, doch immer noch ausreichend vollgepumpt mit Adrenalin, lauschte er weiter angestrengt. Für einige weitere Sekunden herrschte absolute Ruhe. Dann hörte er die Wohnungstür zuschlagen und das entfernte Poltern von Schritten auf der Holztreppe, das langsam leiser wurde, je weiter die Schritte sich nach unten bewegten.

Frank wartete noch weiter zehn Sekunden, dann sperrte er das Schloss vorsichtig und geräuschlos auf, deutete dabei aber der Frau an, in Deckung zu bleiben. Langsam zog er die Tür auf, jederzeit bereit, sie mit einer heftigen Bewegung wieder zuzuschlagen. Er hörte keine Geräusche, er sah keine Bewegungen oder Schatten. Mutig schob er seinen Kopf vor und linste um die Ecken. Niemand zu sehen. Weder links noch rechts. Der Flur war leer.

Geräuschlos schlich Frank von Tür zu Tür. Dann hatte er Gewissheit. Der Eindringling war nicht mehr in der Wohnung.

Mutig geworden eilte Frank ins Treppenhaus. Dann hinunter ins Erdgeschoss, riss die Haustüre auf und schaute auf der Straße in beide Richtungen. Er sah zwar Menschen in der Straße, aber keine der Personen konnte er der schwarzen Erscheinung in dem Arbeitszimmer zuordnen. Er eilte wieder nach oben.

„Der ist über alle Berge!"

„Macht nichts. Hauptsache, wir sind noch da!" Zittrig stand Frau Brugger im Flur. Frank nickte.

„Einen Mordsdusel hatten wir." Er atmet noch immer schwer. „Wäre das nicht zufällig das Bad mit dem von innen steckenden Schlüssel gewesen wäre ... - Mein Gott!"

„Aber der Computer ist weg!" Sie zeigte auf den Schreibtisch, als Frank ihr ins Arbeitszimmer folgte. Die Verbindungskabel der Peripherie-Geräte baumelten lose ins Leere. Ein staubfreies Viereck deutete die Stelle an, an der bis vor wenigen Augenblicken noch der Rechner gestanden hatte.

„Der hätte uns glatt umgebracht!" Die Frau dachte nicht mehr an den Computer. „Mein Gott! Wenn Sie nicht gewesen wären ..." Immer noch zitternd, mit ängstlich aufgerissenen Augen starrte sie den Mann an.

„Ist vorbei." Frank nahm sie kurz in den Arm. „Ist vorbei", wiederholte er, während sein eigener Adrenalinspiegel langsam auf einen normalen Pegelstand sank. Dann schaute er sich um.

„Fehlt noch etwas?"

„Das kann ich nicht sagen." Maria Brugger zog die Schultern hoch. „Ich war nur drei- oder viermal hier."

„Gibt es hier noch etwas anderes von Interesse? Was meinen Sie?"

Sie schüttelte den Kopf, dachte dann aber einige Augenblicke lang sichtlich nach.

„Gerald machte einmal eine eigenartige Bemerkung. Wenn etwas mit ihm sein sollte, solle ich nach seiner Familie schauen. Aber damit konnte ich nichts anfangen. Ich wusste ja nicht einmal, was er mit ‚mit ihm sein sollte' meinen könnte. – Jetzt weiß ich es."

„Und? Hat er Familie? Sie sagten doch, dass er keine habe."

Maria nickte. „Hat er auch nicht. Zumindest nicht mehr."

Sie schauten sich im Zimmer genauer um. Doch außer einer Unmenge an Büchern konnten sie nichts Wesentliches entdecken. Auch die Notizen auf seinem Schreibtisch gaben nichts her. Das ganze Zimmer versprühte nur die Kälte eines Arbeitsraumes. Selbst die Wände waren, abgesehen von einer gerahmten Fotografie der Stiftsanlage, schmucklos. Hier hatte ein Asket geschaffen.

Frank warf einen Blick in das Wohnzimmer. Es war genauso schmucklos eingerichtet. Nein, Frank korrigierte seine Gedanken. Bei einem so strenggläubigen Katholiken wie Orschel schien das Wort ‚puristisch' angebrachter. Ein einfaches Sofa in klarer Formgebung, davor ein flacher Holztisch. Dazu noch ein schlichter Polstersessel. Aber kein Fernseher. Drei Stadt-Fotografien mit der Kathedrale und der Stiftanlage im Zentrum schmückten die weiße Wand, an der das Sofa stand. Ansonsten war der Raum schmucklos wie der Rest der Wohnung.

„Lassen Sie uns den Kotzbrocken anrufen."

„Wie?" Die Frau konnte mit Franks Aufforderung nichts anfangen. „Wen?"

„Ach – vergessen Sie's!"

Frank holte aus der Innentasche seiner Lederjacke das Handy und die zweite Visitenkarte hervor und rief den Kommissar an.

*

Zehn Minuten später fauchte Gäggeler herum.

„Verdammt noch mal! Halten Sie sich da raus!"

Wutschnaubend baute er sich vor Frank auf.

„Sie sehen doch, zu was ein solches Einmischen führen kann, Sie Amateur! – Und Sie haben nicht nur sich, sondern auch eine weitere Person ...", dabei blickte er zur Bibliothekarin, „... sinnlos in Gefahr gebracht!"

Frank stand diesem Wortfeuer zunächst hilflos gegenüber. Zaghaft startete er einen Versuch der Rechtfertigung: „Entschuldigen Sie bitte, aber wir ..."

„Ach, hören Sie auf! Um ein Haar hätte es hier zwei weitere Tote gegeben! Und alles nur, weil Sie Ihre Nase in unsere Angelegenheiten stecken. Und dass Sie auch noch eine unbeteiligte Frau dazu benutzen, hier Zugang zu erhalten, schlägt dem Fass den Boden aus!"

Frank sah aus dem Augenwinkel, wie die Bibliothekarin ihre Hand erhob und ansetzte, etwas zu sagen.

„Herr Kommissar!"

„Ja, Frau Brugger?" Gäggeler drehte sich zu ihr um.

„Ich ..." Sie stockte. Frank, hinter dem Kommissar stehend, schloss als deutliches Signal die Augen und gab ihr per Handzeichen und leichtem Kopfschütteln zu verstehen, dass Sie besser nichts sagte. Er ahnte, dass sie den Polizisten darauf hinweisen wollte, wer wirklich die treibende Kraft hinter dieser Wohnungsaufsuche gewesen war.

„Ich ... ach, das war alles ein wenig viel für mich." Ihr Blick suchte Frank, der ihr mit seiner zufriedenen Mimik zeigte, dass ihre Kehrtwende gelungen war.

„Keine Sorge, Frau Brugger. Ich glaube nicht, dass der Täter es gezielt auf Sie abgesehen hatte. Nach allem, was Sie beide mir berichteten, haben Sie den Kerl – falls es ein Kerl war – einfach nur überrascht. Schade, dass Sie ihn nicht näher beschreiben können. Aber beruhigen Sie sich. Hätte der etwas von Ihnen gewollt, wäre er nicht abgehauen."

„Hach, Herr Kommissar, das beruhigt mich aber."

Frank nickte für Gäggeler nicht sichtbar mit breitgezogenem Lächeln zustimmend.

„Glauben Sie mir, Frau Brugger, wir haben die Sache im Griff."

Dann drehte Gäggeler sich wieder zu Frank.

„Und wir beide? Wir haben uns verstanden?"

„Klar, Herr Kommissar."

„Bieler!" Zur Tür gewandt rief Gäggeler seinen Assistenten. „Wie sieht es aus?"

„Mit den Projektilen in der Tür können wir schon an die Tatwaffenbestimmung gehen. Da brauchen wir jetzt nicht auf die Lieferung aus der Patho warten. – Äh, ... natürlich nur, wenn es der gleiche Täter beziehungsweise die gleiche Waffe war." Bieler schaute seinen Chef unsicher an. „Na ja, das wissen wir natürlich nicht." Tief durchatmend wandte er sich wieder seiner Puhl-Arbeit im Türholz zu.

„Gut, Bieler."

Der dritte Ermittler kam in Orschels Wohnraum.

„Chef! Ich habe da etwas." Der Mann hielt ein bedrucktes Blatt in der Hand. „Könnte der Ausdruck einer Email sein. Aber auch etwas anderes, denn ein Email-Kopf ist nicht mit ausgedruckt."

Frank sah die Bibliothekarin mit dem Anflug einer Enttäuschung an. Da hatten sie beide doch etwas übersehen. Zwar führte Frank nun wirklich keine Ermittlungen durch – das war ihm klar –, aber sein Stolz hätte sich gern den Erfolg gegönnt.

„Inhalt?" Knapp und präzise fragte Gäggeler nach.

„Ich verstehe den Inhalt nicht wirklich, Chef. Also: ‚Der wahre Deutsche Schatz ging seinen Weg. So wie Sie der wahre Pfadfinder sind. Echte Burschen halten zusammen. Ich halte mein Wort. Sie sind ein ganz Großer'. Keine Unterschrift."

Gäggeler stutzte einen Moment. Man sah ihm an, wie er die Worte in seinem Gehirn sortierte. Für einige Sekunden blickte er nachdenklich zur Seite. Dann brach er los:

„Und was soll das denn? Das kann irgendetwas – was weiß ich? – sein! Warum finden sie das wichtig?"

Der Mann atmete sichtbar tief durch. „Ich dachte nur, Chef. Weil ... das ist überhaupt der einzige Ausdruck, den wir fanden. ... Und er war im Innern eines Wandbildes versteckt."

Gäggeler reagierte mit einer abwertenden Handbewegung.

„Legen Sie es zu den Akten. – Und nochmal zu uns, Herr ..." – dabei zog er das ‚Herr' auffällig in die Länge – „... Braun. Sie stören bitte meine Ermittlungen nicht! Sie stören bitte mein Privatleben nicht! Und Sie stören bitte das öffentliche Leben in unserer Schweiz nicht! Klar?", wobei seine Lautstärke stetig anschwoll.

Frank sagte nichts. Er nickte nur kaum merklich und dachte ‚Du Arsch!'. Mit einer Kopfbewegung signalisierte er der Bibliothekarin einen geordneten Rückzug. Maria Brugger verabschiedete sich höflich von Gäggeler. Dann verließen die beiden Orschels Wohnung.

„Warum sollte ich dem Kommissar nicht sagen, wie es wirklich war?", fragte die Bibliothekarin, als sie auf der Straße waren.

„Glauben Sie, das hätte irgendetwas gebracht? Ich nicht. Vielmehr wären Sie in die Schusslinie dieses Idioten geraten."

Sie nickte zum Zeichen, dass sie verstanden hatte, und blickte ihn von der Seite an, während sie ihre Schritte zurück zur Bibliothek lenkten.

„Sagen Sie, wenn ich fragen darf, was meinte er mit der Störung seines Privatlebens? Kennen Sie ihn schon länger?"

Frank blickte sie nur aus seinen Augenwickeln an, um dann ein langgezogenes und abfälliges „Pfffff!" von sich zu geben.

„Der leidet einfach an Verfolgungswahn! Der Trottel!"

Nicht willens, der Frau etwas über seine letzte Nacht zu berichten, ergänzte Frank seine Worte mit einem abschlägigen Abwinken mittels seiner Rechten.

„Okay. Geht mich auch nichts an." Maria Brugger hielt es für besser, nicht weiter nachzufragen. Es ging sie ja auch wirklich nichts an.

Schweigend legten sie die kurze restliche Strecke zurück. Rebeccas Augen gingen Frank nicht aus dem Sinn.

*

Immer noch wütend schaute Gäggeler aus dem Fenster im ersten Stock den beiden hinterher.

„Bieler, lassen sie alles Wesentliche in das Präsidium schaffen. Ich komme in zehn Minuten nach. Ich habe erst noch ein Telefonat zu führen."

Urs Bieler nickte geflissentlich. Er konnte sich denken, wem der Anruf gelten würde, nachdem er das morgendliche erste Gespräch zwischen Gäggeler und dem Deutschen bruchstückhaft aufgeschnappt hatte. Er kannte seinen Chef und dessen Vorlieben, wie er zu sagen pflegte, gut genug. Bieler wollte jetzt lieber nicht in der Nähe sein. Er und sein Kollege schnappten sich die zwei Kartons und verließen die Wohnung.

*

„Also jetzt die elektronischen Kopien?"

Frank nickte zustimmend. „Aber können wir vorher trotzdem noch einen kurzen Blick in Orschels Zimmer werfen?"

„Selbstverständlich, Herr Braun."

Die Bibliothekarin führt den Journalisten von ihrem Büro die wenigen Schritte weiter zu jener Tür, neben der das Plastikschild mit der Aufschrift ‚Gerald Orschel, stellvertr. Siftsbibliothekar' an die Wand geschraubt war. Frau Brugger öffnete die Tür.

„Wie sonst?" Die knappe rhetorische Frage fasste treffend seinen Eindruck zusammen. Frank blickt in ein Arbeitszimmer, dessen Schmucklosigkeit den nicht vorhandenen Glamour von Orschels Privatwohnung aufs Trefflichste ergänzte. Bücher und Akten, ansonsten Nüchternheit und Purismus.

„War die Polizei schon hier im Zimmer, Frau Brugger?"

„Ja, gleich heute Morgen. Ungefähr zu der Zeit, als Sie mit dem Kommissar sprachen."

Frank blickte sich noch einmal um. Der Computer war sowieso schon abtransportiert. Und in den Schriftstücken würde er sicher nicht mehr finden, als die Polizei schon entdeckt hätte. Das wusste er jetzt nach der Erfahrung in Orschels Wohnung.

„Okay. Danke, Frau Brugger."

Die Bibliothekarin ging hinaus auf den Gang in Richtung ihres Büros. Frank schaute sich beim Hinausgehen noch einmal um. Sein Blick fiel auf das einzige Bild im Zimmer, eng zwischen die Bücher im Regal gequetscht. Das Foto einer Familie. Orschels Familie? Selbst in seiner Wohnung hatte der Bibliothekar keine privaten Fotos aufgestellt – aber hier? ‚Nach seiner Familie schauen'. Marias Worte zuckten durch seine Gedanken. Frank ging zu dem Regal und nahm das verglaste Bild mit dem Holzrahmen in die Hand. Einer Eingebung nach der Erfahrung in Orschels Wohnung folgend öffnete er die Halterung auf der Rückseite. Zwischen Rückwand und Foto entdeckte er den Umschlag.

„Maria! Ich hab's!", rief Frank freudig.

Maria eilte zurück. Doch statt direkt auf den Brief zu schauen, blickte sie erst in Franks Augen.

„Hier bin ich – Frank."

Er stutzte. Dann musste er trotz aller Aufregung lachen.

„Oh, Entschul..."

„Das passt schon. Von mir aus bleiben wir dabei", unterbrach sie ihn mit einem stolzen Augenzwinkern. Frank nickte schmunzelnd. Jetzt erst betrachtete Maria den Umschlag.

„Was ist das?"

„Der Blick auf seine Familie! Das hier hat er wohl gemeint."

„Zeigen Sie ... - zeig her!"

Frank reichte ihr das Fundstück. Neugierig öffnete sie den Umschlag. Frank verfolgte gespannt jeden ihrer Handgriffe. Maria ließ den Inhalt auf den Tisch gleiten. Eine CD und ein gefaltetes Stück Papier lagen jetzt vor ihnen. Nicht mehr – aber auch nicht weniger.

Kap 4 - Bad Godesberg

Der gestandene Unternehmer Bultmann blickte aus seinem Bürofenster im sechsten Stock. Er liebte diesen Blick hinüber auf die andere Rheinseite. Das Grün der Wälder an den Berghängen oberhalb von Königswinter erfreute sein Herz, wann immer er es schon seit Kindertagen von hier aus erblickte. Er erinnerte sich noch daran, als wäre es gestern gewesen, als sein Vater ihn mitnahm und ihm von diesem Fenster aus die Schönheiten des Siebengebirges erklärte.

Jetzt stand er jeden Tag hier, wenn er nicht auf einer seiner vielen Dienstreisen war. Das hier war jetzt sein Reich. Und er war stolz auf sich, unbändig stolz. Zwar hatte er dieses Immobilien-Imperium nicht selbst aufgebaut, aber er hatte das Erbe seines Vaters mächtiger und lukrativer gemacht denn je. Bultmann-Immobilien – eine Macht in Bad Godesberg und der Rheinischen Bucht. Der Unternehmer war tief in dieser Stadt und ihrer großen Schwester Bonn verwurzelt. Zwar hatte er damals auch eine geraume Zeit Vorlesungen an einer anderen Universität gehört, doch er war erst wieder glücklich gewesen, als er für die letzten Semester seines Studiums wieder an die Rheinische Friedrich-Wilhelms-Universität in Bonn zurückgekehrt war. *Man verpflanzt keine deutschen Bäume!* Freunde, Tag- und Nachtleben, der Rhein, die Studenten-Verbindung – das alles hatte es für ihn nur hier gegeben. Und das galt noch immer.

Bultmanns Blick hüpfte die Kette der gegenüberliegenden Bergspitzen entlang und blieb am Drachenfels mit seiner markanten Burgruine hängen. Für Bultmann gab es seit jenen Kindertagen keinen Zweifel: dort hatte Siegfried seinen glorreichen Kampf mit dem Drachen Fafnir ausgetragen. Von Xanten kommend hatte der blonde Königssohn hier auf seinem Weg nach Worms Rast gemacht und so ganz nebenher die fast vollständige Unverwundbarkeit durch das Blut des getöteten Lindwurms erlangt. Wann immer die Familie Bultmann damals einen Ausflug zu dem Felsen gemacht hatte, hatte es den kleinen Reinhard in den felsigen Wald gezogen, um den Kampf seines Idols nachzuspielen. Dagegen war ihm die Fahrt mit der Zahnradbahn immer ein unbedeutendes und belangloses Stück Technikerfahrung gewesen. Ihn hatten solche Errungenschaften weitaus weniger interessiert als seine gleichaltrigen Spielkameraden. Für ihn zählte ausschließlich der Kampf des mutigen Helden gegen das böse Ungeheuer. Selbst Traumautos wie ein viersitziges Mercedes-Cabrio oder ein Porsche 356 hatten ihn kalt gelassen.

Der jetzt gestandene Unternehmer trug noch immer viel von dem kleinen Jungen in sich, auch wenn er mittlerweile den komfortablen und Blicke heischenden Luxusautos eine Menge abgewinnen konnte. Doch er war stolz, die kämpferische Faszination des Jungen konserviert zu haben. Noch immer sah er sich dann und wann in seinen Träumen als Blondschopf dem garstigen Drachen gegenüber treten und mit einem schwungvollen und kräftigen Hieb dessen Leben beenden. Bultmann war sein eigener Held.

„Herr Bultmann, Ihre Frau ist in der Leitung." Die Stimme von Simone Kraft, seiner Sekretärin, schnarrte aus der Sprechanlage.

„In Ordnung, Simone. Stellen Sie durch!"

Beim ersten Klingelton hob Bultmann den Hörer ab.

„Hallo Schatz! ... Nein, das vergesse ich natürlich nicht. Ich werde sie mitbringen. ... Nein, der Weiße ist schon okay für die Vorspeise. Aber beim Roten sollten wir genau hinschauen. Gerber ist da sehr pingelig. Ein edler Burgunder wäre so seine Richtung. ... Ja, aber ... Nein, nur Pinot Noir. Und achte darauf, dass nicht nur die Rebsorte Burgunder ist, sondern der Wein auch tatsächlich aus dem Burgund kommt. Du kennst ja Gerbers Marotten. Ob er es wirklich heraus schmecken würde, weiß ich nicht. Aber er wird sich die Flasche ansehen wollen. So gut kenne ich den guten Walter, unseren Burgund-Fetischisten. ... Nein, bestimmt nicht. Du machst das schon! ... Ja, ich dich auch. Bis später."

Bultmann legte den Hörer auf. Dabei betrachtete er das Bild seiner Frau auf seinem Schreibtisch. Doch er achtete wenige auf Brigittes Portrait als vielmehr auf sein eigenes Antlitz, das sich im Glas über dem relativ dunklen Foto spiegelte.

Hast dich gut gehalten, altes Haus. Auch wenn er nicht den kleinen blonden Jungen, sondern einen Mittfünfziger mit schütterem, grauen Haar sah, wirkte sein Gesicht auf ihn noch immer so strahlend und energisch wie vor zwanzig oder dreißig Jahren. Und der Schmiss auf seiner Wange unterstrich prägnant seinen entschlossenen Gesichtsausdruck. Bultmann wusste nie, ob

Brigitte ihn damals trotz oder wegen dieser Narbe in die engere Wahl gezogen hatte. Es war ihm letztlich auch immer egal gewesen. Wäre sie es nicht gewesen, hätte er eine andere gewählt. Hauptsache, die Frau an seiner Seite stand immer zu ihm – komme was wolle. Sie musste gut aussehend repräsentieren und Gäste bewirten können – wie Brigitte. Ja, Brigitte war eine gute Entscheidung gewesen. Wie fast alle seine Entscheidungen immer von Erfolg gekrönt waren.

Er freute sich auf das Treffen mit Walter Gerber am morgigen Abend. Auf einen gemütlichen Männerabend bei einem Pfeifchen und einem edlen Tropfen, bei dem die Damen gern zwischendurch auch dabei sitzen könnten. Nun war es nicht so, dass er und Walter sich seit Ewigkeiten nicht gesehen hätten. Obwohl sie mehr als hundert Kilometer auseinander wohnten, richteten die beiden Studienfreunde es immer wieder und regelmäßig ein, sich an einem Wochenende in Bonn oder Marburg, Walters Wohnort, oder auch einmal anderswo zu ihrem regen Gedanken- und Erinnerungsaustausch zu treffen.

„Herr Bultmann, Zürich ist in der Leitung!" Simones Stimme riss ihn aus seiner Vorfreude.

„Wer ist es?"

„Tut mir leid, Herr Bultmann, aber der Anrufer meinte, bei Zürich wüssten Sie schon Bescheid. Ist dem nicht so?"

„Doch, doch, Simone, ist schon in Ordnung. Stellen Sie durch!"

Bultmann hob nach dem Klingelzeichen ab.

„Hier Bultmann. ... Ja, Grüezi, altes Haus! Wie geht es euch Käse-Fressern denn so?"

Sein Lachen ließ die Glasscheiben seines Edelholz-Aktenschranks erzittern.

„Wir haben ja schon seit Urzeiten nichts voneinander gehört! ... Nein, kennst mich doch – alles bestens. ... Ja, der geht es auch blendend. – Und, was verschafft mir die heutige Ehre?"

Es trat eine längere Pause ein. Bultmann hörte gespannt der Stimme am anderen Ende zu. Sein Gesichtsausdruck wechselte dabei von freudig zu angespannt und weiter zu hocherfreut und überrascht.

„Nein! Nicht möglich! Das ist eine echte Überraschung! ... Perfekt! ... Oh, das ist natürlich bedauerlich. Wann? ... Gestern Abend? Ja, schlimm. ... Aber eine echte Spur? Zum wahren

Schatz? Dann haben sich unser Mühen und Geduld ja doch gelohnt."

Bultmann fingerte eine Zigarette aus der auf dem Schreibtisch liegenden Schachtel und zündete sie an, während er dem Anrufer weiter zuhörte.

„Wie, nur ein Fax oder eine Email – sonst nichts? ... Na ja, aber ... Nein, wie verlässlich ist es, dass dieser – wie hieß er gleich? ... Ja, dieser Orschel tatsächlich eine Spur hatte? ... Oh! Olala! Stellvertretender Stiftsbibliothekar. Na, dann wird er wohl tatsächlich irgendetwas gefunden haben. Wie gut können wir an weiteres Material, in welcher Form auch immer, von diesem Orschel gelangen?"

Bultmann zog den Dunst tief in seine Lunge ein.

„Ach, ja dann! Besser hättest du den Mann ja nicht platzieren können! Kompliment!"

Der dunstdurchsetzte Atem nebelte die Telefonmuschel beim Sprechen der Worte ein.

„Verlässlich? ... Sehr? Na, perfekt! Da hast du mir eine schöne Überraschung zum Wochenende übermittelt. Ich danke dir, Benni! Da habe ich jetzt ja schon die zweite Überraschung für meinen Gast morgen. ... Rate mal! ... Fast. Es ist Walter Gerber. ... Doch! Unser alter Walter. ... Och, gar nicht so selten. Viermal im Jahr mindestens. ... Da hast du recht. Das sollten wir schleunigst auch einmal machen. Du, wer weiß, vielleicht im nächsten Monat? Ein paar Tage Schweiz würden mir sicher sehr gut tun. ... Du, ich freue mich darauf. Aber ich denke, wir werden in den nächsten Tage sowieso in engerem Kontakt stehen, oder? ... Okay. Also – halt mich auf dem Laufenden! ... Ich dir auch. Tschüß."

Mit einem kleinen Freudenausruf legte Bultmann auf. Er ließ sich in die Lehne seines dicken Schreibtischsessels zurückfallen und nahm genüsslich einen tiefen Zug an der Zigarette.

„Wir haben eine Spur", murmelte er vor sich hin. „Nach mehr als 25 Jahren. Ach - was rede ich – nach mehr als 150 Jahren!"

In seinem Kopf lief wie in einem Film die Zeitenkette ab, seitdem die Burschenschaft in den Besitz des Buches gelangt war. 150 Jahre! Bultmann rechnete noch einmal nach. Es waren sogar über 170 Jahre. Von Generation zu Generation, von alten, erfahrenen Persönlichkeiten zu jungen, ehrgeizigen Studenten wurde das Werk immer wieder weitergegeben. Aber erst zu seiner Zeit, als er zu einem der Führer in der Verbindung aufgestiegen war, waren sie hinter das Geheimnis des Buches gekommen. Nein, nicht ‚sie' – er hatte es herausgefunden. Und das Geheimnis für sich behalten und nur Walter eingeweiht. Schließlich hatte er das Werk in seinen Privatbesitz übernommen. „Sicherheitshalber" – und jeder hatte zugestimmt. Es wäre jetzt auch kein Problem mehr, wenn die Gemeinschaft das kunstvolle Schriftwerk zurück fordern würde. Er würde es ohne Umschweife herausgeben – und die geheime Schrift daraus behalten. Keiner würde es je wissen. Auch die, die so wie Benni für ihn Augen und Ohren offenhielten, wussten nicht, woher er sein Wissen oder seine Vermutung hatte. Und auf Walter konnte er sich hundertprozentig verlassen.

Walter! Der wird Augen machen!

Der Männerabend würde in noch stilvolleren Bahnen ablaufen, als er es geplant hatte. Sich gegenseitig lobend könnten sie weitere Pläne schmieden. Ganz nach seinem Geschmack! Und die Welt in Staunen versetzen!

Und vielleicht würden sie dann sogar seinen sonntäglichen Überraschungsgast einweihen. Der hätte es verdient. Auch er war aus dem richtigen Holz geschnitzt. Auch wenn er nur der Bücherwurm gewesen war. Ein Jeder dreht dann und wann ja seine Sonderrunden im Leben, das war also nicht weiter schlimm.

Ein perfektes Wochenende stand bevor!

Bultmann nahm einen letzten Zug an der Zigarette und drückte sie dann aus.

Episode 1 - 1192 an der Donau

Für Johannes brach jetzt bald die dritte Woche seiner Jagd an. Vor zwölf Tagen war der mörderische Angriff auf das Besitztum seines Bischofs geschehen. Auch wenn es kein wirklich materiell oder kämpferisch zu fürchtender Angriff gewesen war, so galt es doch, die in diesem Mord schwelende Symbolkraft zu zerstören. Johannes wollte den hinterhältigen Mörder stellen und seiner im Sinne der Kirche gerechten Strafe zuführen. Niemand mordet eine Ordensfrau ungestraft! Jeder sollte wissen, was ihm blühen würde, wenn ...

Der Regen hatte die Kutte bereits seit mehr als zwei Stunden durchgeweicht. Johannes wollte den heutigen Tag nicht zu sehr ausreizen und etwas früher als an den anderen Tagen ein Nachtlager suchen, auch wenn er in diesen zwei Wochen bisher sehr auf das Tempo gedrückt hatte. Hatte es doch gegolten, den Vorsprung dieses Ottmar von weit mehr als einem halben Tag aufzuholen. Doch das erwies sich als schwieriger als ursprünglich gedacht. Der Ritter war ebenfalls sehr gut auf seinen Beinen unterwegs. Er schien es eiliger zu haben, als es Reisende üblicherweise hatten. In der Ebene zwischen Passau und Regensburg hatte Johannes nicht viel Zeit gut machen können. Der Weg entlang der Donau erwies sich als schwer, da die Auen weich und sumpfig waren und die Saumpfade tief und morastig. Entgegenkommende Reisende und vor allem die Schiffer, die ihre Boote stromaufwärts treidelten und dadurch langsamer als Johannes unterwegs waren, gaben dem Pater auf Nachfragen ein jedes Mal sehr hilfreiche Auskünfte, wann denn jener Kämpfer mit den Insignien des bewaffneten heiligen Pilgers sie passiert hatte.

Nach der ersten Woche hatte Johannes nur etwas mehr als drei Stunden aufgeholt, doch jetzt bekam er mehr und mehr feste Wege unter seine Füße. Der Boden war härter, und die Landschaft veränderte sich von Tag zu Tag mehr und mehr zu einer bewaldeten Hügelwelt.

Für Johannes waren diese Eindrücke jedoch keineswegs neu. Er durchwanderte diese Donaulandschaft nicht zum ersten Mal. Genauso wenig, wie er jetzt das erste Mal im Auftrag seines Herrn einen Missetäter jagte. Das hatte er schon des Öfteren vollzogen.

Als eine Art exekutiver rechter Hand des Bischofs hatte er über Jahre hinweg das Handwerk des Ermittlers und Verbrecherjägers erlernt und perfektioniert. Johannes durfte sich ohne Übertreibung als der beste Mann in des Bischofs Truppen bezeichnen. Ein Spezialist für alle Fälle.

Eine der einen viertel bis einen halben Tagesmarsch auseinander stehenden Herbergen tauchte am Wegesrand auf. Die Sonne, für Johannes unsichtbar, stand über den Regenwolken wohl noch lange nicht am Horizont. Doch der Pater wollte angesichts des Wetters nicht das Risiko eingehen, in die Dunkelheit zu kommen, ohne eine nächste überdachte Bleibe gefunden zu haben, und nass bis auf die Haut unter einem Baum schlafen zu müssen. Trocken hätte ihm so etwas nichts ausgemacht, aber dermaßen durchweicht?

Der Pater war von seinem Herrn gut ausgestattet, vor allem mit einigen kleinen, zum Abschlagen geeigneten Goldbarren ergänzt um eine kleinere Menge Pfennige, die jedoch, je weiter er reisen musste, genauso wie sein bischöfliches Legitimationsschreiben immer nutzloser werden würden, da er dann schnell in andere Hoheitsgebiete kam. Jedenfalls hätte er sich Nächte in Herbergen ohne weitere Gedanken leisten können. Doch nahm Johannes von einer solchen Verhaltensweise grundsätzlich Abstand. Materielle Werte vertrugen sich nicht mit dem Erscheinungsbild eines Mönchs. Die nach außen demonstrierte Einfachheit bot ihm Schutz und Erleichterung gleichermaßen. Den Schutz vor Überfällen, denn jemanden, bei dem offensichtlich nichts zu holen war, überfiel man nicht oder selten. Und die Erleichterung, weil Pilgern auf ihrer Reise meistens ein kostenfreies Dach für die Nacht geboten wurde, wie es der Glaube verlangte.

So betrat er als einfacher, armer Pilger die Herberge.

Der schäbig gekleidete Wirt begrüßte den Neuankömmling freundlich. Er ließ sich nicht anmerken, dass er über einen Gast enttäuscht sein könnte, der wohl wenig als Gegenleistung für seine Dienste hier lassen würde.

„Seid gegrüßt, frommer Mann."
„Gott sei auch mit Euch."
„Ihr sucht ein Lager für die Nacht."
Der Pater nickte.

"So kommt." Der Wirt führte ihn ohne Umschweife und ohne ihn weiter in Augenschein zu nehmen in den nächsten Raum. Der flache Boden war mit Stroh ausgelegt. Einfach, simpel, wie in den anderen Herbergen am Wegesrand auch. Johannes nickte zufrieden.

"Die Plätze dort hinten sind schon belegt, wie Ihr seht. Der Rest steht zu Eurer Auswahl."

Johannes sah die beiden Wanderer am anderen Ende des Raumes, vielleicht sechs Schritte entfernt. Der Pater wählte seinen Platz an dieser Seite. Möglichst weit Abstand zu Fremden während der Nacht zu halten, hatte sich schon immer für ihn als eine der besten Vorbeugemaßnahmen erwiesen.

"Dann kommt, so es Euch danach ist, in die Stube ans Feuer, um Euch und Eure Kleidung zu trocknen."

Lediglich seinen Wanderstab legte Johannes als Markierung für seine Belegung auf den gewählten Schlafplatz, dann folgte er dem Wirt zurück in den Gastraum. Der Pater war peinlichst darauf erpicht, alle seine Habseligkeiten auf einer Wanderschaft nie aus den Augen zu lassen. Selbst in leeren Räumen konnten Sachen von nur geringem Wert Beine bekommen. Ein verschwundener Wanderstab wäre dagegen kein großer Verlust gewesen, denn einen neuen zu brechen sollte nun wahrlich kein Hexenwerk sein. Johannes setzte sich auf einen der Schemel und schnallte seine Trippen, die hölzernen Unterschuhe, von seinen Lederschuhen.

"Sagt, Herr Wirt, wie weit ist es von hier bis zum Kloster Neuburg?", fragte Johannes, während er seine Kutte ablegte.

"Nicht sehr weit, Herr. In einem Tag werdet Ihr die Benediktinerinnen erreicht haben."

Nickend legt Johannes auch seine Weste ab. Nur noch ein Tagesmarsch bis zum nächsten Kloster – die Tatsache machte ihn zufrieden. Wann immer er es einrichten konnte, zog er ein Kloster, vor allem, wenn es von Benediktinern oder Benediktinerinnen bewirtschaftet wurde, jeder anderen Herberge vor. Eine solche Gemeinschaft bot ihm mehr Sicherheit und auch einen angemesseneren Raum für das Gebet, das trotz seiner sehr weltlichen Aufträge für den Pater nie an Bedeutung verlor.

Die beiden anderen Gäste traten aus dem Schlafraum in die Stube. Welch eine Überraschung! Der Pater erkannte die Insignien sofort! Auch das restliche Äußere des Mannes traf die bekannten Beschreibungen auf das Trefflichste. Johannes war heilfroh, den Wirt nicht bereits nach dem Ritter befragt zu haben.

Nur wenige Schritte von ihm entfernt stand Ottmar!

In gewohnter Routine ließ Johannes sich nichts anmerken. Der Ritter konnte ihn ja keinesfalls kennen. Er würde nicht einmal irgendetwas von ihm gehört haben, denn dann hätte ja irgendwer schneller als der Pater den Weg zurückgelegt haben müssen. Das hielt Johannes für unmöglich. Nur reitende Boten wären schneller gewesen. Aber er konnte sich nicht erinnern, auch nur einen einzigen in den zwei Wochen an sich vorbei eilen gesehen zu haben. Er brauchte sich also nicht zu verstecken. Der Ritter konnte nichts von ihm wissen. Allerdings würde er auf dem weiteren Weg aufpassen müssen, sollte ihm der Ritter noch einmal begegnen, da er ihn ja heute Abend wohl wahrnehmen würde.

Doch zu einer weiteren Begegnung wollte Johannes es sowieso nicht kommen lassen. Er wollte seinen Auftrag heute Abend erledigen. Er beobachtete den Ritter und seinen Begleiter möglichst unauffällig aus den Augenwinkeln, als sie sich am Nachbartisch niederließen.

Die beiden scherzten, feixten und lachten. Ihre gute Laune war ihnen allenthalben anzumerken.

Der Wirt servierte allen Gästen, zwei weitere waren zwischenzeitlich noch eingetroffen, eine dünne Suppe. Und während Johannes die Mahlzeit schlürfte, grölten die beiden Kumpane am Nachbartisch weiter laut vor sich hin, immer wieder einen Schluck von dem billigen kredenzten Wein nehmend. Welch glorreiche Taten sie doch vollbracht hatten! Und welch weltbewegende Abenteuer ihnen widerfahren waren! Mal prahlte der eine, dann brüstete sich der andere.

Johannes folgte dem Treiben aufmerksamen Blickes. Das Verhältnis der beiden zueinander war ihm noch nicht ganz klar. Nach allen Beschreibungen und allen Auskünften, die er unterwegs erhalten hatte, reiste Ottmar allein. Wenn dem tatsächlich so war, dann waren die beiden Gesellen am Nachbartisch erst seit kurzem miteinander unterwegs. Oder hatten sie sich schon vorher gekannt? An einen solchen Zufall wollte Johannes nicht glauben. Nach allem, was er wusste, kannten sich die beiden folglich erst seit kurzer Zeit. Flüchtige Weggefährten, die den Augenblick der Gemeinschaft auslebten.

Draußen peitschte der Wind den Regen heftig gegen das holzgedeckte Dach. Das Knistern des offenen Feuers wurde lautstark übertönt vom Prasseln des Regens.

„Und glaube mir! Ich bin ein gemachter Mann! Der Feldzug hat mir Glück gebracht!" Laut prahlte Ottmar vor seinem Tischnachbarn.

„Ach was redest du! Nur der Papst, die Bischöfe und vielleicht der Kaiser stecken sich bei einer solchen Pilgerfahrt die Taschen voll! Na, der Kaiser allerdings jetzt auch nicht mehr!"

Laut prusteten beide vor Lachen los.

„Aber du irrst, Burkhard! Ein manches Mal ist das Glück auch den einfachen Rittern hold."

„Welch ein Unfug! Noch nie habe ich erlebt, dass ein treuer Gefolgsmann so viele Güter für sich vereinnahmen konnte, dass er danach ein gemachter Mann war. Hätte er auch nur einen Sack mit Kostbarkeiten geschultert, so würden ihn die Obrigkeiten oder Diebe schon bald erleichtern."

„Du bist nicht schlau genug, mein Burkhard! Es geht auch ohne Sack oder Karren. Schau her!"

Ottmar griff unter seine Weste und zog ein Pergament hervor.

„Weißt du, was das ist? – Mein zukünftiges Leben. Mehr wert als ein Sack voller Gold oder ein Karren voller Edelsteine!"

Überschwänglich wedelte Ottmar vor Burkhards Gesicht mit dem Schriftstück hin und her.

„Was soll das sein?"

„Die Beschreibung des Ortes mit dem größten Schatz, den du dir vorstellen kannst." Stolz schwellte Ottmar alkoholgetrieben seine Brust.

„Zeig her, du Aufschneider!"

Burkhard griff nach dem Pergament. Schnell zog Ottmar es zurück. Den erhobenen Zeigefinger der freien Hand hin und her schwenkend maßregelte er:

„Na, na, na! Hübsch zurück halten, mein Freund! Ich zeige es dir. – Aber Finger weg!"

Langsam entfaltete Ottmar das Schriftstück. Im Schein des Feuers konnte Johannes vom anderen Tisch aus einen Blick darauf werfen. Er erkannte sofort an der kunstvoll ausgeschmückten Überschrift mit dem farbenfrohen Eröffnungsbuchstaben das Dokument! Descriptio Loci! Mein Gott! Johannes hatte genug Einblick in die Bibliotheksschätze, um die wichtigsten Stücke sofort zu erkennen. Descriptio Loci! Einer der größten Schätze, die das Kloster in Passau beherbergte! „Beherbergt hatte" korrigierte sich Johannes in Gedanken. Warum um Himmels Willen hatte niemand den Verlust nach der Tat bemerkt? Hätte er gewusst, dass und vor allem was dieser Ottmar entwendet hatte, hätte er niemals die Verfolgung allein angetreten, sondern die sofortige Bereitstellung einer Reiterschar zur schnellsten Dingfestmachung des Delinquenten beim Bischof erwirkt. Johannes war sich sicher, dass der Bischof unverzüglich eingewilligt hätte. Descriptio Loci! Johannes kannte den Urheber des Werkes nicht. Die einen sagten, es sei hundert Jahre alt, andere sprachen von über zweihundert Jahren. In jedem Fall galt es als eines der wertvollsten Werke der Bibliothek. Jetzt lag es an ihm allein, das unersetzliche Werk oder - besser – den unersetzlichen Inhalt des Werkes für die Kirche zu sichern. Doch nicht nur das Zurückbringen des Dokumentes war wichtig. Noch wichtiger war dafür zu sorgen, dass sich der Inhalt nicht verbreitete.

„Lass mich sehen, Ottmar!"

„Nein, mein Freund. Ich wollte dir nur beweisen, dass es auch ohne große Traglasten geht. Ich rate dir nochmal: Finger weg!"

Genüsslich, aber dabei seinen Kumpanen scharf anblickend, faltete Ottmar das Schriftstück wieder zusammen und steckte es weg.

Sie diskutierten weiter über den Papst, die Feldzüge und die Welt. Die aufputschende Wirkung des Alkohols ließ nach und schlug ins Gegenteil um. Schluck für Schluck wurden die beiden ruhiger, bis sie sich nach einiger Zeit in die Schlafkammer zurückzogen. Johannes folgte kurze Zeit später.

Er musste auf eine gute Gelegenheit für eine Überrumplung warten. Solange Ottmar mit diesem Burkhard zusammen war, standen des Paters Chancen schlecht. Ottmar müsste allein sein. Also würde er den nächsten Morgen abwarten müssen und dann sehen, wie sich die Situation entwickelte. Nach diesen zwei Wochen sollte es auf einen oder zwei Tage mehr nicht ankommen. Während er sich unter seiner Kutte streckte, blickte der Pater vor dem Einschlafen dann und wann müde zu den beiden am anderen Raum-Ende liegenden Gestalten. Doch mehr als deren übermäßiges Schnarchen konnte er nicht wahrnehmen.

*

Der nächste Tag schien ein guter zu werden. Zumindest weckten die Sonnenstrahlen, die durch die kleinen Fensteröffnungen ihren Weg in den Schlafraum fanden, diese Hoffnung. Es war sicherlich noch sehr früh am Tag, denn die Sonne schien gerade erst den Horizont überwunden zu haben. Johannes blickte sich noch im Liegen um. Die ersten Sekunden brauchte er, wie jeden Tag auf seiner Reise, um sich zu orientieren. Donau, bald in Neuburg, ... Ottmar! Johannes schreckte auf und saß zwei Sekunden später aufrecht auf seiner Lagerstatt. Sein Blick suchte die beiden anderen Gestalten. Seine Nackenhärchen sträubten sich, als er einen der Lagerplätze leer sichtete. Flugs sprang er auf, um sich eine bessere Sichtposition zu verschaffen. Kein Zweifel! Eine der beiden Schlafstätten war leer. Ohne daran zu denken, dass er sich eine unvorsichtige Blöße gäbe, wenn er jetzt zu sehr Interesse an den beiden Gesellen zeigte, eilte er an das andere Ende des Raumes. Burkhard lag noch da, doch Ottmar war verschwunden! *Vielleicht ist er nur kurz hinaus, um seine Notdurft zu verrichten,* dachte Johannes. Doch der regungslose Burkhard lenkte seine Gedanken schnell in eine andere Richtung. Burkhards Augen starrten weit geöffnet, der Körper lag absolut regungslos. Links neben dem Körper hatte Blut das Stroh rot gefärbt, darunter sich eine Lache gebildet. Der Wandersmann war tot. Ein Blick unter seinen Mantel offenbarte, dass Burkhard in der Brust eine stark blutende Stichwunde aufwies. Nein, nicht ganz. Johannes korrigierte seine Gedanken. Die Wunde *musste* stark geblutet haben. Aber jetzt nicht mehr. Burkhard war offensichtlich schon seit Stunden tot.

Johannes griff sich mit den Händen ins Haar. Er verfluchte seine Nachlässigkeit. Wenn Burkhard schon seit Stunden tot war, dann hatte Ottmar jetzt einen genauso großen Vorsprung. Egal, wie berauscht der Ritter am gestrigen Abend auch gewesen sein mochte – jetzt war er erst einmal auf und davon. Wieder einmal!

Vielleicht hatte Ottmar in der Nacht begriffen, wie leichtsinnig er mit seinem Geheimnis umgegangen war. Aber ob das der Grund für Burkhards Tod war oder irgendein anderer – es war für die Aufgabe des Paters egal. Er musste den Ritter fassen. Und hechelte jetzt doch wieder hinterher. Nun müsste er wieder einige Stunden aufholen. Aber wenn er dann den Ritter wieder eingeholt hätte, wäre es mit seiner eigenen Anonymität vorbei. Ottmar würde sofort eine Verbindung zur jetzigen Tat sehen. Johannes würde heftiger auf der Hut sein müssen.

Doch diese Wenns und Abers zählten jetzt nicht. Johannes musste so schnell wie möglich aufbrechen, um den Vorsprung nicht zu groß werden zu lassen.

Eine halbe Stunde später wanderte der Pater wieder auf dem Pfad am Ufer der Donau entlang stromaufwärts. Wenigstens hatte der Regen aufgehört, und die Sonne begleitete den Aufstieg des Morgendunstes über den Wiesen.

Kap 5 - Beim Stiftsbibliothekar

Vorsichtig und selbst angespannt bis in die Fingerspitzen entfaltete die Bibliothekarin das Papierblatt, während Franks Blicke jeder Bewegung ihrer Hände akribisch folgten.

„Und? Was steht drin?" Frank musste sich sehr zurück halten, um der Frau nicht das Papier zu entreißen.

„Hm. Ich verstehe es nicht. Ich kann es zwar lesen. Und verstehe auch die Worte – aber nicht den Sinn dahinter. Pass auf! ‚Der gute Gott und seine zwölf Apostel kehren zurück'."

„Zeig her!" Jetzt war Frank nicht mehr zu halten. Er begutachtete selbst die Worte auf dem Blatt.

Der gute Gott & seine 12 Apostel kehren zurück!

Er schüttelte nur seinen Kopf.

„Echt keine Idee, Maria?"

Als sei sie sein Spiegelbild, bewegte auch sie den Kopf im gleichen Rhythmus hin und her.

„Nein."

Ein Geräusch tönte von der Tür herüber. Geistesgegenwärtig griff Frank Umschlag, Papier und CD und schob alles unter seine Lederjacke, denn niemand außer ihm und Maria sollte im Moment wissen, dass sie etwas scheinbar Besonderes in Orschels Zimmer gefunden hatten. Er schloss den Reißverschluss der Jacke gerade noch rechtzeitig, denn schon im nächsten Augenblick öffnete sich die Tür.

„Ach, hier bist du, Maria!"

Frank kannte den Mann nicht, der die Tür verstohlen öffnete.

„Hallo, Beat!" Maria sprang auf, als hätte ein Lehrer sie als Schülerin bei etwas Verbotenem erwischt. „Ich, äh, wir ... ach, kennst du schon Herrn Braun?"

„Nein. Ich hatte noch nicht das Vergnügen."

Beat Winter streckte dem Journalisten ein wenig zackig die Hand hin. Frank hatte keinen Zweifel, dass sein Gegenüber auf Anhieb wusste, wer er war. Wahrscheinlich hatte jeder Mitarbeiter in der Bibliothek den Zeitungsausschnitt mit dem Orschel-Interview in seiner Schublade liegen.

„Beat Winter. Ich bin ein Kollege von Frau Brugger", stellte sich der Mann vor, während Frank zum Gruße in die Hand einschlug.

„Angenehm. Frank Braun von der Süddeutschen."

„Ich weiß, Herr Braun, ich weiß. Wer kennt Sie nicht? Zumindest hier." Dabei lächelte Winter nichtssagend und beugte den Kopf ganz leicht zum Diener.

„Und? Führt ihr hier ein Ersatz-Interview?" Der ironische Tonfall in Winters Stimme schnitt durch die Luft wie ein Fallbeil. Maria zuckte zusammen, fast unmerklich, aber für Frank trotzdem wahrnehmbar. Die Gefühllosigkeit des Kollegen musste auf die Frau in Anbetracht der Ereignisse wie ein Dolchstoß wirken.

„Ach was, Beat! Ein Interview mit mir – was sollte das denn?!", erwiderte Maria, während sie einen Schritt auf Winter zu machte.

„Aber trifft dich denn Geralds Tod gar nicht?"

„Doch." Winter nickte. Aber sein Mienenspiel sprach etwas ganz anderes. Frank konnte sich des Eindrucks nicht erwehren, dass der Todesfall dem Kollegen schlichtweg egal zu sein schien. Schon das Äußere des Mannes wirkte auf Frank kalt. Ein Bibliothekar in feinem Anzug mit schicker, gebundener Krawatte passte in diese Umgebung und vor allem zu den anderen Menschen hier in dem Stift wie eine Super GT Rennmaschine von Honda auf ein Harley-Treffen, schoss es Frank durch den Kopf. Der einzige, den er damals hier in Anzug und Krawatte gesehen hatte, war der Stiftsbibliothekar, der Leiter der Institution. Alle anderen kleideten sich eher leger, zwar nicht zu sehr, denn Jeans trug hier nun auch niemand der Bibliothekare, aber keiner der wenigen männlichen Bibliothekare, mit Ausnahme des Stiftsbibliothekars, lief mit einem Schlips herum. Zum ersten Male taxierte Frank auch die Eleganz von Marias Kostüm. Würden die Schlichtheit des Kleidungs-Designs und die Zurückhaltung in ihrem Make-Up nicht für einen alles aufwiegenden Ausgleich sorgen, so müsste Frank auch Maria in die Kategorie „zu elegant für hier" einstufen.

Doch konnte es auch sein, dass er sich irrte. Schon zu oft war es ihm widerfahren, dass seine lockeren Vorstellungen über Kleidung mit konventionellen Erwartungen kollidiert waren. Nur zu gut erinnerte er sich an die ihn attackierenden verstörten bis anklagenden Blicke, als er zur Eröffnung einer Kunstausstellung bei der Münchner Rückversicherung in seinen Motorrad-Leder-Jeans erschienen war. Fegefeuer war wohl nichts dagegen.

Aber Frank war sich jetzt seines Urteils über die Blicke der beiden vor ihm ganz sicher. Da konnte er sich nicht irren. Ein Hauch von Spannung lag in der Luft. Maria und Beat schauten sich nicht einfach nur als Kollegen an. Maria feuerte förmlich Giftpfeile in Winters Richtung.

„Na klar. Jetzt ist wieder ein Posten frei, oder?" Maria ließ ihrem Unmut über Winters Taktlosigkeit freien Lauf.

„Hm", schnaubte der Mann nur und wandte sich an Frank. „Der Herr Stiftsbibliothekar hätte Sie gern gesprochen. Er ist in seinem Büro."

„Oh, danke." Frank dankte gleichermaßen für die Nachricht als auch für die unbeabsichtigte Erinnerung, den Ort nicht zu verlassen, ohne den Stiftsbibliothekar gesprochen zu haben. Das wäre eine rechte kleine Blamage geworden, als Journalist in einen Mordfall in der Bibliothek verwickelt zu sein, bei dem für Frank bisher noch unklare Hinweise in Stiftskatalogen eine Rolle spielten, ohne dass er den Leiter der Institution gesprochen hätte. Vielleicht ergaben sich in einem Gespräch neue Erkenntnisse.

„Ich werde umgehend kommen."

Winter nickte. Als er die Tür schließen wollte, blieb sein Blick noch auffallend lang an dem auseinander genommenen Bilderrahmen auf Orschels Tisch liegen. Dann zog er sich zurück und die Tür zu.

„Was ist das denn für ein Zeitgenosse?" Frank verpackte seine Frage in ein Grinsen, um bei Maria die Spannung etwas zu lösen, wie er hoffte.

„Wie gesagt, ein Kollege."

Frank zog die Stirn kraus, als er ohne weiter zu fragen Maria ansah. Seine Mimik war Frage genug.

„Ach, dieser Typ! – Bitte, lassen wir das, okay?"

„Okay, okay." Frank hob fast entschuldigend die Hände. Ganz offensichtlich hatte er einen wunden Punkt erwischt. Aber welcher Art diese Wunde sein könnte, blieb ihm verborgen. Das war auch egal. Es ging ihn nichts an und trug zu dem zu ergründenden Sachverhalt nichts bei.

„Ich glaube, das bauen wir besser zusammen." Frank war der letzte Blick Winters nicht entgangen. Er hoffte trotzdem, ein wenig von ihrer Entdeckung verschleiern zu können, und setzte das Familienbild wieder zusammen. Eng zwischen Bücher gequetscht schob er es wieder in das Regal.

„Das sollte reichen." Und direkt zu Maria gewandt fuhr er fort: „Das Zimmer des Stiftsbibliothekars ist wo?"

„Ich zeige es die. Aber – die Unterlagen?" Maria streckte Frank ihre Hand entgegen. Braun zögerte einen Moment, musste sich aber eingestehen, dass er kein Recht hatte, ihr die Aushändigung zu verweigern, zumal Orschel in der Vergangenheit den Hinweis auf das Versteck Maria – und vielleicht nur ihr – gegeben hatte. Er vertraute darauf, dass sie ihre gemeinsame Recherche auch gemeinsam fortsetzen würden. Im Augenblick musste er darauf bauen und reichte ihr die gewünschten Sachen.

„Komm!" Sie traten auf den Gang hinaus und zogen die Tür zu. Maria zeigte nach rechts. „Vorn die dritte Tür links."

„Okay. Danke. – Ähm ..." Frank hatte noch ein dringendes Bedürfnis zu befriedigen. „Wo finde ich hier die Toiletten?"

Maria drehte sich um und wies in die andere Richtung.

„Direkt vor der Zwischentür links."

„Danke. – Und wir machen danach weiter?"

Maria lächelte und nickte.

„Klar. Jetzt, wo es spannend wird ..."

Frank zog seinen Mund in die Breite und kniff ihr ein Auge zu, sagte aber nichts und ging, um sich zu erleichtern.

Drei Minuten später kam er auf seinem Weg zum Stiftsbibliothekar wieder an Orschels Zimmer vorbei. Die Tür war einen deutlich sichtbaren Spalt geöffnet. Frank war sich sicher, dass sie die Tür geschlossen hatten. Er blieb stehen und lugte vorsichtig in den Raum. Da stand Winter, in der Hand Orschels Familienbild. Er begutachtete es vorder- und rückseitig, dann nahm er den Rahmen auseinander. Frank hatte genug gesehen und ging geräuschlos weiter. Winter hatte doch mehr wahrgenommen, als ihm im Augenblick lieb war. Aber was dachte Winter jetzt? Oder suchte auch Winter gezielt etwas? Frank schüttelte kurz seinen Kopf. Zu blöd auch, dass sie den demontierten Rahmen offen auf dem Tisch liegen gelassen hatten. Ein Mann war ermordet worden, und der Hinweis auf das Bild hatte wahrscheinlich etwas mit diesem Mord zu tun. Und er und Maria gingen ohne Sicherungen an die Ergründung von Zusammenhängen! Wie töricht! Sie hätten zumindest die Tür verschließen müssen! Und wenn dann jemand irgendeinen Verdacht geschöpft hätte, dann hätten sie locker eine andere Geschichte präsentieren oder offensichtlich verheimlichen können. Schließlich war er ein Mann und Maria eine Frau – ganz egal, ob zusammen passend oder nicht.

Doch er konnte es jetzt nicht mehr ändern. Und Winter wusste ja nicht, was in dem Rahmen gewesen war. Schlimmstenfalls ahnte dieser Beat jetzt, dass irgendetwas in dem Bild gewesen war. Aber er wusste keinesfalls, was. Doch es dämmerte Frank immer mehr, was er selbst noch zu lernen hatte.

„Angenehm, Sie kennenzulernen, Herr Braun. Auch wenn die aktuellen Ereignisse alles andere als angenehm sind."
„Ganz meinerseits, Herr Professor Dr. Brandstätter."
„Bedauerlich, dass Ihr gemeinsames Interview platzte. Aber nehmen Sie doch bitte Platz. Kaffee?"
„Danke, gern."
Frank fiel sofort ins Auge, wie unterschiedlich Bibliothekare doch ihren Arbeitsplatz gestalten können. War Orschels Zimmer von Nüchternheit geprägt, so strahlte Brandstätters Büro eine nicht zu übersehende Eleganz aus. Tisch und Regale bestanden aus edleren Hölzern, und ein halbes Dutzend Gemälde in stilvollen Holzrahmen schmückten die Wände.
„Das, was dem armen Gerald zustieß, ist kaum zu ertragen. Doch die Ereignisse des heutigen Morgens, die Ihnen und Frau Brugger widerfuhren, erschrecken mich allerdings auch sehr."
„Sie wissen ...?"
Brandstätter nickte. „Ja. Das eilte wie ein Lauffeuer hier herüber. Vergessen Sie nicht: die Polizei sitzt hier im gleichen Gebäudekomplex. Sankt Gallen ist zwar eine große Stadt – aber doch klein. Sie verstehen, was ich meine."
Frank hatte noch gar nicht tiefergehend über die letzten zwei Stunden reflektiert. Er wunderte sich über sich selbst. Wie eiskalt war er über alle Gefahrenmomente hinweg gegangen und hatte mit Maria nur die Recherche im Sinn. Ging es Maria genauso? Er blickte in Brandstätters Gesicht und erkannte die Züge von Entsetzen und Besorgnis. Wie mochte er selbst jetzt dem Bibliothekar erscheinen? Eiskalt? Dabei spürte er ein flaues Gefühl in sich aufsteigen. Das alles hätte heute verdammt nochmal sehr schief gehen können. Er oder gar Maria hätte dabei schwersten Schaden nehmen können. *Schwersten Schaden* – als würde Frank

aus einer abgehobenen Reporter-Loge das Geschehen und sich selbst beurteilen.

„Ja, ich verstehe."

„Wie geht es Frau Brugger? Ich habe sie heute noch nicht gesehen?"

„Alles bestens, Herr Professor. Sie ist wohlauf. – Und ich glaube, sie hat auch keinen seelischen Knacks davongetragen." Bei den letzten Worten schossen Frank nochmal seine vorherigen Gedanken durch den Kopf.

„Doch wie erlebten Sie den Tag?" Frank kramte endlich wieder seine Reporter-Natur hervor.

„Das ging so." Brandstätter atmete tief aus. „Aber das war natürlich ein Schock."

„Haben Sie irgendeine Idee, warum man den armen Herrn Orschel tötete?"

„Nein. Ein absolut unauffälliger und integrer Mitarbeiter. Und auch privat hörte ich nie irgendetwas Negatives oder Anrüchiges über ihn. Es ist mir schleierhaft."

Frank nickte nur kurz und nahm einen Schluck Kaffee.

„Ich nehme an, Herr Braun, Sie haben Frau Brugger das Gleiche gefragt?"

„Ja."

„Und, was meinte sie?"

„Sie sieht das genauso wie Sie. Auch sie hat keinerlei Anhaltspunkt." Frank verschwieg, dass – wenn auch nicht sich zu sehr aufdrängend – Maria sehr wohl den Hauch einer Idee hatte. Denn wie anders wäre Orschels Bemerkung über ,nach seiner Familie schauen' und der heutige Bilderfund zu deuten?

„Und was denkt Herr Winter, Herr Professor?" Frank wusste gar nicht so genau, warum er diese Frage nachschob. Sie hatte sich ihm impulsiv aufgedrängt.

„Herr Winter? Der ist gleichermaßen ratlos wie ich."

„Auch so betroffen?"

„Was meinen Sie? Er ist betroffen wie wir alle. – Oder denken Sie an etwas Bestimmtes, etwas Anderes?"

„Ach – nichts. Ich erlebte ihn nur vor einigen Minuten im Gespräch mit Ma- ... Frau Brugger."

„Ah, das meinen Sie! Ja, die beiden sind ein wenig wie Katz und Hund." Brandstätter grinste leicht, und Frank konnte sein kurzes Lachen hören. „Da lief mal etwas zwischen den beiden. Als

Winter hier seinen Dienst antrat, hatte er wohl gleich ein Auge auf unsere Maria geworfen. Und wohl erfolgreich. – Aber es interessiert mich weiter nicht – auch wenn ich Liebschaften am Arbeitsplatz hasse wie die Pest. Gibt nur Ärger. Sie verstehen, was ich meine."

Frank nickte verständnisvoll. Doch nach Liebschaft hatten ihm die Freundlichkeiten zwischen den beiden nicht ausgesehen.

„Außerdem hat sich das wohl erledigt – bis auf leichte Gereiztheiten. Aber auch die haben abgenommen."

Brandstätter atmete wieder lang und tief aus. Sekunden der Stille füllten den zeitlichen Raum.

„Doch ich wollte Sie fragen, ob wir Ihnen noch für Fragen – die natürlich nichts mit diesem grässlichen Mord zu tun haben sollten – zur Verfügung stehen können. Auch wenn ich nicht genau weiß, worüber Sie und Gerald sprechen wollten."

„Sie wussten nicht ...?"

„Nein. Gerald überraschte uns von Zeit zu Zeit mit seinen neuesten Erkenntnissen. Ich ließ ihm diese Freiheit. Mich selbst störte es nicht. Und dem Ruf der Bibliothek hat es bisher noch immer sehr gut getan. Überraschungen erhöhen die Spannung. Sie verstehen, was ich meine."

„Hm, hm." Frank nickt wieder deutlich.

„Gerald war sehr gut darin. Ein rechter Schnüffler der Schriften. Seine Arbeit hat unser Wissen in den letzten zwanzig Jahren sehr, sehr viel weiter gebracht. – Aber Sie haben vor einem halben Jahr ja selbst mit ihm über die eine oder andere Erkenntnis seiner Arbeiten gesprochen."

„Das stimmt. Schon allein, was er mir über die Schreibtechniken und Schriftinhalte in den Dokumenten aus dem damaligen bayerischen Raum des zehnten bis vierzehnten Jahrhunderts erläuterte, beeindruckte mich und die damit befassten Fachleute gleichermaßen. Ich glaube, dass er da irgendwo anknüpfen wollte. Aber – alles nur Spekulationen meinerseits, leider nicht mehr zu klären."

Frank und der Professor führten ihr Gespräch noch gute zehn Minuten weiter. Doch mehr als Small Talk – wenn auch zum Teil durchaus fachlicher Natur – kam dabei nicht mehr heraus. Frank war froh, als er sich schließlich verabschieden konnte, um zu Maria zurück zu eilen. Sie hatten noch einiges zu klären.

„Und, wie war's?"

Marias Frage überraschte Frank, denn sie hörte sich so an, als wäre er bei einer Art Verhör oder Vorstellungsgespräch gewesen.

„Nichts Neues." Frank blickte sie genauer an und schob nach: „Und bei dir?"

Maria verstand mit Sicherheit nicht, dass seine Frage auf ihr Zusammensein mit Winter gemünzt war. Frank wusste das und war auch froh darüber. Trotzdem hatte er diese Frage loswerden müssen.

„Super lief es! Ich bin weiter. Schau!" Sie zeigte auf das Display ihres Computers.

„Was ist das?"

„Der Scan einer Katalogseite. Eine Seite Drei. Ist sie das?"

Frank schaute sich den Bildschirminhalt genauer an. Kein Zweifel! Das war die Seite, die Gäggeler ihm am frühen Vormittag gezeigt hatte!

„Wie hast du die Seite so schnell gefunden? Und vor allem: wieso konntest du schließen, dass es genau diese Seite war. Du sagtest doch, es gibt mehrere. Und ich konnte sie dir nicht genauer beschreiben. Also wie?"

„Durch die von dir benannten handschriftlichen Eintragungen."

„Aber da sind keine."

„Stimmt. Aber die Inhalte der Notizen sind der Schlüssel."

„Wie das??"

„Es ist die Notkerze, wie du sie nanntest."

"Und?"

„Das heißt nicht ‚Notkerze', sondern ist eventuell ein Name und eine Zahl. Ich vermutete nur. Das ‚z' ist vielleicht die Ziffer Zwei, und das ‚e' eine verunglückte Eins. Die Spitze der Eins wurde zu einem kleinen Kringel, den man schnell als kleines ‚E' oder kleines ‚L' lesen kann. Natürlich ist es auch möglich, dass Gerald mit Absicht diese ‚Notkerze' genau so geschrieben hatte, um zu verwirren. Zuzutrauen wäre es ihm. Aber wie gesagt – alles nur Vermutungen, denn ich sah die Notizen ja nicht. Ist jetzt auch egal – ich lag ja wohl richtig. Oder?"

„Ja. Zumindest die Seite ist die richtige. Was bedeutet die Notiz denn nun?"

„Also: ‚ze' wäre die Zahl 21. Und davor steht ‚Notker', der Name eines Benediktiner-Mönchs und Leiter der hiesigen Klosterschule. Allerdings schon lange tot, fast an die tausend Jahre. Jedenfalls verweist der Eintrag hier oben ...", dabei zeigte Maria auf eine bestimmte Zeile in der abgebildeten Katalogseite, „... auf die Aufzeichnungen – oder besser gesagt: die alten Abschriften aus Einsiedeln – dieses Mönches. Und wenn wir weiterschauen ..."

Jetzt tippte Maria mit flinken Fingern einen Befehl in die Tastatur und rief somit das Bild eines anderen Dokumentes auf.

„... sehen wir hier die genaue Auflistung der Inhalte des Notkerschen Werkes. Und hier, in den *Cantica Prophetarum* ab Seite 563, finden wir das *Pater Noster*, das ,Vater unser'."

Frank sah in dem neuzeitlich geschriebenen Verzeichnis die Titel und die Seitenzahl, die Maria ihm nannte.

„Das meinte Gerald, Frank. Das ,Vater unser' des Notker im hiesigen Verzeichnis, dem Codex Sangallensis, unter der Nummer 21."

„Und?"

„Wie ,und'? Was meinst du, was wir jetzt tun müssen?"

Frank wurde klar, was sie meinte.

„Dort nachsehen. Oder?"

„So sehe ich das auch."

Stolz strahlte Maria Frank an.

„Kannst du die Seiten auch aufrufen?"

„Klar. Habe ich auch schon getan. Aber dort sehe ich nichts Ungewöhnliches. Und der geschriebene Inhalt weicht nicht wirklich von dem uns bekannten ,Vater unser' ab."

Maria machte eine Pause, aber Frank hatte nichts einzuwenden. Er war vielmehr gespannt, was Maria sonst noch dachte. Denn ihr Gesichtsausdruck verriet ihm, dass sie mit ihren Ideen noch nicht geendet hatte.

„Und?"

„Wir müssen in die Originale schauen. So, wie wir in das Familienbild geschaut haben. Es würde mich nicht wundern, wenn Gerald ..."

Frank verstand.

„Geht das?" Franks Frage war berechtigt. Er wusste, dass die Originale der Schriftstücke nur in absoluten Ausnahmefällen und nur auf besonderen Antrag im Original in Augenschein genommen werden durften.

Maria kniff zwinkernd ein Auge zu.

„Klar, Frank. Wollen wir?"
„Okay, nichts lieber als das."

Kap 6 - Giftpfeile

Chris Gäggeler betrachtete vor dem Tisch stehend die aufgereihten Sicherungen vom Tatort und aus Orschels Wohnung.

„Hat die Untersuchung des Computers etwas Brauchbares ergeben?"

„Nein, Chef."

Urs Bieler überflog den Untersuchungsbericht.

„Der elektronische Terminplaner wurde nur auf dem Netz-Server geführt. Den werden die Kollegen noch vor Ort in Augenschein nehmen beziehungsweise eine Kopie ziehen. Das Email-Verzeichnis beinhaltete nur Nachrichtenverkehr mit Lese-Interessenten und anderen Bibliotheken, sowohl in der Schweiz als auch weltweit. Die erste Sichtung ergab noch nichts Verdächtiges. Kollege Richter wird die Texte ausdruckbereit auf dem Server bereitstellen. Das kann aber noch etwas dauern; er hat ja erst vor einer halben Stunde begonnen. Den Zugriffspfad finden Sie hier im Bericht. Textdokumente sind fast keine vorhanden. Eine Handvoll Briefentwürfe und ein Manuskript für einen Artikel oder ein Buch, an dem Orschel aktuell zu arbeiten schien; der letzte Zugriff war gestern Morgen. Keine Tabellen. Viele Fotos und Scans von irgendwelchen Büchern und Handschriften. – Das war es zunächst. Richter wird sich die Bilddateien nach den Emails vornehmen. Von der Pathologie liegt noch nichts Genaueres vor."

„Telefon-Liste?"

„Die Liste der Nummern aus den letzten zwei Wochen liegt hier. Die Namen der Teilnehmer sind noch nicht aufgeführt."

„Fingerabdrücke?"

„Unmengen. Bei dem Publikumsverkehr in dem Saal nicht verwunderlich. Wir haben die Abdrücke vom Schreibtisch und den Gegenständen auf dem Tisch, insbesondere von den hier liegenden Stücken, zur vorrangigen Recherche weitergeleitet. Was sollen wir mit Abdrücken von den Vitrinen und Büchern machen?"

„Nichts. In dem Heuhaufen finden wir wohl nichts, was wir wirklich verwerten können. Natürlich archivieren wir sie, soweit wir sie haben. Aber weitere Arbeit damit können wir uns erst einmal ersparen."

„Okay, Chef. Das war es schon von meiner Seite."

„Schade, dass uns Orschels privater Rechner durch die Lappen ging. An die Wohnung hätten wir denken müssen. – Sie auch, Bieler!"

Sein Assistent zuckte nur mit den Schultern.

„Egal, Bieler, was halten Sie von der Lage?"

„Da kann ich noch nichts sagen, Chef. Allerdings finde ich es schon sehr heftig, wie dreist der Täter direkt vor unserer Nase agiert. Fehlt nur noch, dass er hier zur Tür herein spaziert kommt."

„Da haben Sie Recht, Bieler."

Gäggeler schaut zum Fenster hinaus geradewegs auf das östliche Stiftsportal, nur einen Steinwurf von ihm entfernt auf der anderen Seite des kleinen Klosterhofs. Bieler hatte Recht. ‚Dreist' war das richtige Wort. Es schoss Gäggeler durch den Kopf, dass die Kantonspolizei ihre Dienststelle in einem Gebäude hatte, das baulich zum Stifts-Komplex gehörte. Bei keinem seiner heutigen Einsätze hatte er einen Dienstwagen beanspruchen müssen; da hätte die Parkplatzsuche länger gedauert als der Fußweg zum jeweiligen Tatort. – Und er hatte keinen wirklichen Hinweis, wer der Täter sein könnte. Auf den Hintergrund der Tat vielleicht, doch das wollte er zunächst für sich behalten. Besser niemanden scheu machen. Der Zeitpunkt für irgendwelche Bekanntgaben würde schon kommen. Je weniger jetzt diesen Hinweis richtig deuten konnten, desto besser für seinen Job.

Und er grübelte über diesen Journalisten. Diesen Braun empfand er als die berühmte Laus, die sich ihren Platz in genau seinem Fell gesucht hatte. Am liebsten würde er eine solche Laus mit dem breiten Daumen zerquetschen. Seit den frühen Morgenstunden hatten Seelenqualen für ihn einen Namen: Braun, Frank Braun.

Gäggeler schüttelte sich kurz. Darüber weiter nachzudenken half ihm jetzt auch nicht weiter.

„Bieler! Was wissen wir über diesen Braun?"

„Alle Angaben, die er machte, sind korrekt. Der Termin für den gestrigen Abend stand seit geraumer Zeit fest. Seine Redaktion hat alles bestätigt. Und hier liegt die Kopie seines Interviews mit dem Opfer vor einem halben Jahr."

„Irgendein besonderer Inhalt?"

„Nein. Ich kenne mich aber mit den alten Schriften auch nicht so genau aus."

„Dann zeigen Sie mal her!"

Gäggeler ließ sich die Kopie reichen und überflog den Text. Auch er entdeckte nichts für ihn Auffälliges. Und wen interessierten schon mittelalterliche Minnesänger oder Texte im Vorfeld der Reformation? Gaggeler legte das Blatt wieder beiseite.

„Wo ist er jetzt?"

„Wer?"

„Braun."

„Er scheint noch immer in der Bibliothek zu stecken."

„Was macht er dort?"

Bieler zuckte nur mit den Schultern.

„Er hatte wohl in ein längeres Gespräch mit Frau Brugger, die mit ihm in Orschels Wohnung war. Aber ich weiß natürlich nicht, worum es dabei ging."

„Zeigen sie mir noch einmal die Aufzeichnungen zur Befragung der Brugger."

Bieler händigte ihm ein Protokollblatt herüber. Der Kommissar studierte die Notizen.

„Hm. Von allen Befragten scheint sie das beste Verhältnis zu Orschel gehabt zu haben, oder?"

„Sehe ich auch so, Herr Kommissar."

Gäggeler überlegte noch einige Augenblicke stumm. Dann kannte er zumindest einen kleinen nächsten Schritt.

„Passen Sie auf, Bieler! Lassen sie den Deutschen observieren, solange er hier in der Gegend ist. Ich werde das Gefühl nicht los, dass er mehr weiß, als er uns sagt. Oder über die Brugger mehr heraus bekommt. Ich kann mich auch täuschen – aber sicher ist sicher. Und das soll jemand machen, den er noch nicht gesehen hat. Niederer oder Meile. Verstanden?"

„Verstanden, Chef. Werde ich umgehend veranlassen."

Dass er aber in erster Linie sicherstellen wollte, sofort von einem weiteren möglichen Kontakt Brauns zu Rebecca zu erfahren, behielt der Kommissar für sich.

Zwanzig Minuten später klingelte Gäggeler an der Eingangstür zu einem Mehrfamilienhaus in der Teufener Straße, knapp einen Kilometer vom Stift entfernt. Erst nach dem vierten

Klingeln signalisiert ihm das Summen des Türschlosses die Entriegelung. Immer zwei Stufen auf einmal nehmend stürmt er in den zweiten Stock. Vor der noch verschlossenen Wohnungstür mit dem Namensschild ‚R. Dora' klingelt er noch einmal Sturm. Dann öffnet sich die Tür, und Gäggeler blickte in das verschlafene, aber ihm so vertraute Gesicht Rebeccas.

„Spinnst du? Du weißt, dass das jetzt mitten in der Nacht für mich ist, oder?"

Gäggeler konnte nicht umhin, sie auch für dieses Fauchen zu lieben. Gerade diese Wildkatze in Rebecca stachelte ihn immer wieder auf, vor ihr in die Knie zu gehen.

„Komm, lass mich rein!"

„Dir geht es wohl zu gut! Mensch! Der Anruf heute früh war schon schlimm genug! Das hättest du gut und gerne auch heute Nachmittag erledigen können!"

„Hätte ich nicht! – Aber ... jetzt lass mich erst einmal hinein. Oder sollen jetzt alle Nachbarn ..."

„Scheiße! Ist jetzt eh vorbei. Komm."

Rebecca öffnete ihm stinksauer die Tür und ließ ihn eintreten.

Nur mit dem Bademantel bekleidet schwankte sie vor ihm in das Wohnzimmer. Er hatte sie wirklich aus dem tiefsten Schlaf gerissen. Für einen Augenblick kam er sich gemein vor, verdrängte dieses Gefühl der Schwäche aber sofort wieder.

„Was willst du?"

„Mehr über diesen Braun erfahren."

„Über wen?"

„Über deinen Frank von letzter Nacht."

„Ach du meine Güte! Drehst du jetzt komplett durch?" Die Giftpfeile, die aus ihren Augen schossen, ließen den Polizisten unbeeindruckt.

„*Mein* Frank! – Du weißt doch, welchen Job ich habe, oder? Willst du mir jetzt mit jedem meiner Kunden eine Affäre andichten? – Du hast doch einen Sprung ...!"

„Hör auf, Rebecca! Und spiel dich nicht so auf! Ja, ich kenn deinen Job. Und du weißt umgekehrt genauso gut, dass ich jeden deiner Kunden nur als Stück deiner Arbeit sehe. Sonst würde ich es mit dir auch nicht aushalten können. Aber *so* gut kenne ich dich – bei diesem Frank sehe ich es anders. Die ganze Nacht ... das gibt es doch nur ganz selten. Und wenn, dann hat der Kerl

Kohle ohne Ende. Hat dieser Braun aber nicht! Oder willst du mir weismachen, der hätte einen Tausender springen lassen?"

„Nein, will ich nicht." Rebecca lenkte ihre Aufmerksamkeit zur Seite, um Gäggelers Blicken auszuweichen.

„Und, war er gut?" Das Gift spritzte jetzt aus seiner Frage.

„Hör damit auf, verdammt nochmal! Ich gehöre dir nicht! Und das wusstest du von Anfang an!"

„Mir nicht gehören ... Bin ich für dich nur einer deiner Kunden? Oder was?"

„Nein. Du bist kein Kunde. Einen Kunden würde ich nie so nah an mein Innerstes lassen. – Aber du bist auch nicht mein Ehemann! Dein Geld und ein wenig meiner Zuneigung verschaffen dir einen besonderen Platz in meinem Leben – mehr aber nicht! Vergiss das nie!"

Rechtzeitig erkannte sie Gäggelers ausgefahrene Hand, die scheinbar zum Schlag ausholte. Mit ihrer Linken griff sie seinen Arm.

„Das wagst du nicht wirklich, oder?"

Gäggeler ließ den Arm sinken und sackte sichtbar in sich zusammen.

„Verzeih! Das ... ich wollte das nicht ... ich ... Das würde ich nie tun! Ich weiß nicht, was in mich gefahren ist."

„Du würdest es nie tun und hast die Hand schon erhoben? Was soll das denn?"

„Es ... es tut mir leid."

„So einfach ..."

„Komm! Es tut mir leid." Entschlossen nahm er Rebecca in die Arme und drückte sie fest an sich. In ihrer überraschenden Unentschlossenheit ließ die Frau das mit sich geschehen.

„Mensch Chris, du weißt doch, dass du mir nicht gleichgültig bist! Aber ich bin trotzdem nicht dein Eigentum!"

Dann liefen einzelne Tränen an ihren Wangen herunter, Erst ihr Schluchzen machte Gäggeler darauf aufmerksam, dass Rebecca in seinen Armen heulte.

„Hör auf, Liebes! Ich wollte das nicht. ... Aber halte dich von diesem Braun fern."

Rebecca drückte ihn nur stumm von sich, hielt ihren Blick zur Seite gewandt. Mit dem Handrücken ihrer Rechten wischte sie sich die Tränen von den Wangen.

„So funktioniert das nicht, Chris. – Ich bin weder deine Ehefrau noch deine Dienerin noch deine Sklavin noch sonst etwas!"

„Ich weiß. Es ... es tut mir leid." Vorsichtig nahm der Kommissar ihre Hand. „Aber versteh auch mich. Du bist das Größte, das ich habe. Und dann muss ich dich mit anderen Männern sehen, und ..."

„Ich bin das Größte ... ich nehme an, das sagst du auch deiner Frau zuhause, oder? Oder weiß sie von mir, deiner wahren Größten?"

„Lass sie aus dem Spiel."

„Feigling!"

Rebecca sprang auf und ging in den Flur.

„Wenn du willst, dann bleib hier. Aber längstens bis um vier, klar?"

„Ich ... ich will nicht bleiben. Nein – ich kann nicht."

Gäggeler wirkte nur noch wie ein sich drehendes Kaleidoskop. Von einer Minute auf die andere änderte er sein Verhalten, wieder und wieder. War er als entschlossener Liebesstürmer hier hoch geeilt, so hatte er sich dann in einem schnell kommenden und genauso schnell verschwindenden Anflug in einen Brutalo gewandelt, um im nächsten Augenblick als reuiger Sünder vor Rebecca einzuknicken. Und jetzt war er nur noch der kleine, winselnde Hund, der seinem Knochen nachtrauerte. Und überhaupt nicht mehr wusste, was er eigentlich wollte.

Rebecca stand in der Tür und sah ihn mitleidig, aber kopfschüttelnd an.

„Willst du bleiben oder gehen?"

„Ich gehe. Ich habe leider wichtiges zu tun – noch wichtigeres als das hier. Aber vielleicht haben wir am Wochenende einmal mehr Zeit miteinander. Könntest du das einrichten?"

„Du weißt, ich kann meine Zeit ziemlich frei einteilen – solange du für einen finanziellen Ausgleich sorgst, wenigstens zum Teil."

„Okay. Ich melde mich kurzfristig auf dem Handy."

Niedergeschlagen trottete Gäggeler wie ein begossener Pudel zur Tür. Rebecca drückte ihm trotz aller Missstimmungen einen zärtlichen Kuss auf.

„Dann kann ich jetzt ja weiterschlafen, oder?"

„Ich werde dich nicht mehr stören", stammelte Gäggeler, als er die Tür hinter sich zuzog.

Rebecca ging jedoch nicht direkt in ihr Bett zurück. Sie stellte sich noch eine Zeitlang an das Fenster und beobachtete, wie Christoph Gäggeler langsam die Straße in Richtung Innenstadt schlich. Sie schüttelte nur leicht ihren Kopf und murmelte:

„Mach, dass du aus meinem Leben verschwindest. So nicht, mein Freund, so nicht."

Als sie sich wieder ins Bett legte, kreisten Ihre Gedanken um Frank.

Kap 7 - Kolb

Maria traute ihren Augen nicht, obwohl sie und Frank etwas Ähnliches wenn nicht erwartet, so doch erhofft hatten. Zwischen den Seiten des alten, in Leder gebundenen Buches lag ein Schriftstück, das ganz eindeutig nicht so alt wie die Notkerschen Abschriften war!

„Kannst du das lesen, Maria?"

„Nicht so ganz schnell. Ich würde hier und da gern auch mit einer Lupe arbeiten. Und dann – es handelt sich auch hier um eine historische Schrift. Damit müssen wir vorsichtig umgehen."

„Aber kannst du es entziffern?"

„Sicher. Aber nicht hier. Und außerdem ..." Maria blickte sich um, obwohl sie genau wissen musste, dass sie im Augenblick allein in dem Leseraum waren.

Frank schien ihre Gedanken zu erraten.

„Du fürchtest, dass irgendjemand uns beobachtet?"

„Ich weiß nicht, Frank. Aber es scheint doch so, dass dieses Schriftstück irgendetwas mit Geralds Tod zu tun hat."

„Da hast du recht. – Wir sollten es mitnehmen."

„Ach was, Frank! Das geht nicht."

„Also was?" Seine Frage war weniger an Maria direkt gerichtet als vielmehr Ausdruck seiner eigenen Überlegungen. Jetzt hatten sie ein erstes Geheimnis gelüftet – oder fast – und sollten jetzt alles hier liegen lassen?

„Ich darf das Original nicht mitnehmen und erst recht nicht in meinem Büro oder sonst wo untersuchen. – Aber das brauche ich auch nicht. Zum Lesen und Entziffern gibt es sowieso einen besseren Weg. Einscannen!"

Logisch, dachte Frank. *Vergrößern, drehen und wenden nach Belieben.*

„Komm!" Sie ging mit dem geschlossenen Buch zu dem Rechner mit angeschlossenem Scanner in der Ecke des Raumes und meldete sich mit ihrer Benutzerkennung an.

„Pass auf, Frank! Stell dich bitte etwas dichter an mich, hier an meine rechte Seite."

„Warum?"

„Damit die Video-Kamera nicht aufnehmen kann, dass ich etwas aus dem Buch nehme. – Nicht umdrehen!"

Maria konnte Frank im letzten Moment von seinem suchenden Blick in Richtung der Kamera abbringen.

„Du siehst sie, wenn wir fertig sind."

Dann scannte sie das nur einseitig beschriebene Dokument von beiden Seiten ein und legte es in das Buch zurück.

„Das können wir dann an meinem Rechner im Büro genauer untersuchen."

„Und das Schriftstück selbst?"

„Na, wieder zurück."

„Genau wie vorher im Notkerschen Buch beim ‚Vater unser', Maria?"

Maria zögerte mit einer Antwort.

„Ich glaube, Maria, das ist keine gute Idee. Irgendetwas Bedeutsames scheint an diesem Schriftstück zu sein. Soviel, dass dafür wahrscheinlich schon ein Mensch sterben musste. Wenn jetzt irgendwer die Notiz gleichermaßen entziffert, dann fällt das Stück in andere Hände. Und ich weiß nicht, ob das dann die richtigen oder falschen sind."

Maria nickte. Frank hatte Recht.

„In ein anders Buch?"

„Besser als wieder in dieses."

„Okay. Komm, wir versperren wieder das Sichtfeld."

Dann griff Maria das daneben stehend Werk, das im Format sogar etwas größer war als das Notker-Werk. Das Schriftstück würde also auch darin komplett verschwinden.

„Dann merk dir mal ‚Psalterium Gallicanum'. Ich stecke es ziemlich genau in die Mitte."

Frank grinste. „Okay. Das kann ich mir noch merken."

Zurück in Marias Büro betrachteten sie das Schriftstück am Bildschirm. Aber Frank konnte sich nicht so recht konzentrieren. Immer wieder schweiften seine Gedanken zurück an den Moment, als Winter in Orschels Büro zur Tür herein gekommen war. Er hatte kein Bedürfnis, wieder in einer kritischen Phase durch einen, oder wenn es ganz schlecht liefe, gerade *diesen* Störenfried behindert zu werden. Und dann waren da noch die CD und das Papier aus dem Bild.

„Maria, ..."

Die Bibliothekarin blickte ihn an.
„... wir sollten das hier abbrechen. Nein, nicht ab-, sondern unterbrechen."
„Warum?"
„Ich glaube, dies ist jetzt ein schlechter Ort für genauere Recherchen geworden."
„Ich verstehe nicht ganz."
„Pass auf! Was wissen wir – und was vor allem nicht? Der Mörder war hier in den Räumen. Brach er ein? Wir wissen es nicht. Vielleicht geht er hier ganz normal ein und aus. Und wo wird der Täter weitersuchen, falls er das, was er suchte, noch nicht hat? Klar, wir wissen nicht einmal, ob er überhaupt etwas sucht, aber wir können es annehmen. Sonst stände ja Orschels Rechner wohl noch in seiner Wohnung. Und wo wird der Täter weitersuchen? Am ehesten hier. Und wer kann alles auf euren Netz-Server zugreifen? Ist dein Account hundertprozentig sicher? Wir wissen es nicht."
„Das heißt?"
„Wir müssen an einem anderen Ort und vor allem außerhalb eures Netzes recherchieren. Lass uns alles, was wir haben, alle Daten, die CD und das Papier, mitnehmen und woanders, bei dir oder bei mir auf einem eigenen Rechner, weitersuchen. Und lass uns dann vor allem den Scan dieses gefundenen Schriftstückes auf dem Netz hier löschen. Wenn da der Täter Zugriff findet ..."
Frank brauchte nicht weitersprechen. Maria hatte verstanden.
„Ich kopiere es direkt."
Sie steckte einen USB-Stick in den Anschluss. Zwei Minuten später hielt sie den Stick in die Höhe.
„Alles drauf. Und auf dem Rechner und im Netz ist alles gelöscht."
„Perfekt. – Kannst du hier schon weg?"
„Wir haben jetzt gleich sowieso unsere Mittagspause. Und für den Nachmittag einen Gleitzeit-Ausgleich zu nehmen, wird kein Problem sein. Heute – nach *den* Ereignissen – schon gar nicht. Nach den Schüssen auf uns heute Morgen wundern sich sicher eh schon einige, dass ich nochmal zum Dienst erschienen bin. - Ich mich selbst ja auch. Also komm, lass uns gehen!"

Als sie nebeneinander in der Marktgasse einher schritten, hätten die Gegensätze kaum größer sein können. Frank latschte in Jeans und abgewetzter Lederjacke mit weiten Schritten neben den kurzen Trippelschritten der adrett kostümierten Frau. Plötzlich blieb Frank stehen. Ihm war klar geworden, dass er einen Rückzieher einleiten musste.

„Maria, mit dem ‚bei mir' war ich wohl etwas voreilig."
„Warum?"
„Ich habe etwas übersehen. Mein Notebook habe ich zwar auf der Reise dabei, aber mein Zimmer sollte wohl futsch sein."
„Häh?"
„Ich habe doch nur bis heute gebucht. Eigentlich wollte ich um diese Uhrzeit schon weit weg in den Bergen sein."
„Das heißt, du willst jetzt abreisen?" Marias Stimme unterstrich nur ihre Verwirrung und Verblüffung. Frank erschrak. So war das nun nicht gemeint!
„Nein, um Himmels willen! Nicht doch! Aber ich stehe jetzt ohne Zimmer da. Ich bin mal gespannt, was die im Hotel sagen werden, denn die Elf-Uhr-Frist zur Freimachung ist ja schon längere Zeit überschritten. Allerdings – vielleicht kann ich ja noch verlängern."
„Nur um die Daten zu lesen?"
„Nee, da hast du recht."
„Pass auf! Räum doch das Zimmer. Den Scan und die CD untersuchen wir bei mir. Und wenn du heute dann doch nicht mehr abreisen solltest, kannst du dir immer noch ein Zimmer nehmen. Muss ja nicht hier in der Altstadt sein. Bei den Preisen!"
Frank war einverstanden.
„Also holen wir deine Sachen und fahren dann mein Auto holen."
„Ähm – du willst bei mir mitfahren?"
„Klar."
„So?"
„Was heißt ‚so'?"
„Auf dem Motorrad?"
„Ups!" Maria war zwar Franks Outfit aufgefallen, aber dass er tatsächlich auf dem Motorrad hierher gereist sein könnte, war ihr zu keiner Zeit in den Sinn gekommen.
„Nein", antwortete sie lachend, „wohl kaum. Also – mein Auto steht da vorn gleich um die Ecke, zweihundert oder dreihundert Meter ...", dabei wies sie mit der Hand zurück in Richtung Stift,

„... rechts in der Gallusstraße. Ein weißer Polo. Ich warte dann dort. Okay?"

„Okay. Bis gleich."

Maria ging bis zur Straßenecke zurück und verschwand dann in die Straße nach rechts.

Zehn Minuten später fuhr Frank mit der bepackten Maschine an ihrem Auto vor. Noch vor dem Polo stehend rief sie ihm zu:

„Fahr einfach hinter mir her. Ist nicht weit bis Engelburg."

Dann stieg sie ein und fuhr los. Die wenigen Kilometer aus dem Tal heraus hinauf nach Engelburg hatten sie in zehn Minuten zurückgelegt.

Doch weder der Fahrerin im Auto noch dem Biker auf der Harley fiel die schwarze Limousine in den Rückspiegeln auf, die ihnen mal mit einem anderen Auto dazwischen, mal direkt hinter ihnen den ganzen Weg folgte.

*

Zu dieser Zeit betrat Andreas das Bahnhofsgebäude und lenkte seine Schritte geradewegs auf die Wand mit den Gepäckschließfächern zu. Er fischte aus seiner Jackentasche die Festplatte und schob sie in eines der Fächer. Nach Einwurf der Münze schloss er die Klappe und zog den Schlüssel ab.

Während er hinüber zu den öffentlichen Fernsprechern lief, steckte er den Schlüssel in seine linke Jackentasche und fingerte mit der anderen Hand die Telefonkarte und einen Notizzettel aus der rechten hervor.

An einem der mittleren Telefone wählte er die Nummer von dem Zettel.

„Hallo? Herr Bartoli? ... Ja, ich bin's. ... Ja, alles perfekt. ... Nein, schon ausgebaut. Ich habe die Platte wie geplant in einem der Fächer am Bahnhof deponiert. Wohin mit dem Schlüssel? ... Ernsthaft? Einfach unter das Telefonbuch? ... Direkt hier? – Na, wenn Sie meinen ... Nein, natürlich nicht. Ich weiß ja, wie perfekt Sie planen. ... Okay. Wird erledigt. ... Sofort? ... Nochmal, bitte. Ich notiere es mir."

Andreas zückte einen Kugelschreiber und machte seine Notizen.

„Notiert, Herr Bartoli. Ich mache mich sofort auf den Weg. ... Oh, okay. ... Ja, notiere ich mir auch. ... Wie heißt der? Können Sie das bitte buchstabieren?"

G-Ä-G-G-E-L-E-R

„Ja, habe ich. Und das Kennzeichen war nochmal wie? ... Ja, jetzt habe alles verstanden. ... Ja, danke. Bis dann."

Andreas schaute sich links und rechts um. Links die Telefone waren frei, rechts der Mann blickte in die andere Richtung. Schnell und unauffällig schob Andreas den Schlüssel des Gepäckfachs unter das Telefonbuch. Dann ging er eilig in Richtung Bahnhofsausgang. Nach ungefähr zwanzig Schritten blieb er noch einmal stehen und drehte sich um, um sich zu vergewissern, dass nichts mit dem Schlüssel schief ginge. Er sah eine Frau mittleren Alters direkt auf das Telefon zugehen, das er zuvor benutzt hatte.

Na ja, Herr Bartoli wird schon wissen, was er tut. Bisher lief es ja wie geplant.

Dann ging er weiter. Er hatte nicht mitbekommen, dass direkt, als er das Telefon verlassen hatte, der Mann vom Telefon rechts von ihm mit einem schnellen Griff den Schlüssel bereits an sich genommen hatte. Andreas hatte seine letzte Aktion aber auch schon als erledigt abgehakt. Er verfolgte nun den neuen Auftrag.

Episode II - 1192 im Schwarzwald

Die Laubbäume wandelten die Landschaft bereits in ein grünbraunes Farbenspiel. Der Herbst schickte der Welt seine Willkommensgrüße. Seit einigen Tagen fauchten erste Stürme über die Schwarzwaldhöhen hinweg, und die Sonne hatte spürbar an Kraft eingebüßt.

Johannes setzte wie jeden Tag der letzten Wochen ausdauernd seine Jagd fort. Doch seine Zuversicht war bereits den ersten schweren Symptomen der Resignation gewichen.

Die sechste Woche war bereits angebrochen. Wieder und wieder verfluchte der Pater den Tag, an dem er seine Begegnung mit Ottmar ungenutzt hatte verstreichen lassen. Die erwartete schnelle zweite Chance hatte sich nicht eingestellt. Im Gegenteil. Johannes musste schnell erkennen, dass er dem Ritter in den folgenden Tagen kaum näher gekommen war. Bei Neuburg hatte Ottmar einen Vorsprung von fünf Stunden. Eine Woche später, als Johannes im Kloster Wiblingen einkehrte, waren es immer noch drei Stunden. Voller letztem Optimismus durchlebte Johannes die folgenden Tage. Er mochte den Rückstand auf Ottmar wohl bereits bis auf zwei Stunden verringert haben, als sich die Verfolgung gravierend erschwerte. Dem Lauf der Donau konnte man nun nicht mehr so einfach folgen. Wobei Johannes sich sowieso glücklich schätzen konnte, dass der Ritter in den Wochen zuvor konsequent und scheinbar bedingungslos dem Stromlauf gefolgt war, als wäre der Ursprung des Flusses sein Ziel. Dass diese Vorstellung Unfug war, wusste auch Johannes. Er kannte das Ziel des Ritters nicht. Aufgrund seiner Wahl des Weges konnte er lediglich schließen, dass Ottmar nach Westen wollte und einfach nur die große Richtung der Donau nutzte, um möglichst einfach und schnell an sein Ziel zu gelangen, wo immer das auch liegen mochte. Wie richtig diese Annahme war, musste der Pater nun in den letzten zwei Wochen erfahren. Schon weit vor Beuron folgten die großen Handels- und Reisepfade nicht mehr konsequent dem Fluss. Und nach seiner Rast im Kloster Beuron konnte Johannes mehrfach nicht mehr so schnell erkennen, welchen Pfad der Verfolgte denn tatsächlich genommen hatte. Häufiger musste er auf gewählten Strecken nach

Abzweigungen kehrt machen, wenn er nach der Befragung von Einheimischen oder den seltener gewordenen Reisenden erkannt hatte, dass er die falsche Entscheidung getroffen hatte. Auf diese Weise hatte er noch mehr Zeit verloren.

Jetzt, in den Höhen des Schwarzwalds, lag der Pater schon um fast zwei Tage hinter dem Ritter zurück. Die Jagd war mittlerweile zum schier aussichtslosen Unterfangen abgerutscht!

Enttäuscht hockte Johannes an der großen Abendmahl-Tafel im Kloster Sankt Peter. Der Abt sprach in dem üblichen Latein die Worte des gemeinsamen Gebetes. Nach dem letzten Amen erhoben die Mönche ihre Häupter wieder und griffen, einer nach dem anderen, die große Kelle aus dem herumgereichten Topf, um ihre Teller mit der dünnen Suppe zu füllen.

Jakobus, der Johannes gegenüber sitzende junge Mönch, stellte sich vor und sprach ihn dann direkt auf sein scheinbar deutlich sichtbares Gefühlsleben an:

„Sag, Bruder, was bedrückt dich? Ich habe dich schon vor dem Abendmahl bei den Unterkünften gesehen. So schaut kein unbeschwerter Gottesdiener aus."

„Das magst du gut beobachtet haben, Jakobus."

Jakobus schaut den fremden Mönch einige Sekunden schweigend an.

„Dich plagt das Heimweh?"

„Nein."

„Aber du bist jetzt weit weg von daheim, oder?"

Johannes überlegte einen Moment. Daheim? War Passau sein Daheim? Oder war seine Heimat nicht vielmehr der Ort, an dem seine Mutter ihn gebar und in dem er seine Kindheit und Jugend verbrachte? Johannes konnte sich spontan nicht festlegen. Doch der Unterschied war für die Beantwortung der Frage auch unerheblich. Denn weder das eine noch das andere bestimmte jetzt seine Gefühle.

„Ja, Jakobus, ich bin weit weg von dort. Aber das spielt für mich keine Rolle."

„Was dann?"

„Mein Auftrag in Gottes Dienst."

„Was meinst du? Gott dienen?" Das Erstaunen in Jakobus' Gesicht war nicht zu übersehen.

„Nein. Gott dienen wird mir nie beschwerlich. Nein. – Doch mein Bischof gab mir einen Auftrag."

„Der dich bedrückt ..."

„Nein. Den Auftrag will ich gern durchführen. Doch es scheint mir nicht zu gelingen. Mich bedrückt weniger der Auftrag als vielmehr, dass ich ihn nicht ausführen kann."

„Nun, wenn es nicht geht, dann lass es."

Johannes sah den jungen Jakobus resignierend lächelnd an.

„Aufgeben? Im Namen meines Bischofs?" Er schüttelte nur ungläubig den Kopf.

„Und warum will dir die Erfüllung nicht gelingen?"

„Ich jage einen Menschen und kann ihn nicht mehr stellen."

„Du jagst?" Jakobus schreckte auf und maßregelte leise, aber doch erbost: „Ein Pater jagt keine Menschen!"

„Mein junger Freund, du wirst noch einiges lernen müssen. Glaubst du, die heilige Kirche hätte keine Feinde."

„Doch, hat sie. Viele. Wenn die Muselmanen kommen, so würden wir alle sie gemeinsam zurück schlagen. Aber hier? Wir sind doch nicht im Krieg! Zumindest nicht hier. Da jagst du einen Menschen?"

Johannes nickte, löffelte dabei weiter seine Suppe.

„Mit den Expeditionen ins Heilige Land hat es durchaus zu tun. Aber anders, als man meinen könnte. Keine Aktion gegen die Osmanen. Sondern ein Schlag gegen einen unserer Kämpfer, der sich eines verräterischen Vergehens schuldig machte."

„Wie das?"

„Er tötete eine unserer Schwestern und stahl dem Bischof ein Schriftstück hohen Wertes."

„Wegen eines Schriftstücks?" Jakobus schaute ungläubig, um dann aber gleich einzuschwenken. „Aber das Töten einer gläubigen Frau Gottes ist schwerwiegend, das sehe ich ein."

„Ich verfolge den Übeltäter jetzt schon seit bald sechs Wochen. Doch ich komme ihm nicht näher."

„Bist du denn auf der richtigen Fährte?"

„Das glaube ich."

„Das heißt, er kam hier vorbei?"

„Ja. Vermutlich vor zwei Tagen."

„Vor zwei Tagen, sagst du. – Wie sieht er aus?"

„Er trägt die Insignien der Expedition. Das große rote Kreuz auf seinem Umhang und seinem Gewand sollte einem Jeden auffallen. Sein Gesicht trägt keine besonderen Züge; dunkelblondes, schulterlanges Haar, sein Bart wirkt eher flaumig. Er mag um die achtundzwanzig Jahre im Alter sein. Das eine Mal, als ich ihn sah, ist mir keinerlei Reisegepäck aufgefallen. Sollte er einen Sack mit sich tragen, so ist dieser wohl eher klein. Er reist also wohl ähnlich wie ich. Darum hole ich ihn wohl auch nicht recht ein."

„Vor zwei Tagen. – Ich denke, ich sah ihn. Und sprach sogar mit ihm."

„Wirklich? Das wäre ja ein besonderer Glücksfall! Was sagte er?"

Jakobus zog die Mundwinkel abwärts, überlegend, was denn Bemerkenswertes an dem Gespräch hätte sein sollen.

„Er erzählte von der bewaffneten Pilgerfahrt. Aber sonst ..."

„Irgendetwas über das Kloster Niedernburg und Passau?"

„Nein, kein Sterbenswörtchen. Er berichtete nur beiläufig, dass der lange Weg entlang der Donau ihn heim führen sollte."

„Und – wo ist sein Heim?" Johannes hob seine Stimme und quoll vor Neugierde über. Die Resignation schien von einem Augenblick zum nächsten wie verflogen.

„Tut mir leid, Bruder, das weiß ich nicht. Er erwähnte nur seinen Herrn Ulrich. Doch wo der seine Güter hat, kann ich dir nicht sagen."

„Keine Andeutung?" Eine erste Enttäuschung klang wieder in des Paters Stimme mit.

„Nein. Nun ... er erwähnte allerdings, dass er in der Ebene hinter Freiburg dem Fluss stromaufwärts folgen wolle."

„Den Rhein stromaufwärts! Das ist doch etwas! Das hilft mir sehr, Jakobus!" Freudig strahlt Johannes seinen Gegenüber an. „Aber bist du dir auch sicher über das, was er sagte, und ob er es denn war?"

„So, wie du ihn beschrieben hast, habe ich keinen Zweifel."

„Hmm!" Zufrieden grunzte Johannes mit geschlossenen, zu einem leichten Lachen gezogenen Mund heraus: „Dann kriege ich dich doch, mein Freund!"

Jakobus verstand, dass nicht er der Adressat des letzten Satzes war. Der tatsächlich Angesprochene richtete sich jetzt wohl irgendwo in der Rheinebene südlich von Freiburg sein Lager für die Nacht.

„Sag, Johannes, was ist das für ein wichtiges Schriftstück?"

Der Pater überlegte einen Augenblick, ob er denn darauf eine ausgiebige Antwort geben wollte.

„Nun, Jakobus, es geht um die Weg-Beschreibung zum großen Schatz der Burgunder."

„Ein großer Schatz ... Und wo liegt dieser Schatz?"

„Das, lieber Jakobus, kann und darf ich dir nicht sagen. Leider. Aber deswegen – weil die Beschreibung so gewichtig und geheim ist – muss ich dieses Papier für den Bischof zurückholen."

Jakobus hatte verstanden. Er nickte und fragte nicht weiter. Weltliche Güter hatten ihn persönlich auch nicht zu interessieren.

Für die beiden Patres kam auch alsbald der Zeitpunkt für die nächtliche Ruhe. Zum ersten Mal seit vielen Tagen schlief Johannes mit einem guten Gefühl ein.

*

Früh am nächsten Morgen brach Pater Johannes in Richtung Freiburg auf. Seine Schritte folgten energisch und in schneller Folge dem Pfad am Waldrand entlang. Er hatte wieder ein greifbares Ziel vor Augen.

Pater Jakobus schaute ihm noch nach, bis Johannes nicht mehr zu sehen war. Dann begab auch er sich an sein Tagwerk und zog sich in die Schreibstube zurück. Er war froh, heute etwas nicht Alltägliches in das Kloster-Tagebuch protokollieren zu können.

Kap 8   -   Engelburg

„Mach es dir schon mal bequem. Ich ziehe mich eben um – ich hoffe, soviel Zeit haben wir."
„Na klar."
„Geh schon mal ins Wohnzimmer, gleich links!"
Damit verschwand Maria im hinteren Zimmer auf der linken Seite.

Frank musterte die Einrichtung der kleinen Wohnung. Das Ambiente überraschte ihn – und doch wieder nicht. Genau genommen hatte er sich auf der Fahrt hierher keinerlei Vorstellung über die Art und Weise gemacht, wie Maria ihren Lebensraum gestaltet hätte. Ohne jeglichen weiteren Gedanken und vielleicht von der in Geralds Welt erblickten Nüchternheit geprägt hatte er verschwommen eine zwar nicht altertümliche, aber doch von Biederheit bestimmte Wohnung erwartet.

Doch die Realität lehrte ihn eines Besseren. Gleich im Eingangsflur stachen ihm die kunstvollen Fotografien ins Auge, deren schnörkellose, gradlinige Farbrahmung die Bildwirkung an den beiden Wänden aufs Trefflichste unterstrich. Als seien die Bildfassungen die Vorlagengeber für Marias Brille gewesen, deren klare Kontur die Wirkung ihrer Augen ohne großartige Schminke so markant hervorhob.

Nicht nur in der Diele, auch im Wohnzimmer und scheinbar in der ganzen Wohnung waren die Wände in ganz leicht beige getönter Raufaser tapeziert. Dadurch kamen die Bilder noch besser zur Geltung.

Franks Eindruck setzte sich im Wohnzimmer fort. Auch hier prägten Bilder das Ambiente, aber keine Fotos wie im Flur und auch nicht gerahmt. Drei rahmenlose, aufgezogene Leinwände in gleicher Größe bildeten zusammen ein Gesamtwerk, das einen türkisfarbenen amerikanischen Straßenkreuzer mit seinen riesigen Heckflossen schräg von hinten gesehen zeigte, wobei die drei Einzelbilder nicht aneinander stießen, sondern Zwischenräume wie die Stege eines dreiteiligen Fensters ließen.

Ein Sofa, das durch seine dunklen, freistehenden Holzbeine trotz seiner Dreisitzigkeit zierlich wirkte, und das dazu passende zweisitzige Gegenstück formten ein kleines halbes Carrée. Der im

Zentrum des Carées stehende flache Holztisch wirkte winzig. An der Wand gegenüber des Dreisitzers prangte ein großer Flachbildschirm. Darunter ersetzte ein halbhoher Schrank mit großen Schubladen einen Wohnzimmerschrank.

Frank setzte sich auf den Zweisitzer und blickte so genau auf die geöffnete Zimmertür.

„Möchtest du etwas essen? Das Mittagessen haben wir ja bisher ausfallenlassen. Ich kann auf die Schnelle Käse und ein Baguette servieren. Das ist okay, oder?"

Marias Stimme tönte vom Flur herüber.

„Klar. Das wäre mir recht."

„Okay. Einen kleinen Moment bitte."

Frank sah Maria an der Tür vorbeihuschen. Er sah sie nur den Bruchteil einer Sekunde, doch er hatte den Eindruck, eine andere Frau gesehen zu haben. Offensichtlich war Maria in die Küche schräg gegenüber geeilt.

„Minütchen noch!"

Zwei Minuten Später kam sie mit einem Tablett ins Wohnzimmer. Jeans und ein weites T-Shirt boten Frank jetzt einen willkommenen Kontrast zu dem Kostüm, auch wenn die Frau ihm in dem strengen, eleganten Outfit zuvor durchaus nicht unansehnlich erschienen war.

„Willkommen in der Welt der normal Sterblichen", grinste er sie von oben bis unten musternd.

„Idiot!", flötete sie lachend zurück. „Greif ruhig schon einmal zu. Ich hole noch das Notebook."

Und schon verschwand sie wieder in ihr Schlafzimmer, um zwanzig Sekunden später schon wieder vor ihm zu stehen.

„Soll ich den Großen anschließen?"

„Den Großen?"

„Den da." Maria zeigte auf den Flachbildschirm an der Wand.

„Klar. Schaden kann es sicher nicht." Frank schmunzelte. Und noch mehr, als Maria an dem Schrank unter dem Fernseher eine Tür öffnete und ein langes Kabel herauszog, das bis hinüber zu der dreisitzigen Couch reichte. Frank pfiff kaum hörbar durch die Zähne. Zweifellos konnte Maria hier gemütlich auf dem Sofa sitzen oder liegen und per Notebook den großen Bildschirm ansteuern. Frank stellte sie sich vor, wie sie sich hier herum lümmelte und las, recherchierte, Filme schaute oder Musik hörte – alles über ihren Computer. Dass Maria technisch nicht ganz unbeleckt war, hatte er im Laufe des Tages schon erahnen können.

„Schmeckt's?"

Frank nickte kauend.

„Sag, wenn du mehr willst. Ist noch genug da." Dies sprechend steckte sie Bildschirm- und Netz-Kabel ein, startete den Computer und legte CD und Stick bereit.

„Zuerst das Schriftstück vom Stick?"

Frank schluckte seinen Bissen herunter und presste ein „Jou" hervor.

Fünf Minuten später erschien die Handschrift auf dem Notebook-Display und dem Wandschirm. Frank kniff die Augen zusammen und blinzelte das krakelige Schriftbild an.

„Kannst du das lesen?", fragte er ungläubig.

„Ja, ich glaube schon. Wenigstens Schrittchen für Schrittchen."

Maria scrollte runter zum Ende des Dokuments, dann wieder hoch, wieder ein Stück herunter und wieder nach oben.

„Moment." Mit diesem Wort sprang sie auf, eilte wieder in das Schlafzimmer und kam mit einem dicken, abgegriffenen Buch zurück.

„Manchmal sind veraltete Wörterbücher doch noch sehr nützlich." Dabei grinste sie Frank kurz an und blickte dann in das Buch.

„Also eines weiß ich schon einmal, ohne etwas nachschlagen zu müssen. Geschrieben hat das Dokument Pater Pius Kolb."

„Den du natürlich kennst", merkte Frank ironisch an.

„Klar." Marias Antwort kam sehr ernst. „Natürlich nicht persönlich. Das war nämlich einer unserer Stiftsbibliothekare. Vor ..." Maria stutzte einen Moment. „... vor genau, also ganz exakt 300 Jahren trat er in diese Position ein."

„Aaaah ja."

„Genau. Und geschrieben hat er das Dokument im Jahre 1722."

„Und was schreibt er?"

„Moment, lieber Frank, sooo schnell geht das nun auch nicht."

„Aber es ist in Deutsch verfasst, oder einem Dialekt?"

„Mit Deutsch liegst du schon richtig. Wie es halt vor 300 Jahren aussah."

Maria lächelte ihn kurz an und vertiefte sich dann wieder in ihre Arbeit. Sie scrollte vor und zurück, vergrößerte mal an der einen, dann an einer anderen Stelle. Zwischendurch schlug sie irgendwelche Worte in dem dicken Wälzer nach. Frank blickte immer wieder auf den Wandschirm und versuchte, Wörter zu entziffern, doch er scheiterte fast immer schon an der Handschrift, bevor er überhaupt eine klare Buchstabenfolge erkennen konnte. Und hatte er doch einmal ein Wort entziffert, so sagte ihm die Buchstabenfolge nichts. Umso stolzer war er dann, wenn er doch einmal ein Wort in seiner Gesamtheit verstand. Das waren dann aber nur Artikel oder ähnliches. Hier mal ein ‚und', dort mal ein ‚die'.

Maria wirbelte eine Viertelstunde lang und machte sich zwischendurch immer wieder Notizen. Dann ließ sie den Stift fallen.

„So, ich habe es."

„Dann schieß los!"

Wieder saß Frank wie am Vormittag gespannt neben Maria. Jetzt verfolgte er aber nicht ihre Handbewegungen, sondern sein Blick pendelte zwischen Marias Gesicht und dem Bildschirm hin und her.

„Also los. Ich nenne aber jetzt nicht jedes Wort so hundertprozentig, sondern fasse das Wichtigste zusammen. Okay?"

„Okay."

„*Festgehalten am 28. September des Jahres 1722. Notiz zu meinen Inventarlisten. Bei meinen Arbeiten entdeckte ich, dass die Schrift über den Benediktiner-Pater Johannes, die ich historisch und vor allem inhaltlich schon vor meiner Ernennung zum Bibliothekar des Stiftes als sehr bedeutsam einstufte, von den Zürichern vor drei und auch vor zwei Jahren nicht zurückgegeben wurde. Die Berner konnten gar glaubhaft versichern, dass sie keine Dokumente vor einem Jahr in ihrem Besitz behielten. Meine Nachforschungen und Anfragen bei jenen aus Zürich und Bern ergaben, dass diese Schrift auch nicht in den Verzeichnissen jener Räuber von 1712 zu finden ist, die sie über die erbeuteten Werke anfertigten. Diese Notiz möge mich oder auch meine Nachfolger in späterer Zeit daran erinnern, diesen Bericht über die Jagd des Johannes nach der Wegbeschreibung zu jenem berühmten Schatz nicht zu vergessen und seinen Verbleib aufzuspüren. Gezeichnet: Pius Kolb.*"

Maria blickte Frank stolz an.

„Und? Was sagst du jetzt?"

Frank zögerte. Er sortierte offensichtlich noch seine Gedanken. Für einen Moment schloss er die Augen. Dann fasste er zusammen.

„Also nochmal. Es gibt einen Bericht über einen Pater, der einer Wegbeschreibung nachjagt. Dieser Bericht ist weg. Seit 1712. Pius Kolb glaubte, dass bestimmte Räuber aus Zürich oder Bern ihn haben, die sagen aber ‚nein'. Richtig so? Ach ja, und die besagte Wegbeschreibung führt zu einem Schatz. Richtig?"

„So ist es, Frank."

„'ne Schatzkarte!" Frank schüttelte diesem Ausruf tätigend den Kopf. „Und das sollen wir glauben?"

„So etwas Ähnliches hörten wir doch heute schon einmal, oder?"

„Etwas Ähnliches ...? Ach, ... Scheinbar hat Orschel daran geglaubt, oder? Wie war das noch? ‚Der wahre Deutsche Schatz' oder so?"

„Na, ob Gerald daran glaubte, wissen wir nicht. Hatte er das, was der Polizist vorlas, geschrieben oder empfangen? War er der Adressat oder der Absender? War das überhaupt eine Nachricht? Aber du hast recht. Der wahre Deutsche Schatz ist uns heute schon begegnet – aber sonst wissen wir nichts."

„Und dafür soll jemand umgebracht worden sein?" Frank hatte seine Zweifel. „Das hört sich doch mehr nach Kinder-Abenteuer-Geschichte an."

„Für die Orschel starb und wegen der er etwas in einem Bild versteckte?", warf Maria ein.

Frank sah sie schweigend eine gefühlte Minute an.

„Also – wo ist die CD? Jetzt schauen wir auch da hinein."

Maria grinste zufrieden und schob die CD ins Laufwerk.

*

Andreas hatte den Polo mit dem ihm durchgegebenen Kennzeichen im Blick. Und auch die zwei Autos dahinter stehende schwarze Limousine, an deren Steuer schon die ganze Zeit über jemand saß und scheinbar ebenfalls die Straße beobachtete. Andreas war sich seiner Sache sicher, dass der andere ihn im Gegenzug nicht schon genauso entdeckt hatte. Dazu war er zu vorsichtig umgegangen und ließ seinen Kopf nur derart über der

Gürtellinie des eigenen Autos erscheinen, dass das direkt vor ihm stehende Fahrzeug den geeigneten Sichtschutz bot.

Andreas verglich die Nummern. Die schwarze Limousine trug nicht das Kennzeichen, das Bartoli ihm durchgegeben hatte. Also saß dort drüben wohl nicht dieser Gäggeler, vor dem Bartoli ihn ausdrücklich gewarnt hatte, weil er einer der besten Polizisten im Kanton sei. Wie dem auch war – Andreas wollte auch bei dem da drüben kein unnötiges Risiko eingehen. Das wollte er bei niemandem. Er zog das Magazin aus seiner Pistole und überprüfte noch einmal die Vollzähligkeit der Munition. Dann schob er es klackend wieder in den Griff.

Das Telefonat mit Bartoli und vor allem die verdeckte Konfrontation mit dem Mann dort drüben machte Andreas klar, dass es sich hier allem Anschein nach um mehr und um größeres handelte, als er zuvor vermutet hatte. Aber er würde das locker abwickeln – da war er sich sicher. Und so gut er die unliebsame Begegnung heute Vormittag gemeistert hatte und den Auftrag unerkannt erfüllt hatte, so gut würde auch der Rest der Aktion ablaufen.

Bartoli konnte sich auf ihn verlassen.

Er setzte sich wieder ans Steuer und fuhr los. Die wenigen Kilometer bis in die Gallusstrasse hatte er schnell zurückgelegt.

*

„Ein Text-File und ein Scan – sonst nichts."

„Was hatte er eingescannt?"

„Moment. – Hier. Eine Seite aus einem Buch."

„Ach schön! Gedrucktes Schriftbild!"

„Und ganz klar später entstanden. Und, wie gesagt, das hier ist kein einzelnes Schriftstück, sondern muss aus einem Buch sein, wie du an der Scan-Unschärfe im Bereich der Bindung erkennen kannst."

„Gut. Also ein Buch. Und?"

„Jetzt willst du auch noch Titel, Erscheinungsjahr und Auflage wissen, oder?" Zweifellos meinte Maria ihre Frage nicht ernst, wie ihr Lachen verriet. „Mal sehen, was wir herausfinden."

Und wieder scrollte sie los, zoomte hinein und wieder heraus, glich Wörter ab, wobei das jetzt viel flotter ging, da sie keine Handschrift entziffern musste. Sie unterbrach zwischendurch auch ihre direkte Analyse und wählte sich über das Internet in die Seiten der Stiftsbibliothek ein, um kurz danach wieder weiter zu analysieren.

„Von Magnus Hungerbühler."

„Von wem?"

„Ganz augenscheinlich von Pater Magnus, einem von Kolbs Nachfolgern. Das muss eine Seite aus einem damaligen Sankt Galler Inventarverzeichnis sein. Da listet Magnus Fehlbestände auf. Alles nicht so wichtig, glaube ich. Bis auf diesen Nebensatz."

Maria legte ihren Zeigefinger auf das Notebook-Display, so dass Frank seinen Blick vom Wand-Bildschirm abwenden musste, um die genaue Position der Textstelle zu erkennen.

„Hier: ..., *wie von Kolb in seiner Handschrift von 1722 über einen Berichtes bezüglich der Existenz einer genauen Ortsbeschreibung zum großen Schatz der Burgunder vermerkt.*"

„Schatz der Burgunder? Wo hatte er das denn jetzt her?"

„Das weiß ich nicht. Geraten?"

„Und der Rest?"

„Wie gesagt, nichts wesentliches. Hier noch das Datum."

„Von wann?"

„1776."

„Macht uns das schlauer?"

Maria zog die Schultern hoch. „Ich sehe sonst nichts."

„Vielleicht hilft uns ein Blick ins Buch selbst – ich meine, mal wieder nicht als Scan?"

„Vielleicht."

„Komm, Maria, das hilft uns jetzt nicht weiter. Zum nächsten! Was steht im Text-File?"

„Moment. – Hier. Das könnte Gerald selbst geschrieben haben."

Frank las den Text.

- *Kolb-Hinweis*
- *Magnus-Hinweis (nicht auf Kolb, sondern Burgunder)*
- *2006 nicht bei der Rückgabe und nicht im Verzeichnis*
- *Anfrage aus Einsiedeln;*
  Kreuzritter mit Herren Fürst oder Graf Ulrich;
  Burgunder-Schatz

„Hm." Frank dachte ansonsten stumm nach. Auch Maria brütete über das Geschriebene. Dann brach er nach mehr als einer Minute das Schweigen.

„Also – den Pius-Hinweis kennen wir jetzt. Den Magnus-Hinweis auch. Was hat es mit dieser Rückgabe auf sich?"

„Ich glaube, Frank, ich weiß jetzt, was Kolb meinte. Und wer die Räuber waren."

Frank schaute sie verwirrt und fragend an. Er hatte keine Idee, was sie meinte.

„Kolb zielte darauf ab, dass die Schrift als Folge der Toggenburger Kriege verschwand."

„Und?"

„Nun, Sankt Gallen verlor damals eine Auseinandersetzung mit Bern und Zürich. Du weißt selbst – nehme ich zumindest bei deinem Job an -, dass in der alten Eidgenossenschaft die kleinen Reiche ziemlich miteinander haderten. Sankt Gallen gehörte übrigens nicht direkt zur Eidgenossenschaft. Und nach der Niederlage der Galler räumten die Züricher Sieger die Bibliothek halb leer und nahmen die in ihren Augen besten oder gewichtigsten Stücke mit. Nach zähen Verhandlungen gingen dann ein paar Jahre später viele Teile wieder zurück hier nach Gallen."

Frank nickte. „Das war dann wohl 1719 oder 1720, wenn ich Kolbs Bemerkung richtig einordne."

„Wahrscheinlich. Das müsste ich jetzt genauer nachschlagen."

„Nee, lass mal! Erzähl weiter! Ich nehme an, du warst noch nicht fertig."

„Stimmt. Das Verrückte an diesem Streit um die Schriften – allgemein als Kulturgüter bezeichnet – war, dass er bis 2006 dauerte. Du hast richtig gehört. 2006! Also bis in unser heutige Zeit. Verrückt, nicht?"

Frank nickt nur sprachlos.

„Im Jahre 2006 wurde also dieser Kulturgüter-Streit offiziell beendet. Viele der Güter wurden als Leihgabe an unsere Bibliothek zurückgegeben. Andere verbleiben jetzt hochoffiziell mit Einwilligung der Galler in Zürich."

„War dieser riesige Globus auch in Zürich?"

„Hey, du bist ein guter Beobachter! Und hast gleich ein besonderes Stück herausgegriffen. Ja und nein. Der Globus war in Zürich – und ist noch immer dort. Die Züricher verpflichteten sich, eine Kopie anzufertigen, die jetzt hier steht."

Frank schaute noch einmal auf die Anzeige der Textdatei.

„Ah, ich glaube, ich verstehe. Orschel griff scheinbar das Thema auf, als er nach der Rückgabe 2006 feststellte, dass das besagte Schriftstück weder bei der Rückgabe noch in Zürich wieder auftauchte."

„Bingo, lieber Frank."

Mittlerweile konnte sich Frank gut an Marias triumphierendes Lächeln gewöhnen, wenn sie einen richtigen Faden erwischt hatte. Von ihm aus könnte sie das gern noch öfter tragen. Das Lächeln – oder besser: die zugrunde liegenden Fakten – brachte sie jedes Mal weiter.

„Gut. Das erklärt jetzt aber nur, warum Orschel vielleicht tiefer in die doch dreihundert Jahre unbeantwortete Frage einstieg. Aber Neues hatte er damit doch nicht, oder?"

„Nein, ich fürchte, dass du da recht hast."

„Und jetzt, Maria?"

„Es bleibt die Anfrage aus Einsiedeln."

„Ja. Aber die kennen wir nicht. Wir kommen nicht weiter. – Wer könnte aus Einsiedeln denn bei Orschel anfragen?"

„Na, theoretisch natürlich jeder. Wir nehmen schließlich eine öffentliche Aufgabe wahr."

„Wenn es denn eine Anfrage an die Bibliothek war."

„Stimmt."

„Einmal angenommen, es war eine Anfrage an die Bibliothek – wie erfolgen solche Anfragen?"

„Mittlerweile zumeist per Email."

„Hm. Dann müssten wir bei der Polizei anfragen. Die hat ja jetzt seinen Rechner. Oder euren Netz-Server noch einmal inspizieren."

„Klar. Aber an seinen Email-Account käme ich auf dem Server nicht heran."

„Und einmal angenommen, es wäre keine Anfrage an die Bibliothek gewesen. Wie würde dann die Anfrage erfolgen?"

„Zunächst einmal würde ich annehmen: genauso. Oder telefonisch."

„Ist aber auch hypothetisch. Seine Telefonverbindungen können wir sowieso nicht untersuchen."

„Aber vielleicht sein privates Email-Konto."

„Wie das denn?"

„Ich weiß, bei welchem Provider Orschel sein Email-Konto hat, nämlich bei dem, den auch ich nutze. Und so wenig er auch mit Emails zu tun haben wollte - er benutzte das Konto, das weiß ich. Wir tauschten durchaus ab und zu Infos außerhalb der

Bibliothek darüber aus, und somit kenne ich natürlich seine Email-Adresse. Gerald hatte übrigens die Angewohnheit, seine Emails auf dem Provider-Server zu belassen und nicht unbedingt herunter zu laden. Das könnte uns helfen."

„Schön. Und? – Hast du sein Passwort?"

„Nein."

„Dann vergiss es, Maria."

Frank schob sich noch einen Käsewürfel in den Mund und ließ sich auf das Zweiersofa fallen. Etwas resigniert schaute er von dort Maria an, die ihrerseits die Mundwinkel nach unten ziehend seine Blicke erwiderte. Frank schob noch einen zweiten Käsehappen hinterher und kaute scheinbar minutenlang.

„Also sind wir nicht wirklich weiter gekommen, Maria. Ein Bericht, den wir nicht kennen, ist vor dreihundert Jahren abhanden gekommen, Pater Magnus und Gerald hatten Vermutungen, die Rückgabe in 2006 bestätigte nur das, was Kolb schon fast 300 Jahre vorher geschrieben hatte, und es gibt eine Anfrage aus Einsiedeln, die mehr Aufschluss geben könnte, an die wir aber nicht herankommen – falls sie überhaupt noch existiert. Toll!"

Maria nickte resigniert, seiner Ironie zustimmend. Nervös rieb sie ihre Hände und grübelte offensichtlich noch über etwas nach.

„Warte einmal, Frank. Du sagtest, der Bericht ist abhanden gekommen."

„Ja. Stimmt doch, oder habe ich jetzt etwas übersehen?"

„Nein. Im Gegenteil. Vielleicht haben andere etwas übersehen. Kolb spricht von Diebstahl. Die Räuber sagen ‚nein, haben wir nicht'. Und alle Fakten scheinen das Statement die Züricher zu bestätigen."

„Also?"

„Mensch, das liegt doch auf der Hand! Ganz schlicht und ergreifend: Die hatten das Schriftstück wirklich nicht mitgenommen!"

„Das heißt, es ist doch noch hier?"

„... oder einen anderen Weg gegangen."

Maria startete mit flinken Fingern eine Suche im Internet. Frank konnte nicht mitzählen, wie viele Seiten sie aufrief. Nach zehn Minuten setzte sie wieder ihren triumphierenden Blick auf.

„Bürgisser! Leodegar Bürgisser. Hiesiger Abt zur damaligen Zeit. Er floh 1712 aus Sankt Gallen."

„Und der könnte Werte mitgenommen haben ..."

„Könnte er?" Maria grinste. „Ich bin mir sicher - das tat er auch!"

„Wohn ging er?"

„Nach Neuravensburg."

„Wer wurde hier dann Abt?"

„Keiner. Er blieb der Abt. Moment ... bis zu seinem Tod. Die ganze Abtei war ausgewandert."

„Hoho! Das spräche ja tatsächlich dafür. Wo liegt dieser Ort?"

„Den Ort gibt es heute nicht mehr." Maria blätterte im Internet weiter. „Da ist nur noch eine Ruine. Jenseits von Lindau in der Nähe von Wangen, auf der anderen Seite des Bodensees."

„Zeig!"

Frank sah sich die heutigen Bilder der Burgruine an. Dann schüttelte er den Kopf.

„Das können wir uns abschminken. Gibt es dort in der Nähe ein Museum oder eine Bibliothek mit alten Schriften?"

Maria schüttelte den Kopf. Kein triumphierendes Lachen mehr.

„Ach komm, Maria! Wo soll der Kram des Abtes dann abgeblieben sein?"

Maria zog wieder nur die Schultern hoch und suchte weiter.

„Rudolphi! Sein Nachfolger Rudolphi ging mit der Abtei wieder zurück nach Sankt Gallen. Ich sage jetzt einfach mal, dass der alles wieder zurück geschafft hatte."

„Und wo ist es dann?"

„Wenn Rudolphi das Schriftstück zurückgebracht hatte, dann ist es jedenfalls schon mal nicht nach Zürich gewandert. Dann müsste es unbemerkt von Pius Kolb hier sein – zumindest 1718, als Rudolphi wiederkam."

„In irgendeiner dunklen Ecke", bemerkte Frank ironisch.

„Genau." Die Ernsthaftigkeit in Marias Antwort verblüffte ihn. „Du glaubst ja gar nicht, Frank, wie viele noch nicht genauer untersuchte Werke noch bei uns schlummern. Sicher bei Weitem nicht so viele, wie schon katalogisiert, aber doch genug, dass sich dazwischen der gesuchte Bericht finden könnte. Wir müssten nur lokalisieren, ob dazwischen irgendwelche Werke aus der Rudolphi-Zeit hängen."

„Und wieso ist Orschel nicht auf diese Idee gekommen?"

„Vielleicht fehlte ihm nur der richtige Gesprächspartner, der formuliert hätte, dass der Bericht abhanden gekommen war."

Maria grinste jetzt richtig frech. Frank zog nur lachend die Augenbrauen hoch. Und er verspürte ein eigenartiges Gefühl, das für ihn gar nicht recht hier her passte: er war richtiggehend stolz auf seine Partnerin bei dieser Suche.

„Also wieder zurück ins Tal?"

Maria nickte. Sie packten Notebook und Papiere sicherheitshalber ein und begaben sich mit allem zum Auto.

Kap 9 - Rudolphis Stapel

Das Star Wars Main Theme ertönte. Gäggeler nahm das Telefonat an.

„Ja, Niederer, was gibt's? ... Oh, ... kommen jetzt schon wieder zum Stift ... Gibt es einen ersichtlichen Grund? ... Nein, ist auch nicht so schlimm. Ich weiß jetzt, dass die beiden wieder her kommen. Ich kümmere mich darum. Sie können jetzt Pause machen. Wenn ich Sie wieder brauche, insbesondere, wenn die beiden sich wieder auf den Weg machen, dann melde ich mich wieder. Bis dahin ... Ja, ciao."

Nachdenklich steckte Gäggeler das Handy wieder weg. Aus der untersten Schublade seines Schreibtisches holte er ein kleines, abgegriffenes Holster hervor, das von seiner Deckellasche vollständig geschlossen wurde, steckte es in seine Jackentasche und ging. Er wollte auf alles vorbereitet sein.

*

„Hier entlang, Frank."

Maria führte ihn durch die Treppe ein Stockwerk tiefer. Das Mauerwerk erschien hier gröber, da es bis auf wenige kleine Stellen unverputzt war. Offen angebrachte Stromkabel verbanden die einfachen, zwecks Schlagschutzes vergitterten Wandleuchten. Nach einigen Metern zweigte ein weiterer Gewölbegang nach rechts ab, in den Maria ihn hineinführte. Die seitlich abgehenden, in einzelne Räume führenden Türen endeten alle noch oben hin in einem Bogen, da auch die Türdurchgänge als Gewölbe ausgeformt waren.

Frank war bereits im Erdgeschoss aufgefallen, wie wenig Maria in ihren Jeans für ihn in das Stiftsgebäude passte. Hier unten stach ihm das noch mehr ins Auge. Das lag sicher weniger daran, dass eine Bibliothekarin keine Jeans tragen dürfte; die Freiheit hätte sie sicher jederzeit gehabt. Vielmehr verband Frank seit ihrer ersten Begegnung heute Morgen mit dem Begriff „Bibliothekarin Maria Brugger" ein elegantes, aber streng geschnittenes Kostüm. Vor ihm ging jetzt nicht die Bibliothekarin, sondern einfach Maria.

„Hier müssen wir hinein."

Maria öffnete eine Tür, die sie nach innen aufstieß. Sie betätigte den Lichtschalter, und im hinteren Bereich des unerwartet großen Raumes erleuchteten zwei kleine Lampen das Gewölbe nur spärlich. Säulen links und rechts stützten das weite Deckengewölbe. Schnuppernd stellte Frank fest, dass trotz des wenig technischen Eindrucks des Zimmers die Luft gefiltert und klimatisiert schien. Ohne die Tür wieder zu schließen folgte Frank Maria durch den Raum. Das Licht vom Flur fiel durch die Eingangsöffnung und ergänzte die schwache Innenbeleuchtung; allerdings nicht sehr lange, dann löschte die Zeitsteuerung das Flurlicht.

„Hier könnte etwas sein."

Maria griff im hinteren Bereich des Raumes aus einem Regal einen Dokumentenstapel, blies die Staubschicht vom obersten Blatt und prüfte die Beschriftung. Dann legte sie den Stapel wieder zurück und griff den nächsten. Diese Prozedur wiederholte sich an die zehn Mal, dann hörte Frank ihren befriedigten Ausruf.

„Da könnte etwas dabei sein!"

Mit dem von einem alten Band zusammengehaltenen Papierstapel ging Maria zu dem freistehenden Holztisch am Ende des Raumes. Mit Frank an Ihrer Seite entknotete Maria das Band und legte Blatt für Blatt auf die Seite.

In ihrer Konzentration bemerkten die beiden den Schatten nicht, der sich von der Eingangstür hinter die seitlichen Säulen schlich.

„Hier, siehst du? Das sind Rudolphi-Dokumente."

Maria steigerte ihren Eifer.

„Und hier, eine Anordnung zu ..." Maria zögerte. In dem schlechten Licht dauerte es einige Augenblicke, bis sie alles entziffert hatte.

„... Tischlesungen, Silentium und Mitternachtsmette vom Oktober 1718, unterzeichnet mit Joseph von Rudolphi."

Wie ein Kind im Süßigkeiten-Laden stöberte Maria weiter.

Aus dem Schatten der nächsten Säule tauchte im Rücken der beiden ungefähr drei Meter entfernt die Mündung einer Feuerwaffe auf. Langsam senkte sich die Öffnung des Laufes. Der Unbekannte schien genau auf die beiden am Tisch zu zielen.

„Hier! Hier ist es! Wir haben es!"

Maria machte einen Freudenhüpfer.

„Was haben Sie?"

Laut und deutlich tönte die dunkle Stimme von der Tür herüber. Gäggeler! Er stand in der Türöffnung und fixierte Maria und Frank mit seinem von der anderen Raumseite allerdings nur schwer zu erkennenden Blick.

„Wir ..." Maria stockte.

„Erzähl was anderes!", flüsterte Frank ihr zu, als er mit seiner rechten Hand hinter Marias Rücken und damit aus Gäggelers Blickrichtung verborgen das Schriftstück, das Maria als letzes in der Hand hielt, griff und gekonnt einhändig zusammenrollte.

„Herr Braun wollte etwas über die Zeit nach den Toggenburger Kriegen wissen. Und ich glaube, ich habe hier einen richtigen Stapel gefunden."

„Perfekt", flüsterte Frank wie ein Bauchredner mit bewegungslosem Mund. Das Schriftstück ruhte zusammengerollt in seiner Hand. Jetzt musste er nur noch die richtige Situation abwarten, um es verschwinden zu lassen.

Die Pistolenmündung hinter der Säule war nicht mehr zu sehen. Schon als Gäggeler seine erste Frage herausposaunt hatte, war sie aus dem fahlen Restlicht verschwunden.

Gäggeler kam näher.

„Hier, wenn Sie schauen möchten?"

Mit diesen Worten drehte sich Maria wieder zum Tisch. Frank nutzte die Bewegung und Unruhe in der Situation, um, immer noch verdeckt durch Marias Körper, seine rechte Hand samt Beute ganz kurz unter seiner Lederjacke verschwinden und leer wieder erscheinen zu lassen.

Gäggeler war bis auf zwei Schritte an das Paar herangetreten, als ein deutlich hörbarer Schritt aus Richtung der Tür ihn herumfahren ließ. Noch in der Drehbewegung ging seine rechte Hand unter die Jacke und zog seine Dienstwaffe. Fast gleichzeitig peitschte ein Schuss durch den Raum, wobei das Peitschen eher einem Ploppen glich. Frank konnte das Mündungsfeuer aufblitzen sehen. Die Kugel klatschte ohrenbetäubend oberhalb der Gruppe in das Gewölbe ein. Gäggeler stürzte bereits in seiner Vorwärtsbewegung hinter die nächste Säule.

„In Deckung, Mann!"

Gaggelers Ruf galt Frank, der nach der Sekunde der Regungslosigkeit Marias Arm griff und sie hinter die erste Säule auf der anderen Seite zog.

„Haben Sie ihn erkannt?", rief Frank hinüber.

„Nein. Aber wir werden sehen!"

Mit diesen Worten stürmte Gäggeler in Richtung Tür, die Waffe im Anschlag.

„Kommen Sie!"

Frank folgte, Maria an der Hand hinter sich her führend, jenseits der Säulen möglichst in Deckung bleibend zum Ausgang. Dort hockten sie jetzt Gäggeler direkt gegenüber. Das Licht des Ganges war nach wie vor nicht eingeschaltet.

„Braun, passen Sie auf! Angriff ist die beste Verteidigung. Hier drinnen kann der Angreifer uns jederzeit wieder unter Druck setzen. Den mach ich fertig! – Frau Brugger, wo ist im Gang der nächste Lichtschalter?"

„Ungefähr vier Schritte nach rechts im Gang", antwortete sie mit zittriger Stimme. Frank spürte in seiner Hand, dass auch der Rest ihres Körpers beileibe nicht ohne diese nervöse Schüttelbewegung war.

Gäggeler überlegte einige Augenblicke lang. Dabei schob er angespannt seine Unterlippe einseitig zwischen seine Zähne und biss leicht darauf herum. Dann hatte er einen Entschluss gefasst.

„Können Sie schießen, Herr Braun?"

„Kommt auf den Versuch an!"

„Hier, nehmen Sie die." Er hielt Frank das kleine Holster hin, nachdem er dieses aus seiner Jacke hervor gekramt hatte, damit Frank die Pistole nehmen konnte. „Aber Vorsicht, bitte! Sie geben mir Feuerschutz! Sie wissen, was das heißt?"

„Ich glaube ja. Aber sicherheitshalber erklären sie es mir nochmal, damit wir auch gesichert beide das Gleiche darunter verstehen."

Gäggeler verzog den Mund leicht abschätzig, dann erläuterte er:

„Ich muss in den Gang hinaus. Und Sie zielen von der Tür-Ecke aus an mir vorbei in den Gang hinein. Wenn sich irgendwo etwas regt, dann feuern Sie, verstanden?"

„Ja."

„Aber – bitte wirklich an mir vorbei!"

„Okay."

Frank brachte sich in Stellung. Dann gab er sein „Fertig"-Zeichen. Gäggeler stürzte an ihm vorbei, die Waffe im Anschlag. Blitzschnell in beide Richtungen mit halber Körperdrehung den Gang abcheckend brachte er sich erst in die angespannte Abwehrposition. Dann stürmte er die wenigen Schritte nach rechts und schaltete das Licht ein. Frank hatte mit seiner Waffe im Anschlag alles im Blick. Am Ende der Aktion hockte Frank mit der schussbereiten Waffe in Gäggelers Richtung, der Kommissar sicherte geduckt das Schussfeld an Frank vorbei in die andere Richtung. Dann ließ die Anspannung bei dem Polizisten nach.

„In Ordnung. Hier ist keiner mehr."

Gäggeler richtete seinen Oberkörper wieder in die Normale auf. Dann hielt er Frank das kleine, geöffnete Holster hin.

„Die brauchen Sie jetzt nicht mehr."

Frank schob die Waffe zurück in ihren Halter.

„Ich nehme an, sie haben mal wieder keine Idee, wer das gewesen ist, oder?"

„So ist es, Herr Kommissar. Oder wie siehst du das, Maria?"

Die Frau schüttelte nur mitgenommen mit dem Kopf.

„Hatten Sie Streit mit irgendwem? Oder verfolgte Sie jemand?"

„Glauben Sie uns, Herr Kommissar, wir haben keine Ahnung." Franks Antwort kam aus innerster Überzeugung. Dass jemand Orschel tötete und dann etwas aus seiner Wohnung mitnehmen wollte und folglich Frank und Maria dadurch in eine gefährliche Situation kamen, leuchtete Frank noch irgendwie ein. Aber dass er und Maria hier etwas suchten, von dem nur sie beide wissen konnten, und prompt hier angegriffen wurden, das wollte ihm nicht recht in den Kopf.

„Ich weiß nicht mehr als Sie über den Orschel-Mord, Herr Gäggeler. Gleiches gilt für Frau Brugger. Sehen Sie da irgendeinen Ansatz, warum man uns attackieren oder gar töten sollte?"

Dem Kommissar leuchtete die Logik der Frage ein – ob er wollte oder nicht. Gäggeler hatte keinerlei Erklärung für die Attacke. Und im Gegensatz zu dem Paar vor ihm wusste er sogar mit Sicherheit, dass sie nicht verfolgt worden waren – außer natürlich von seinem eigenen Mann, aber der war hundertprozentig unverdächtig.

„Sie wollen jetzt weiter schauen?"

Maria zuckte zu einer Antwort, doch Frank war schneller.

„Nein, Herr Kommissar. So wichtig ist das nicht." Maria blickte ihn erstaunt an. „Aber eine Bitte hätte ich an Sie. Wir müssen den Papierstapel wieder zurück räumen. Nach dem Geschehen soeben wären wir für Ihren Polizeischutz dabei sehr dankbar."

Gäggeler musterte ihn abfällig, nickte aber. So stand er dann sich immer wieder umschauend dabei, als Maria und Frank die Papiere im Raum wieder schichteten, das Band verknoteten und alles in das Regal zurück schoben. Und immer wieder schaute Maria Frank fragend an. Durch eine Augenbewegung signalisierte er ihr aber, dass alles in Ordnung war.

Gäggeler begleitete die beiden noch bis vor das Gebäude und vergewisserte sich, dass das Paar auch tatsächlich den Polo aufsuchte und abfuhr.

Dann ging er zurück in seine Dienststelle. Er war froh, die zweite Waffe mitgenommen zu haben. Er hatte es zwar nicht so geplant, aber die Waffe hatte gute Dienste geleistet. Und er freute sich darüber, dass Frank Braun jetzt in fremder statt einer ihm sehr bekannten Damenbegleitung war.

Kap 10 - Nachricht aus Moutier

Maria fühlte sich in ihrer Haut unwohl. Es war zwar ein Geniestreich von Frank gewesen, wie er das Papier herausgeschmuggelt hatte, aber ein historisches Schriftstück der Stiftsbibliothek ohne offizielle Erlaubnis in ihrer Privatwohnung aufzubewahren, kam in ihren Augen einem Verbrechen gleich. Dazu hätte sie keinerlei Recht. Doch Frank konnte sie davon überzeugen, dass sie nur durch diese Aktion genau dieses Schriftstück der Bibliothek erhalten würden. Hätten sie es in dem Keller-Archiv belassen, wäre es jetzt vielleicht schon in den Händen wahrlich Unbefugter. So sicher wie hier wäre das Dokument wahrscheinlich nirgends sonst. Niemand hatte mitbekommen, dass sie das Stück mitgenommen hatten. Schließlich sah Maria das ein. Ihre Stimmung hob sich wieder.

„Wieder okay?"

Maria nickte. Mit demonstrativer gebotener Sorgfalt rollte Frank das Schriftstück wieder aus. Genau genommen handelte es sich um zwei Papiere, das eigentlichen Dokument und eine kleinere Notiz, die mit Buchbinder-Stichen angeheftet war. Bei der kleinen Handschrift stand Frank wieder auf etwas verlorenem Posten, da das Schriftbild wieder eine jener für neuzeitliche Mitteleuropäer schwer entzifferbare Linienfolge war. Dafür konnte Frank bei dem Hauptdokument endlich mitreden – es war in Latein und klar lesbaren Lettern niedergeschrieben.

„Was sagt die Notiz?"

Maria hatte jetzt eine Lupe aus dem Schrank hervorgekramt und präsentierte bruchstückhaft:

„Eine Notiz von 1534. Dieses Schriftstück wurde von Pater Martin aus Solothurn anlässlich seines Dienstantritts nach Sankt Gallen mitgebracht. Gezeichnet: Pater ... äh ... Winfried? Könnte sein ... Pater Winfried Ernst."

„Okay. Dann zum Hauptwerk?"

„Ja."

Maria und Frank steckten ihre Köpfe über dem alten Pergament zusammen. Sie übersetzten hin und her. Es zeigte sich, dass Frank mit seinen Latein-Kenntnissen sehr gut mit Maria mithalten konnte. Er schien ihr sogar überlegen zu sein, obwohl das hier lesbare Mittellatein von dem abwich, das er damals in der Schule gelernt hatte. Aber durch seinen häufigeren Umgang mit dieser mittelalterlichen Variante in seiner Arbeit der letzten Jahre hatte sich bei ihm unübersehbar eine Sicherheit eingeschlichen, die auch Maria nicht verborgen blieb. Dennoch benötigten sie an vielen Stellen das Wörterbuch, das Maria aus ihrem Schlafzimmer geholt hatte. Nach einer Dreiviertelstunde hatten sie ein Ergebnis erzielt, mit dem beide gut leben konnten.

„Also, lieber Frank. Jetzt noch einmal alles im Zusammenhang?"

„Aber gern, liebe Maria. Nichts lieber als das."

Frank nahm die Notizen und posierte spaßeshalber wie ein öffentlicher Vorleser im Mittelalter.

„Zu Moutier im Jahre des Herrn 1192.

Den ganzen Sommer über jagte ich den flüchtigen Ottmar, ein Ritter der bewaffneten Pilgerfahrt nach Jerusalem, der sich eines Verbrechens an den Besitztümern meines Bischofs Wolfger und am Leben der seligen Schwester Gisela schuldig machte. Es war mir nicht vergönnt, des Schurken habhaft zu werden, obwohl ich frühzeitig Gelegenheit dazu hatte.

Für den Tod der Gisela zu bestrafen ist das eine, doch das andere ist die Wiederbeschaffung der Wegbeschreibung zu dem Schatz des Hagen. Aus Bemerkungen des Ottmar, die mir unterwegs zugetragen wurden, weiß ich, dass er den Schatz für sich selbst sichern will. Er hätte ein Recht dazu, da er selbst aus Nifelheim stamme. Der Schatz hätte niemals dem Alberich entwendet werden dürfen.

Dieser Ottmar ist auf dem Weg zurück zu seinem Herrn Ulrich. Der Schatz solle seine eigene Zukunft sichern. Im Umland der neuen Burg will er sich in Ländereien Wohlstand schaffen. Der Bau der neuen Kirche sei ein passender Anlass, seinem Herrn einen Teil des Schatzes als Lehen zu präsentieren.

Vergeblich! Es gelang mir nicht, das Ziel Ottmars aufzuspüren. Auf meinem Weg von Passau entlang der Donau folgte ich ihm bis Freiburg, doch weiter südlich der Stadt verlor ich seine Spur endgültig. Keine Hinweise mehr, niemand schien ihn mehr gesehen zu haben. Jetzt hier, südlich von Basel, scheine ich meine Suche aufgeben zu müssen. Die wenigen Hinweise, die ich doch noch fand, erscheinen mir sehr dünn und nicht tragfähig. Die Brüder unserer

Gemeinschaft haben mir hier Aufnahme gewährt und mich in ihre örtliche Familie aufgenommen.

Einmal noch wurde mir etwas zu diesem Ottmar zugetragen. Er habe die Wegbeschreibung in einem kleinen Schuh in der neuen Kirche versteckt, weil er auf einen neuen Kriegszug gehen musste. Doch ohne Kenntnis des Ortsnamens bleibt meine Suche aussichtslos.

Ich werde meine Schritte traurig wieder meiner Heimat Passau zuwenden.

Oh, Wegbeschreibung, du scheinst für uns für immer verloren.
Möge Gott mir beistehen.
Gezeichnet Pater Johannes"

„Granate?"

„Das ist eine Granate, Frank! Und?"

„Weiß nicht. Ich glaube, wir haben noch etwas Arbeit vor uns."

„Wie warst du denn früher so im Deutsch bei Text-Interpretationen?"

„Ha, ha." Franks Antwort kam bewusst lang gezogen, doch beleidigt war er keineswegs. Seine gute Laune fand Ausdruck in kleinen Überbetonungen.

„Welche Schlüsse können wir denn daraus ziehen? Ich glaube, einiges liegt doch auf der Hand, oder, Frank?"

„Klar. Liegt alles auf der Hand. – Du machst Witze."

„Nur bedingt, lieber Frank." Maria hatte ihre gute Laune wiedergefunden und war bereit, sich ebenfalls auf neckische Betonungen oder Worte einzulassen.

„Ach. Dann schieß mal los!"

„Also, das Wichtigste scheint mir der Schatz selbst zu sein. Den kennen wir, stimmt's?" Dabei grinste sie Frank überzogen breit an.

„Ja, wenn wir das alles glauben können. Der Schatz des Hagen. Pater Johannes und der Nibelungenschatz – und das soll bisher noch nirgends aufgetaucht sein?"

„Yep. Einmal ist immer das erste Mal." Wieder präsentierte Maria ihr breites Grinsen.

Frank lachte kurz auf.

„Oh Mann – du bist ein Herzchen! – Aber okay. Die Beschreibung, die der Pater sucht, führt zum berühmten Nibelungenschatz."

„Siehst du? – Und es gibt Leute, die daran glauben."

„Wen meinst du, Maria?"

Doch Maria antwortete nicht, sondern grinste ihn unverändert freundlich provozierend an. Frank dachte einen Moment nach. Dann fiel bei ihm der Groschen.

„Der wahre Deutsche Schatz!"

„Genau."

„Aber die Formulierung gibt es offiziell nicht dafür."

„... aber viele denken so, oder?"

Frank nickte, jetzt aber nachdenklich. Und mit mindesten einem, der so dachte, hatte Orschel wahrscheinlich in Kontakt gestanden.

„Und, Frank, da gibt es doch noch mehr Anspielungen auf den Nibelungenschatz, oder?"

„Ja, die fielen mir auch gleich auf. Alberich und Nifelheim – soweit bin ich in dem Thema schon drin."

„Und die Verbindung zu den Burgundern wäre damit auch erklärt, oder?"

„Ja, die Burgunder. Das Burgunderreich am Rhein. Die Wormser. Ja, das ist die Verbindung."

„Was haben wir noch?"

„Na, dann liste ich mal auf, was mir noch auffiel: Er jagte einen Ottmar, der einen Herrn mit Namen Ulrich hat. Das hat übrigens Orschel in seinen Bemerkungen schon festgehalten. Woher wusste er das? – Aber weiter. Der lebte irgendwo, wo eine neue Burg und eine neue Kirche gebaut wurden. Von der Donau nach Freiburg kommend verlor Johannes dann südlich von Freiburg die Spur. Ach ja, formal fällt mir auf, dass er die Worte für ‚Beschreibung des Weges' wie einen Eigennamen benutzt, als wäre das für ihn der Titel eines Werkes: Descriptio Loci. Und Descriptio Loci wurde in der Kirche versteckt."

„Und was ist das für eine bewaffnete Pilgerfahrt?"

„Oh, entschuldige bitte. Das habe ich vergessen. Das ist die damals gebräuchliche Bezeichnung für einen Kreuzzug. Der Begriff ‚Kreuzzug' entstand erst im darauf folgenden Jahrhundert, als die Kreuzzüge selbst schon Geschichte waren. Also ersetze diese „bewaffnete Pilgerfahrt" für uns einfach durch ‚Kreuzzug'."

"Johannes jagte also einen Kreuzritter. Aber wohin ist der entkommen?"

Frank zog nur die Schultern hoch als stummer Ausdruck seines *Ich weiß nicht*.

"Mehr haben wir nicht?"

"Doch, Maria, ein paar Fakten zu Johannes. Er kam von Passau die Donau entlang, kam nach Freiburg, ging dann weiter nach Süden. Und brach dann in Moutier seine Verfolgung ab. Wo liegt dieses Moutier überhaupt?"

"Moment."

Maria holte aus dem halbhohen Schrank eine Landkarte der Schweiz hervor und faltete diese auseinander. Dann kreist ihr Finger einige Augenblicke lang über das Gebiet des Jura.

"Hier."

Frank schätzte die Entfernungen von Freiburg, das noch so eben in der Landkarte ganz am Rand eingezeichnet war, über Basel bis nach Moutier ab. Keine großen Entfernungen, aber in der damaligen Zeit sicher mehrere Tagesreisen.

"Zur neuen Burg", murmelte Frank versonnen. Dann eilte er hinaus in den Flur und kramte aus seinem Gepäck ein kleines Hand-Navigationsgerät hervor. Zurück im Wohnzimmer begann er, etwas einzutippen.

"Was schreibst du da?"

"Novum Castellum", murmelte er nur zurück. "Ha! Ich hab's!"

"Was?"

"Neuenburg! Ottmar ging zur neuen Burg. Und diese hier finde ich." Er drehte das kleine Display mit der Ortsliste in Marias Richtung, die aber auf diese Schnelle mit dem Angezeigten nichts anfangen konnte.

"Was glaubst du, welches das nächstgelegene Neuenburg ist?"

"Keine Ahnung."

"Dieses hier!"

Frank zeigte in der Landkarte einen Ort zwischen Freiburg und Basel.

"Keinen in der Schweiz?"

"Nein, keinen. Zumindest keinen, der auch nur halbwegs zu dem Bericht des Johannes passen könnte."

"Also der hier." Maria studierte die Karte genauer.

"Ich wird' verrückt, Frank!"

"Was gibt's?"

„Schau einmal hier! Direkt gegenüber von Neuenburg liegt auf der anderen Rheinseite Ottmarsheim! Und südlich davon ein Ort namens Niffer."

Frank schaute sich den Kartenausschnitt genauer. Nickend schnalzte er mit der Zunge.

„Ottmar baut sein Heim unweit der neuen Burg. Und das alles hat etwas mit Nifelheim zu tun, das im Laufe der Zeit zu Niffer mutierte. – Und das Beste: der Ort liegt genau in dem Bereich, in dem Johannes die Spur verlor."

Beide schauten sich mit großen Augen an. Dann gingen ihre Gesichtsausdrück in helles Lachen über.

„Weißt du was, Maria? Wir schauen uns dieses Neuenburg und die dortige Kirche an."

Wie erschöpft ließ Frank sich in die Sofa-Lehne fallen.

„Hast du noch Käse da?"

„Klar. Hab' ich. – Wir könnten aber auch ..."

Frank verstand grinsend. Sie hatten den gesamten Tag nur Hektik gehabt und keine Zeit für eine vernünftige Mahlzeit.

„Ich lade dich gerne ein. Das ist mir ein riesiges Vergnügen. Gibt es hier etwas in der Nähe?"

„Joo. Das Rössli vorn an der Hauptstraße. Das Freihof ist auch nicht schlecht."

„Okay. Dann nichts wie auf!"

Vor dem Haus hakte Maria sich bei Frank unter. Fröhlich schlenderte das Paar seinem Abendessen entgegen.

*

Der Gasthof Freihof war nicht spektakulär eingerichtet. Doch das war Frank egal. Er hatte einen Mordshunger. Die gestrige lange Motorradfahrt steckte ihm zusammen mit der heutigen Unruhe gehörig in den Knochen. Da kam ihm das Speise-Angebot in diesem Restaurant mit angeschlossener Metzgerei gerade recht. Als Biker liebte er diese Art von Lokalitäten. Kein Schicki-Micki, sondern kräftige Speisen und familiäre Atmosphäre.

Nach der reichhaltigen Mahlzeit lehnte Frank sich auf seinem Stuhl schlaff zurück. Sein Blick fiel auf die drei riesigen Kuhglocken, die über einer halbhohen Zwischenwand von der Decke baumelten. Grandios! Wie das, was sie heute erreicht hatten – Maria und er. Er schaute seine Tischpartnerin an. Seine Bewunderung für diese zierliche Person hatte im Laufe des Tages enorm zugenommen. Frank konnte sich nicht erinnern, wann ihn jemals ein Mensch in so kurzer Zeit so sehr beeindruckt hatte. Er klammerte in seinen Gedanken bei diesem Vergleich sexuelle Komponenten aus. Da konnte – und wollte – er zu Maria nichts feststellen. Er dachte wieder an die Violine, diesen unvergleichlichen Körper, von dem er sich erst heute Morgen verabschiedet hatte. Rebecca – lange, blonde Haare und mandelbraune Augen in einem filigranen Körper, der nur Virtuosen zuzustehen schien. Was sie wohl jetzt gerade tun mochte?

Frank ließ seinen Kopf in den Nacken fallen. Was für ein Tag!

Und heute war erst Freitag. Das Wochenende hatte gerade erst begonnen. Was würde der morgige Tag bringen? Und dann der Sonntag? Frank stellte sich die Menschen in diesem kleinen Ort vor, wie sie wohl geordnet im Sonntagsstaat die Kirche besuchten. Gott und seine Apostel!

Ein Zucken durchlief Franks Körper. Gott und seine Apostel!

„Maria! Lass uns zahlen!"

„Was ist los, Frank? Gefällt es dir hier nicht?"

„Doch! Das ist hier ganz okay. Und geschmeckt hat es auch. Sehr sogar. – Aber wir müssen noch etwas ausprobieren! Wir werden Orschels Emails lesen!"

„Spinnst du?"

„Wirst schon sehen. – Herr Wirt, ich möchte zahlen!"

*

Fünfzehn Minuten später hockten beide nebeneinander in der Wohnung. Maria hatte das Email-Programm ihres Providers aufgerufen und Geralds Email-Adresse in das Login-Feld eingetippt.

„Und? Was soll ich jetzt als Passwort eintippen?"

Ihre Frage klang schnippisch. So hatte Frank Maria noch nicht erlebt. Doch er antwortete ganz ruhig.

„Großes D, kleines g, großes G, Ampersand, ..."

„Was?"

„Na, dieses „und"-Zeichen, wie die offene Acht."

Maria verstand und tippte ein „&" ein.

„Weiter ... kleines s, die Ziffer Eins, die Ziffer Zwei, großes A, kleines k, kleines z, und ein Ausrufezeichen. Das war's."

Maria hatte alles eingetippt und die Enter-Taste gedrückt.

„*Sie sind als Gerald Orschel eingeloggt*" blinkte auf dem Display auf.

„Wo hast du *das* denn her?" Maria war bass erstaunt.

„*Das* war Orschels Nachricht im Familien-Bild. *Der gute Gott & seine 12 Apostel kehren zurück!* Einfach alle Anfangsbuchstaben, große wie kleine, sämtliche Ziffern und Sonderzeichen in der Reihenfolge ihres Auftretens. Ein perfektes Passwort."

„Wenn ich dich nicht hätte, Frank!" Maria schüttelte bewundernd den Kopf. Dann ging sie Orschels Email-Liste durch.

„Nicht viel. Aber auch nicht leer."

Nur fünf Einträge wurden aufgelistet.

„Alles vom gleichen Absender, einem gewissen Thomas Stratemann, sonst nichts."

„Dann gucken wir das einmal an, Maria. Ich hole mir noch etwas zum Trinken. Möchtest du auch etwas?"

„Nein, danke."

Während Frank in der Küche eine Wasserflasche aus dem Kühlschrank nahm, hörte er Marias lautes „Oh mein Gott!" aus dem Wohnzimmer tönen. Als er in den Raum zurückkehrte, saß die Frau sichtlich blass vor dem Rechner.

„Ist was passiert?"

„Das glaubst du nicht! – Oder du vielleicht – aber ich kann's nicht fassen!"

Ihr Blick haftete starr am Display.

„Das sind alles Liebesbriefe!"

„Echt? Nicht wahr!"

„Doch. Der hier beginnt zum Beispiel mit ‚Mein geliebter Gerald' und endet mit ‚in sehnlichster Liebe und tausend Küsse Dein Thomas'."

„Und die anderen?"

„Ähnlich."

„Und die Inhalte?"

„Heftiger."

„Olala. – Aber das ist doch kein Grund, aus der Fassung zu geraten." Frank sah Marias noch immer ungläubige Blicke auf den Bildschirm.

„Du hast gut reden. Das hätte ich nie gedacht. Ich versteh das nicht. Nie eine Andeutung."

„Gut. Und?"

Maria schaute vom Bildschirm weg ins Leere und schwieg.

„Hatte er denn kein Recht dazu, Maria?"

Sie antwortete nicht. Frank erkannte, wie sehr die Tatsache sie mitnahm. Aber es war ihm in keiner Form offensichtlich, ob sie das Schwul-Sein des Kollegen an sich oder die Tatsache, dass sie es nicht wusste, so sehr traf.

„Komm, Maria! Dann war Gerald also schwul. Schlimm?"

Stumm hielt sie Ihren Blick abgewendet. Dann schüttelte sie den Kopf und atmete tief durch.

„Nein. Genau genommen ist das nicht schlimm. Aber das passt für mich nicht. So hätte ich ihn nie gesehen."

Frank setzte sich wieder neben sie und nahm sie in den Arm.

„War er dein Mann?"

„Nein."

„Hattest du was mit ihm?" Die Frage stellte er genauso rhetorisch wie die erste.

„Nein. Natürlich nicht. Er hätte mein Vater sein können."

„Also? Was soll's?"

Aber Maria war sichtlich geschockt. Als hätte sie innerhalb von zehn Minuten aller Tatendrang verlassen, legte sie ihren Kopf auf Franks Schulter. Schweigend saßen sie so einige Minuten lang. Frank drückte sie ein wenig fester an sich, hoffend, dass ihr Schmerz oder ihre Enttäuschung oder was auch immer gerade von ihrer Stimmung Besitz ergriffen hatte doch verfliegen möge.

Dann blickte sie wieder auf.

„Schon okay. Komm, wir machen weiter."

Frank, der noch immer seinen Arm um sie gelegt hat, zieht sie noch einmal ganz kurz an sich heran, dass er ihr einen kurzen freundschaftlichen Kuss auf die Stirn geben kann.

„Super. – Aber wenn noch etwas ist, dann mach auf jeden Fall den Mund auf. Wäre schlimm für mich, wenn du jetzt – warum auch immer – in irgendein unergründliches Loch fielest."

Maria nickte – und konnte wieder lachen.

„So leicht falle ich schon nirgends hinein."

Sie drehte sich wieder zu dem Notebook.

„Aber wenn die beiden sich so nahe standen, müssen wir diesen Thomas dann nicht benachrichtigen?"

„Ich denke, dass uns das nichts angeht."

„Aber vielleicht meinte Gerald ihn mit ‚seiner Familie'?"

Huh! Soweit hatte Frank noch nicht gedacht. Da war durchaus etwas dran. Er überlegte einen Augenblick.

„Lass uns nicht vorschnell agieren, Maria. Mein Bauch sagt mir – und ich glaube zu Recht -, dass wir im Augenblick niemandem trauen sollten. Zwei Mal an einem Tag - oder überhaupt - beschossen zu werden, sollte zu allergrößter Vorsicht mahnen."

Maria schien ihm nicht zu folgen. Ihre Augen signalisierten noch keine Zustimmung.

„Maria, morgen oder übermorgen ist auch noch ein Tag. Lass uns nichts Voreiliges tun. Wir sollten lieber schauen, ob wir in den Emails noch irgendetwas entdecken können. Abgemacht?"

Sie nickte und wandte sich zögerlich wieder den Emails zu.

„Jedenfalls ist dieser Thomas offensichtlich ein Mönch oder Bibliothekar in Einsiedeln."

„Na, ist doch was. Geht das aus seiner Adresse hervor?"

„Nein. Das ist wohl genauso ein privater Account wie Geralds. Das hätte mich jetzt auch schwer gewundert, wenn das anders gewesen wäre."

Beim dritten Eintrag fand Maria dann etwas, was sie so oder ähnlich erhofft hatten.

„Thomas berichtet von einer Anfrage, die er zu einem Pater Johannes und einem alten verschollenen Dokument erhielt. Ob er dem Fragesteller irgendwelche Hinweise dazu geben solle. Und er fragt Gerald direkt, was er mehr wisse."

„Wer war der Frager?"

„Steht hier nicht."

„Aber bei Gerald müssten da doch alle Lampen angegangen sein. Von wann stammt die Nachricht?"

„Von vor ungefähr vier Wochen."

Frank spielte mit seiner Zunge nachdenklich um die Zähne.

„Vielleicht müssen wir diesen Thomas doch kontaktieren. – steht da irgendwo eine Telefonnummer?"

„Nein."

„Hm. Na gut. Dann können wir es ja morgen im Laufe des Tages ganz vorsichtig und zurückhaltend über das Kloster probieren. – Gibt es keine Reaktion von Gerald darauf?"

„Oh. Daran habe ich noch gar nicht gedacht. Wir sollten einmal in seine verschickten Emails gehen."

Schnell wechselte Maria das Verzeichnis.

„Ach, auch nur Thomas. Als hätte Gerald seinen privaten Account nur für seinen Freund eingerichtet. Sieht ganz so aus – wenn ich es nicht besser wüsste."

Maria dachte an ihren eigenen Email-Verkehr mit Orschel, der für sie selbstverständlich in keiner Form so persönlicher Natur war. Zu Ihrer Verblüffung fand sie aber all ihre eigenen Nachrichten nicht vor. Gerald hatte alles außer dem Austausch mit Thomas gelöscht.

„Hier, Gerald schrieb vor etwas mehr als drei Wochen. Sieh selbst!"

„*Liebster Thomas,*

ich erhielt vor einiger Zeit eine ähnliche Anfrage. Du weißt, ich habe tatsächlich genauere Hinweise auf dieses Johannes-Papier. Ich telefonierte mit diesem Fragesteller. Er versprach mir ein wahres Vermögen. Seine Aussagen im zweiten Telefonat schmeichelten mir sehr. Sie lauteten ungefähr so:

‚Der wahre Deutsche Schatz ging seinen Weg. So wie Sie der wahre Pfadfinder sind. Echte Burschen halten zusammen. Ich halte mein Wort. Sie sind ein ganz Großer.'

Der Mann dachte also in die gleiche Richtung wie ich. Aber ich bereue den Kontakt sehr. Das zweite Telefonat hätte nie mehr stattfinden dürfen.

Ich sage Dir nur: Hüte Dich vor diesem Mann. Wenn der wittert, dass Du auch von dem Papier weißt, bist auch Du in großer Gefahr. Ich weiß nicht, was die vorhaben.

..."

Der Rest der Nachricht legte seinen Schwerpunkt wieder auf die ganz persönlichen und intimen Aspekte ihrer Beziehung. Frank hatte genug gelesen.

„Die eine Textstelle kenne wir doch schon, oder?"

Maria nickte und schüttelte gleichzeitig den Kopf ungläubig – eine Bewegungskombination, die Frank bisher für schlichtweg unmöglich gehalten hatte.

Der Journalist atmete überlegend kräftig aus, seine Backen dabei zu kleinen Ballons aufblähend. Dann las er den Text noch einmal, langsam und intensiv.

„Da steckt einiges drin."

„Was meinst du?"

„Pass auf, Maria! Erstens wusste auch Thomas von dem Papier. Zweitens deutet Vermögen darauf hin, dass es um viel Geld geht – nicht verwunderlich, wenn tatsächlich der sagenumwobene Nibelungenschatz Dreh- und Angelpunkt ist. Drittens wusste Orschel, dass er in großer Gefahr ist, denn darauf deutet das Wort ‚auch' klar hin. Viertens geht es nicht um einen Unbekannten, sondern um eine Gruppe, wenn Gerald mit seinem ‚was die vorhaben' recht hatte."

„Und jetzt?"

Frank fühlte sich zum ersten Mal an diesem Tag so richtig ausgelaugt.

„Wir machen Schluss für heute Maria. Und morgen dann nach Neuenburg."

Maria stimmte müde zu. Ihr hatten die letzen Minuten mehr zugesetzt, als sie sich selbst zugeben wollte. Ihr Körper und ihr Geist verlangten nach Pause. Erst jetzt wurde ihr bewusst, was für eine Achterbahnfahrt ihr der heutige Tag abverlangt hatte.

Frank ging nachdenklich zum Fenster und kontrollierte das nicht vorhanden Treiben auf der Straße. Auch ihm fegte der heutige Tag mit all seinen Gefahren noch einmal durch den Kopf.

„Maria, versteh das bitte nicht falsch." Er blickte sie vorsichtig an. „Ich will heute hier übernachten. Nach diesen Ereignissen kann ich dich nicht allein lassen. Okay? Das Sofa hier reicht mir vollkommen."

Frank konnte die Erleichterung in Marias Gesicht fast greifen. Sie schien nur auf diese Frage gewartet zu haben. Sie hatte Angst. Zum ersten Mal an diesem Tag hatte Frank Angst in ihrem Blick gesehen. Mit der offenen Äußerung seines Wunsches löste sich ihre Spannung aber.

„Das ist mir sehr lieb. Ich hole dir eine Decke und Bettzeug."

„Ein einfaches Laken reicht, Maria." Frank kramte aus seinem Gepäck einen klein komprimierten Daunenschlafsack hervor.

„Mein bestes Stück", grinste er. „Immer dabei."

Frank warf noch einen Blick in die Küche und kontrollierte die großen Messer in der Magnethalterung. Er hatte zwar keine Schusswaffe, aber für den Fall der Fälle wären diese Hausfrauenwaffen auch nicht von schlechten Eltern.

Eine halbe Stunde später hatte jeder der beiden seine Schlafstätte aufgesucht. Seine Gedanken kreisten noch einmal um sein lustvolles Einschlafen am Abend zuvor, doch schon nach zehn Minuten fiel Frank trotz aller gebotenen Wachsamkeit in einen tiefen und festen Schlaf.

Kap 11 - Vormittägliche Beifahrer

Ein fröhliches „Willst du auch einen Kaffee?" in einer hellen Frauenstimme ließ ihn hochfahren. Frank hatte nicht mitbekommen, ob Maria ihn überhaupt zuvor geweckt oder sonst wie angesprochen hatte. Jedenfalls schien sie bereits in der Küche herum zu wuseln. Draußen war es sehr hell. Die Sonne stand wohl schon recht hoch, so dass es wohl nach neun Uhr sein mochte.

„Ja, gern!"

„Gut. Du kannst das Bad schon benutzen. Ich bin fertig", rief sie herüber.

„Super:"

Frank raffte seine paar Utensilien für die Morgen-Toilette zusammen und verschwand eine Tür weiter. Nach zehn Minuten hatte er sich die Zähne geputzt, geduscht, rasiert und die Haare gekämmt, wobei kein Kamm tatsächlich die Haare berührt, sondern eine Bürste dafür gesorgt hatte, dass seine kurzen Strähnen nicht zu ordentlich lagen, denn das hasste er wie die Pest. Er kam in die Küche – und ihm stockte der Atem. Das war Maria? Klar war das Maria! Der Farbton ihrer Kleidung hatte sich zwar kaum gegenüber dem gestrigen Vormittag geändert. Doch was er jetzt vor sich sah, ließ ihn schlucken. Ihre Beine steckten in engen Jeans, die mit ihrer Dreiviertel-Länge auf ihren nackten Waden endeten. Ihr Oberkörper steckte in einem ärmellosen, petrolfarbigen Rollkragenpulli, der auch genauso gut als Strickkleid durchgehen konnte und ganz knapp unterhalb ihres Schrittes endete. Dieser Pulli, der eng anliegend überraschend unverschämt Marias Körperformen betonte, ließ wie ein Ordensgewand ganz züchtig nur ihren Kopf frei – wären da nicht diese makellosen, leicht gebräunten Arme, die komplett bis auf die Schulteransätze unbedeckt mit ihrer zarten Haut die Fantasien Franks in ganz andere Körperregionen denken ließen. Eine Nonne, bei der er einen Blick auf die entblößten Arme erhaschen durfte!

Frank atmete tief durch. Maria war geschminkt wie gestern. Die Frisur war die gleiche, und ihr Blick strahlte genau wie gestern durch die Brille unverändert klar. Alles genau so wie gestern – und doch ging von diesem Gesicht eine in ihrer betonten Klarheit aufwühlende Ausstrahlung aus.

Maria stand neben dem Tisch und lud Frank mit einer eleganten Handbewegung ein, doch Platz zu nehmen.

„Ich freue mich auf den Tag", strahlte sie ihn an.

Frank quetschte nur ein „Jou" hervor, als er sich setzte, während sein Blick an Marias Gesicht hängen blieb. Dann schüttelte er sich ganz kurz und kaum sichtbar.

„Ich mich auch, Maria."

„Wann fahren wir los?"

„Sobald wir gefrühstückt haben, oder?"

„Gemacht!"

Frank verspürte ein leichtes Prickeln im Bauch, wann immer er während des Frühstücks seinen Blick zu Maria lenkte. Irgendetwas war heute Morgen anders, nur sehen konnte man das nicht.

Mit dem gleichen Gefühl in der Magengrube saß Frank eine Stunde später auf dem Beifahrersitz. Sein Motorrad hatte er hinter dem Haus gut vor zu gierigen Blicken geschützt parken können.

Als Maria gesehen hatte, dass Frank einfach sein ganzes Gepäck, was ja nicht sehr umfangreich war, mit den Worten „bevor ich mir jetzt irgendetwas raussuche – so habe ich garantiert das Richtige dabei" für die Fahrt zusammenraffte, packte auch sie schnell ein paar Kleinigkeiten zusammen und warf ihre Reisetasche neben Franks Gepäck in den Kofferraum.

Das Dokument des Paters hatten sie unter dem Rücksitz gut verpackt versteckt.

Die ersten Kilometer sprachen sie wenig. Beide schienen das Herausfahren aus dem Kanton zu genießen, als führen sie gemeinsam einem Urlaubsziel entgegen. Immer wieder wanderte Franks Blick zu seiner Fahrerin, die konzentriert ihre Blicke auf den Verkehr gerichtet hielt. Verhaltene Komplimente über die Landschaft, die hier jedoch wahrlich nichts Besonderes gegenüber den grandiosen Bergwelten an sich hatte, die Frank schon mehrfach südlich von hier mit seinem Motorrad bereist hatte, lockerten die Stille auf und verstärkten das Urlaubsreisegefühl.

Erst auf der Höhe von Winterthur holte Frank sein Handy und den Zettel mit der Telefonnummer aus seiner Lederjacke hervor, den Maria ihm am Morgen gegeben hatte. Schnell hatte er eine Verbindung. Doch seine Wortfetzen und seine Mimik verrieten, dass sein Anruf erfolglos oder gar ernüchternd verlief.

„Und? Das hörte sich nicht gut an, Frank. Was ist passiert?"

„Thomas Stratemann ist tot."

„Nein!" Maria hatte Mühe, ihren Blick dort zu halten, wo ihr beider Leben auf diesen Kilometern von abhing. „Was?"

„Thomas starb Mitte letzter Woche. Ein Unfall."

„Ein Unfall? Wie?"

„Teile eines Fassadengerüsts am Kloster erschlugen ihn. Wie sagte der Mann am Telefon so förmlich: eine Verkettung unglücklicher Umstände."

„Mein Gott! Das ... Glaubst du das?"

„Fällt mir schwer. – Nach den Vorkommnissen der beiden letzten Tage."

„Aber ich habe Gerald nichts, aber auch gar nichts angemerkt! Er war wie immer."

„Ob er es überhaupt noch nicht wusste?"

„Meinst du?"

„Ich weiß nicht. Der Email-Kontakt lief ja auch nur sehr sporadisch. Auf die Frage des einen antwortete der andere erst eine Woche danach – oder gar noch später. – Ich kann es nicht sagen."

Maria blieb stumm, schüttelte nur ihren Kopf. Erst zwei Kilometer später rutschte ihr ein „Ich versteh Gerald immer weniger" heraus. Doch auf Franks Nachfrage, was sie denn damit meinte oder vielleicht auch nur meinen könnte, blieb sie ihm und sich selbst die Antwort schuldig.

Bei nachdenklichem Schweigen flogen Züricher Vororte und Dietikon vorbei. Als das Tageslicht hinter dem Bareggtunnel die Augen blendete, schien Franks Stimme wiedererweckt zu sein.

„Maria, was ist eigentlich mit diesem Beat Winter?"

Vorsichtig blickte er sie an und war sich unsicher, ob er mit dieser Frage nicht vielleicht heftig ins Fettnäpfchen trat. So ernst Marias Gesichtszüge vorher schon geschienen hatten, jetzt froren sie sichtbar ein.

„Entschuldige bitte. Ich will dir nicht zu nahe treten. Es fiel mir halt gestern eure gereizte Stimmung auf."

„Schon gut." Nach dieser knappen Antwort presste Maria ihre Zähne so sehr aufeinander, dass ihre Kiefermuskeln vor den Ohren weiß anliefen. Frank hatte offensichtlich mit seinem Fettnäpfchen nicht so ganz danebengelegen. Umso überraschter war er, als Maria den Gesprächsfaden doch aufnahm.

„Er ist einfach kalt. Ein richtig kalter Mensch."

Ganz vorsichtig schob Frank sein „Was meinst du?" nach.

„Mein Gott! Was war ich verknallt! Dieser Typ mit seiner unglaublich charmanten Art konnte sich derart extrem verstellen. Ich fass es bis heute noch nicht."

Frank musterte ihr Gesicht. Marias Anspannung hatte keineswegs nachgelassen. Ihre Augen hielten starr und fast krampfhaft an ihrer Blickrichtung geradeaus fest. Frank empfand es als umso erstaunlicher, dass Maria ihm gegenüber ihr Innerstes für einen kleinen Einblick öffnete – ihm, einem bis vor einem Tag komplett Unbekannten.

„Er tat dir weh?"

„Ja, und wie. Aber nicht körperlich. Nein, handgreiflich wurde er nicht. Aber in seine Gefühle und Äußerungen brach schon nach wenigen Tagen eine unbegreifliche Kälte ein, als wäre ich nur ein Stuck Blech oder Pappe oder Spielzeug für Ihn. Als wäre ich sein Püppchen. Ha, einmal nannte er mich sogar so, genau so! Na, Püppchen? Und seine Berührungen waren an Kälte kaum zu überbieten. Wie konnte ich bloß auf den reinfallen?"

„Lange her?"

„Der Beginn? Ja. Seine erste Kälte? Ja. – Meine Gefühle? Leider nein."

Frank nickte nur als Zeichen des Verstehens, obwohl er nicht wissen konnte, ob er überhaupt etwas von dem, was Maria gesagt hatte, richtig eingeordnet hatte.

„Er sprach davon, dass ich die unvergleichlichste Frau sei, die er je getroffen hatte. Und das ich das Größte in seinem Leben sei. Und dann merkte ich Tag für Tag, dass ich für ihn nur das Größte war, wenn ich ihm bei dem für ihn tatsächlich Allergrößten helfen konnte – bei seiner Arbeit. Mein Gott! Der brachte mich glatt dazu, für ihn komplizierteste Recherche-Arbeiten durchzuführen, für die *er* sich dann hinterher feiern ließ. Aber das Schlimmste war und ist, dass er alles, was er mit mir privat erlebte, auch noch direkt oder indirekt in der Bibliothek vor den anderen breittreten musste. Ich verstehe das nicht. Als wäre ich ein Stück Dreck! – Sag, bin ich so wenig …?"

Maria vollendete nicht, was sie mit dem Wort ‚wenig' begonnen hatte. Frank konnte sich jetzt etwas dazu ausdenken.

Aber ihm fiel nichts ein, auf das irgendeine Umschreibung nach dem Wörtchen auch nur irgendwie gepasst hätte. Vielleicht hätte Maria ihn gestern Morgen danach fragen sollen, wobei er natürlich wusste, dass sie das zu jenem Zeitpunkt nie getan hätte. Genau diese Tatsache, dass sie jetzt so viel persönlicher Nähe gewonnen hatte und ihn das jetzt fragte, machte es so schwer für ihn, ein unvoreingenommenes Bild zu zeichnen. Vor vierundzwanzig oder siebenundzwanzig Stunden noch hatte er das objektive Urteilsvermögen eines Fremden besessen – jetzt nicht mehr. Es gab nichts mehr für ihn, das hinter diese schwerwiegende ‚wenig' passen konnte. Er hatte schon zu viel von ihr kennengelernt.

„Nein, Maria, ich verstehe nicht, wie ein Mann dich so behandeln kann. Jeder müsste sich glücklich schätzen ..."

So wie Maria zuvor brach auch Frank seinen Satz ab. Zwei unvollendete Sätze hingen in der Luft. Und jeder der beiden Menschen hatte nun ein Stück Unvollendetes des anderen vor der Nase hängen. Frank trug die vielen Dinge gedanklich in sich, die so wenig zu dem ‚wenig' passen wollten, und Maria die Fragen nach Schätzen in ihr, die Frank so sehr schätzte. Als hätte sie in diesen Tagen nicht schon Schatzsuche genug um sich herum.

Sie fuhren schweigend immer weiter, doch dann und wann wagte Maria es nun doch, für mehr als einen kurzen Augenblick den Kopf zu drehen, Frank anzusehen und zu lächeln.

*

Auch Chris Gäggeler schaute dann und wann zu seiner Beifahrerin. Rebecca hatte Wort gehalten und ihn auf seiner zwar plötzlichen, aber nicht ganz unerwarteten Dienstfahrt begleitet. Wie immer, stand er ganz unter dem Eindruck des perfekt gestylten Outfits, das er zwar nicht zum ersten Male an Rebecca sah, das aber trotzdem seine Begierde entfachte, als wäre das alles neu und unerwartet für ihn. Ihre schwarze, lederähnliche Hose fiel mit ihrem schmalen, überlangen Beinschnitt bis auf die schwarzen Stiefel, deren hohe, aber breiten Absätze die Hosenüberlänge ausglichen und Rebeccas von Natur aus schon langen, schlanken Beine optisch nochmals verlängerten. Der mit seinem hohen Abschlussbund sehr kurze Lederblouson und das darunter getragene, ebenfalls kurz gehaltene Top ließen den Betrachter in den Bannstrahl ihres kleinen, viel versprechenden Bauchnabels taumeln.

Rebecca erwiderte Gäggelers Blicke nicht. Sie blickte starr geradeaus oder dann und wann zum Beifahrerfenster hinaus. Ihre Gedanken kannten nur ein Thema: *Wie kann ich aus dieser Zwickmühle ausbrechen?* Finanziell war diese Lage noch ok. Chris bezahlte sie immer für die von ihm angeordneten Auszeiten mit ihm, wenn auch nicht in dem Maße wie ein normaler Freier. Dafür waren diese Einnahmen, wenn sie es so nennen wollte, schon fast fest kalkulierbar, was zu einem gewissen Grundrauschen in ihrem Finanzplan führte, auch wenn sie sich immer wieder im Stillen fragte, wie Chris sich das denn leisten konnte. Andererseits wurde der psychische Druck auf sie immer stärker. Sie liebte Chris nicht. Seinem Verlangen nach ihr hatte er aber den Anspruch eines Lebenspartners statt den eines normalen Kunden verordnet. Mit Druck. Mit purer Erpressung. Rebecca wälzte wieder und wieder die Alternativen. Seinem Drängen auf Dauer nachgeben und sich gegen schlechte Bezahlung in die Rolle einer Leibeigenen pressen lassen? Oder doch ausbrechen und dafür in Kauf nehmen, die Zelte in Sankt Gallen abzubrechen und sich in einem fremden Umfeld eine neue Existenz aufzubauen? Letzteres wäre gleichbedeuten damit, sich einen neuen Kundenstamm aufzubauen – in ihrem Alter in fremder Umgebung kein Zuckerschlecken. Es würde ihr schwer fallen. Aber Chris hatte keinen Zweifel daran gelassen, dass er seine Beziehungen spielen lassen würde, um ihren Wirkungskreis zu zerschlagen. Und dass er das schaffen würde, daran bestand für Rebecca kein Zweifel. Die richtigen polizeilichen Maßnahmen und gezielte Anrufe im Umfeld diverser prominenter Herren hätten eine verheerende Wirkung.

Gäggeler griff sich dann und wann den Funk-Empfänger und kontrollierte auf einer eingeblendeten Karte die GPS-Position des Polo. Es war mit seinen Beziehungen ein Leichtes gewesen, auf den richtigen Kanälen beim NDB, dem Nachrichtendienst des Schweizer Bundes, eine Funk-Überwachung mit der Bereitstellung allen notwendigen Equipments zu veranlassen. Weder die Brugger noch Braun würden die kleine Sende-Empfänger-Kombination zwischen den Rippen des Kühlergrills entdecken. Gäggeler musste mit allen Mitteln herausfinden, was die beiden im Zusammenhang mit dem Mord an Orschel wussten. Er wollte sich keinesfalls den Erfolg durch die Lappen gehen lassen. Mit einer Klärung aller Fragen könnte er eine Stufe in der Hierarchie hinauffallen. Und mehr Geld wäre nicht schlecht. Er schaute wieder zu Rebecca hinüber, die seinen Blick aber nicht erwiderte.

Stattdessen dachte die Frau in diesem Augenblick an Frank. Bei so jemandem könnte sie sehr wohl über eine persönlichere Beziehung nachdenken – wenn derjenige Verständnis für ihren Job mitbrächte. Rebecca atmete einmal tief ein und aus. Ein solcher Mann an ihrer Seite – schier unerreichbar! Wo mochte er jetzt sein? Anstatt mit einem Menschen seines Schlages in Sankt Gallen den Tag zu genießen, saß sie mit dem sie erdrückenden Chris und unbekanntem Ziel im Auto. Sie wusste nicht einmal, was die Absicht bei dieser Reise war. Nur dass Chris jemanden oder etwas überwachte – das lag auf der Hand. Doch kein Wort darüber, um was oder wen es sich handelte. Als wollte Chris keinesfalls darüber reden, was aber das erste Mal sein würde, soweit sie sich erinnern konnte. Chris war sonst immer sehr freigiebig mit seinen Infos. Irgendetwas an diesem Fall und dieser Reise war besonders. Warum wollte Chris keinen Namen nennen? Sollte es sich etwa um Frank handeln ...?

*

Ungekämmt hockte Andreas hinter dem Steuer seine klapprigen Kombis. Alles lief nach Plan. Die Brugger und ihr Freund fuhren dahinten weit, aber nicht zu weit vor ihm. Der Verkehr rollte, und glücklicherweise hielten sich die meisten, vor allem die Fahrerin des Polos, an die Geschwindigkeitsgrenzen. Eine schnelle Verfolgungsfahrt wäre das Letzte, das Andreas jetzt gebrauchen könnte. Nur nicht auffallen!

Allem Anschein nach fuhr das Paar in Richtung deutscher Grenze. Andreas legte seine Papiere bereit. Die Pistole hatte er gut, nur von unten zugänglich, im Innern des Beifahrersitzes versteckt. So schreckte ihn auch nicht die Möglichkeit einer Grenzkontrolle. Er hatte Zeit. Sein Augenblick würde kommen. Und dann ...

*

Nach alter Manier begrüßten sich die beiden Freunde im Bonner Hauptbahnhof. Die Fäuste ihrer rechten Hände drückten sie mit einem knappen „Heil dir!" gegeneinander. Dann fielen sie sich in die Arme und klopften auf den Rücken des jeweils anderen.

„Altes Haus! Schön dich wiederzusehen!" Bultmann lachte seinen Busenfreund Walter an.

„Du sagst es!" Gerber strahlte zurück. Die vormittägliche Sonne gab der Szene durch die milchige Glaswand zwischen Bahnsteigüberdachung und Oberkante des flachen Bahnhofsgebäudes ein Flair von Scheinwerferlicht. Die Narbe quer über Gerbers Stirn erschien dadurch noch plastischer als sie normalerweise auf Betrachter wirkte.

„Und hier ... aber Ihr kennt euch ja."

Bultmann begrüßte Doris Gerber mit einem angedeuteten Handkuss.

„Ich freue mich, auch Sie wiederzusehen. Sehr schön, dass Sie uns dieses Mal wieder mit Ihrer Gesellschaft beehren. Meine Frau freut sich, glaube ich, noch mehr als ich. – Und das will was heißen!"

Frau Gerber nickte freundlich zurück, einen kleinen Moment darüber nachdenkend, wie Bultmanns letzter Satz denn gemeint war. Sollte er etwa herausstreichen, dass seine Frau sich überhaupt freute, weil sie so etwas sonst nie täte, oder wollte er betonen, dass Bultmanns eigene Freude schon schier unbändig und kaum steigerungsfähig wäre? Es war aber auch nicht wirklich wichtig. Denn sie kannten sich schon seit zig Jahren. Umso bemerkenswerter fand Frau Gerber, dass es die ganze Zeit über beim förmlichen ‚Sie' der Männer gegenüber der Frau des jeweils anderen geblieben war. Aber so waren sie halt, ihre Burschen. Wichtig war ihr nur, dass Brigitte und sie sich gut verstanden. Was die Männer in ihren trauten Runden trieben, wurde dann schnell unwichtig, wenn die Frauen ihren gemütlichen Plausch hielten und sich vielleicht das eine oder andere Mal sogar weitere örtliche Freundinnen für einen schönen Damenabend eingeladen hatten.

„Die Pfeifchen dabei?"

„Klar, Reinhard, wie immer."

In altertümlich wirkender Dreierreihe mit Frau Gerber eingehakt zwischen den beiden Männern schritten sie auf den Vorplatz, auf dem Bultmanns Chauffeur sich frech mit der großen

Limousine ins Halteverbot gestellt hatte und im Rückspiegel aufmerksam auf möglicherweise herannahende Politessen achtete. Bultmann hielt Doris die rechte Fond-Tür auf, während Walter hinten links einstieg. Bultmann selbst nahm entgegen seinen sonstigen Gepflogenheiten, in Anbetracht seiner Gäste aber unvermeidlich, auf dem Beifahrersitz Platz.

„Nach Hause bitte, Schröder!"

Dann drehte Reinhard Bultmann sich zu Gerber um und bemerkte:

„Und heute Abend habe ich eine schöne Überraschung für dich. Aber – erst heute Abend, wenn wir zwei allein unsere Partie aufnehmen."

Dabei drehet er seinen Kopf noch weiter, dass er auch Frau Gerber ansehen konnte, und fügte augenzwinkernd hinzu: „Wenn Sie verstehen, meine Liebste ..."

Episode III - Weihnachten 1192

Das Klopfen an der Pforte ertönte laut und heftig, hallte in dem großen Gemäuer hell und verstärkend von den Wänden und Gewölben.

Bruder Reinhold öffnete. Drei Bauern standen vor ihm. Ein vierter, ziemlich verdreckter Mann wurde von ihnen offensichtlich in ihrer Mitte gestützt.

„Grüß Gott, Bruder!"

„Seid gegrüßt, liebe Leute!"

„Wir haben diesen Mann unweit von hier gefunden. Es geht ihm nicht gut. Da es ein Bruder ist, dachten wir ..."

„Ein Bruder?"

Reinhold kannte den Fremden nicht. Aber kein Zweifel – jetzt, nachdem die anderen ihn darauf aufmerksam gemacht hatten, erkannte auch er, dass der kraftlose Mann eine Kutte trug. Eine heruntergekommene und verdreckte Kutte.

„Bringt ihn herein!"

Er geleitete die Gruppe in einen der ersten Räume.

„Hier könnt ihr ihn ablegen." Dabei zeigte Reinhold auf eine kleine Holzpritsche an der unverputzten Wand.

Als sie den Fremden ausgestreckt gebettet hatten, untersuchte Reinhold ihn genauer. Der Mann atmete nur schwach. Sein Gesicht wirkte hager, seine Haut warf Falten. Die groß wirkenden Augen schienen in seinen Augenhöhlen zu versinken. Blut hatte seine Kleidung auf seiner linken Körperseite durchtränkt. Die Kutte und das Hemd schienen zwar schon einmal nach dem Tränken gewaschen worden zu sein, doch die Reste der Blutspuren waren noch immer deutlich zu erkennen. Reinhold öffnete vorsichtig die Kleidung. Der Dolch, der in eine Lederscheide gesteckt zum Vorschein kam, versetzte Reinhold in ungläubiges Erstaunen. Ein Mönch mit einer solchen Waffe war ihm noch nie untergekommen. Doch unwichtig war dieses Faktum jetzt allemal. Er sah die bereits heftig entzündete, schwarz umrandete Wunde in der linken Schulter des Verletzten. Der arme Mann zitterte am ganzen Körper, konnte nicht sprechen. Er schien der Bewusstlosigkeit näher als dem Wach-Sein.

„Das sieht nicht gut aus", fasste Reinhold knapp zusammen. „Legen wir ihn in ein richtiges Bett."

Die Männer trugen den Verletzten drei Zimmer weiter. Auf dem dortigen Bett konnte Reinhold den Oberkörper des Mannes freimachen und die Wunde reinigen und versorgen, so gut ihm das bei dem Zustand der Wunde möglich war.

„Ist es einer von Euch?", fragte einer der Bauern.

„Nein. Ich habe diesen Menschen noch nie gesehen. Aber seiner Kleidung nach zu urteilen, ist auch er ein Gottesmann. Lasset ihn hier. Wir werden und um ihn kümmern. Ich hoffe, wir bekommen ihn wieder gesund. Jedenfalls danke ich Euch."

Die Bauern verabschiedeten sich höflich, warfen noch einen letzten Blick auf den Verletzten und gingen.

*

Niemand in der Klostergemeinschaft kannte den Fremden. Und der Verwundete konnte in seinem Dämmerzustand nicht auf Fragen nach seinem Namen oder seiner Herkunft antworten. So pflegten die Mönche ihn von Tag zu Tag.

Die Feier der Geburt Christi stand bevor. Am Abend des 22. Dezember war es wieder an Reinhold, den Krankendienst bei dem Fremden zu erbringen, als er plötzlich laut und deutlich vernahm:

„Wo bin ich?"

Reinhold drehte sich zu dem Bett um und sah die Augen des Kranken geöffnet. Sie schienen wach und halbwegs klar, anders als an all den Tagen zuvor.

„Ihr könnt mich hören?"

„Ja." Doch war die Antwort des Mannes eher ein Krächzen als ein Wort.

„Wer seid Ihr?"

Der Mann öffnete den Mund und sagte etwas, doch es blieb für Reinhold unverständlich. Also beugte er sich dicht über den Mann und hielt sein Ohr direkt vor des Anderen Mund.

„Sprecht noch einmal."

Leise, aber verständlich konnte er jetzt die Antwort vernehmen.

„Pater Johannes von den Benediktinern."

„Ich bin Bruder Reinhold. - Woher seid Ihr?"

„Aus Passau."

Reinhold nickte. Allerdings konnte er mit der Antwort nicht viel anfangen, denn er wusste nicht, wo Passau lag. Doch irgendwer im Kloster würde es schon wissen. Das könnte er später klären.

„Aber wo bin ich?", flüsterte Johannes.

„Ihr seid in Muri, Bruder."

Johannes schüttelte nur mit dem Kopf. Der Name sagte ihm nichts.

„Im Aargau."

Damit konnte Johannes ein wenig anfangen.

„Aber wie kam ich hierher?"

„Man brachte Euch. Ihr lagt ohne Bewusstsein an einem Wegesrand."

Johannes nickte nur, sagte aber nichts weiter. Das Sprechen fiel ihm schwer. Reinhold saß noch eine Zeitlang an seinem Bett, trocknete seine Stirn mit einem Tuch. Beim Trinken half er dem Kranken, den Kopf leicht anzuheben, damit das Wasser nicht einfach nur an seinem Mund vorbei lief. Reinhold dauerte der Mann. Die Schwäche und Energielosigkeit forderte ihren Tribut, Johannes lag einfach nur da, die Augen geschlossen. Als er dann wieder fest eingeschlafen war, verließ Reinhold den Raum.

*

Am nächsten Tag fand Reinhold den Kranken in einer ähnlichen Verfassung vor wie am Tag zuvor. Nur ein kurzes Gespräch mit dem Verletzten war möglich.

„Was ist Euch zugestoßen?"

Johannes schloss für einen Augenblick die Augen und atmete dabei tief durch.

„Ottmar, ein Mann, den ich jagte, begegnete mir zufällig wieder, obwohl ich niemals damit gerechnet hatte, ihn noch einmal wiederzusehen. Er erkannte mich und vermutete wohl, dass die Begegnung kein Zufall war. Wir gerieten in Streit, da stieß er unvermittelt mit seinem Dolch zu."

„Hier in der Gegend?"

„Nein. Das geschah in der Nähe von Moutier."

„Ihr schlepptet Euch von dort bis hierher?"

„Was heißt schon ‚schleppte'? Ich weiß es nicht. Jedenfalls waren die körperlichen Folgen für mich in den Tagen danach nicht weiter schlimm. Schlimmer war, dass meine Begleiter direkt nach dem Angriff auf mich diesen Ottmar ohne Umschweife zur Strecke brachten."

„Schlimmer? Ich verstehe nicht, Johannes."

„Eine Lanze durchbohrte sein Herz. Ich flehte noch, sie sollten es nicht tun – aber zu spät. Sie wussten ja nicht, warum ich ihn kannte und was meine Bestimmung war. Ich hätte ihn lebend gebraucht. Doch mit seinem Geiste ging auch sein Geheimnis des genauen Ortes für immer von dannen. Meine letzte Gelegenheit, das Dokument meines Herren zurück zu holen, war dahin."

„Und Ihr? Ihr sagtet, die Wunde war nicht so schlimm?"

„So war es. Die Folgen schienen nicht so schlimm. Nach zwei Tagen konnte ich meine Reise fortsetzen. Und dann ... ich weiß nicht mehr."

„Dann hat sich die Wunde entzündet", griff Reinhold den letzten Satz auf. „Und das sieht jetzt nicht sehr gut aus."

Johannes nickte nur stumm.

Reinhold versorgte die Wunde. Der schwarze Rand hatte sich deutlich ausgedehnt.

„Warum habt Ihr den Ottmar gejagt? Ist er ein Verbrecher?"

Johannes nickte.

„Aber ich konnte ihn nicht stellen. Ich hatte meine Chance verpasst. Doch habe ich zuvor wenigstens einen Teil seines Geheimnisses erfahren." Johannes röchelte. „Ich weiß, er verbarg die Wegbeschreibung zu dem unermesslichen Schatz in einem kleinen Schuh in der Kirche seines Herrn. Doch kenne ich den Ort, an dem die Kirche steht, nicht. Alles, was ich weiß, hielt ich in einem Schriftstück fest."

Der Schweiß quoll verstärkt auf des Paters Gesicht hervor. Die Stimme wurde wieder schwerer.

„Wovon sprecht Ihr, Johannes?"

„Von dem riesigen Schatz, und dem Weg zu ihm. Wie in Passau beschrieben."

Reinhold konnte mit den Worten jetzt nur wenig anfangen. Er wusste mittlerweile, wo dieses Passau ungefähr lag. Und die restlichen Worte hatte er wohl gehört. Doch verstand er den Sinn dahinter noch nicht.

„Wo versteckt? Und welchen Schatz? Und welches Schriftstück?

Doch des Paters Stimme wurde noch leiser.

„Hagens Schatz ... Hagen ... ich ..."

Die letzten Worte klangen nur noch wie ein Hauch an Reinholds Ohr. Dann verlor Johannes abermals das Bewusstsein.

Reinhold tupfte den Schweiß von der Stirn des Johannes und deckte ihn sorgsam zu. Im Augenblick konnte er nicht mehr tun. Er löschte das Licht und ging.

*

Die Gemeinschaft der Mönche versammelte sich zum weihnachtlichen Gebet in der Kapelle. Es war der Morgen des 25. Dezember.

Bevor er mit dem lateinischen Gebet begann, richtete der Abt seine Worte in Deutsch an die Gemeinschaft.

„Wir feiern die Geburt des Herrn. Und an diesem freudigen Tag beklagen wir den Fortgang eines Bruders. Die Wege des Herrn sind unergründlich. Und er wird sich etwas Großes dabei gedacht haben, seinen Bruder Johannes genau an diesem Freudentag zu sich zu rufen. Behalten wir Johannes, den wir nicht wirklich kannten und der sein Leben für Gott und seinen Bischof hingab, als einen Großen und Gottgefälligen in unserem Andenken. Als säße er jetzt in unserer Mitte und feierte mit uns das freudige Ereignis. So lasset uns beten ..."

Reinhold folgte dem Gebet tief in sich gekehrt. Die Gebetsformeln sprach er wie in Trance herunter. Seine Gedanken weilten bei dem Verstorbenen, einem Bruder, der weitab von daheim für Gott und seinen Bischof gekämpft hatte und nun sein Leben in der Fremde lassen musste. Da war es nur ein schwacher Trost, dass er in seinen letzten Stunden nicht ganz allein, sondern in einer kleinen Zelle der großen Benediktiner-Gemeinschaft verbringen konnte. Reinholds Inneres wurde von dem prickelnden, den Bauch pinselnden Gefühl von Stolz durchflutet, weil er sich als eine der unzähligen Hände Gottes sah, die den Dienern des Herrn tatkräftige Unterstützung gewährten.

Nach dem letzten Amen zogen sich die Brüder auch an diesem hohen Festtag auf ihre gewohnten Tätigkeiten zurück. Reinhold ging mit zwei weiteren Mönchen in das Skriptorium. Er war von der Gemeinschaft auserkoren worden, die besondere Weihnachtsgeschichte des Klosters in diesem Jahr mit dem heroischen Tod des fremden Mönches zu dokumentieren.

Reinhold stellte sich an das Pult und begann in großen Lettern:

„December XXV Anno Domini MCXCII de die Christi natalis ..." – Der 25. Dezember im Jahre des Herrn 1192, am Tage der Geburt Christi ...

Kap 12 - Der Abend des 16. Juni 2012

Ernüchternd!

Maria hatte Frank sogar überreden müssen, mit ihr die Kirche zu betreten. Zu offensichtlich wich die Optik des Bauwerks von den historisch erforderlichen Charakteristika eines mittelalterlichen Gotteshauses des späten zwölften Jahrhunderts ab. Eine Nachfrage beim Pfarrer hatte die anfängliche Vermutung bestätigt, dass die Kirche als gesuchtes Objekt einfach nicht in Frage kam. Und einen Besuch der evangelischen Kirche könnte man sich direkt sparen, denn die sei tatsächlich direkt als protestantisches Bauwerk entstanden und nicht etwa eine umgewandelte frühere Katholikenkirche.

Sie fuhren auf die gegenüberliegende Rheinseite nach Frankreich hinüber.

„Trotzdem noch Ottmarsheim unter die Lupe nehmen?"

„Na klar, Maria, wenn wir schon einmal hier sind." Franks Antwort trug die Schlaffheit seines sinkenden Optimismus in sich.

Nach nur drei Kilometern rollten sie bereits in der Nähe des Ortszentrums.

„Ich wird verrückt!"

Frank hatte den für diesen kleinen Ort überraschend imposanten Sakralbau entdeckt. Starke Mauern formten gedrängt eine Kirche, die jedoch in ihrer Geometrie von den üblichen Kirchenschiffen abwich. Kein lang gezogenes Dach legte sich neben den einfachen, viereckigen Turm mit seiner schlichten Walmdeckung, sondern ein, wie es aussah, achteckiger Zentralbau mit einem ihn einschließenden Umbau, der aber weit mehr als nur acht Ecken aufwies.

„Da könnte das Alter stimmen, Maria!"

Sie parkten das Auto an der Hauptstraße und gingen die kurze Distanz zur Kirche zu fuß. Bei ihrer Umrundung des Baues wanderten ihre Blicke immer wieder hinauf zum Dach und wieder zurück, immer die Mauer nach Besonderheiten abtastend.

Sie befanden sich nicht allein auf dem Areal. Eine oder zwei Reisegruppen wuselten ebenso wie sie selbst vor und neben der Kirche. Am Haupteingang las Maria übersetzend laut vor:

„Einzel-Führungen nur donnerstags, nur nach Absprache. Gruppen jeden Tag."

„Wir brauchen keine Führung."

„Stimmt. Aber wenn wir möglichst schnell möglichst viel darüber erfahren wollen, ob das Gebäude überhaupt in Frage kommt, dann wäre eine Führung doch nicht schlecht, oder?"

„Ja. Oder wir haben jemanden, der uns gezielt unsere Fragen mal eben beantworten kann, stimmt's?"

„Stimmt, lieber Frank" Maria grinste frech. „Hast du einen?"

Frank blickte sich um. Die Lokation war zwar auf Besucher eingerichtet, doch in aller Zurückhaltung. Allem Anschein nach wurde hier nicht mit permanent bereitstehendem Personal gearbeitet. Die Einzelführungen erfolgten sicher nicht ohne Grund nur nach Voranmeldungen. Auf jeden Fall sah Frank niemanden, der, abgesehen von der jungen Dame, die gerade die Reisegruppe in Empfang nahm, für die Beantwortung einiger historischer Fragen zur Verfügung stehen könnte.

„Und jetzt?"

„Lass mich mal machen, Maria."

Frank suchte sich den Reiseleiter der anstehenden Gruppe rüstiger Rentner, wechselte ein paar Worte mit ihm und drückte ihm dann einen Fünf-Euro-Schein in die Hand.

„Geritzt, Maria. – Und der macht dabei noch ein kleines Geschäft."

Neckisch hielt Frank seiner Begleitung den rechten Arm hin und Maria hakte sich galant nickend mit breitem Grinsen ein. Als eines von vielen Rentner-Ehepaaren betraten sie den mit zweigeschossigen Säulengängen errichteten Zentralbau.

*

Gäggeler überlegte, mit welchen Gründen er Rebecca überhäufen könnte, wenn er in wenigen Minuten seinen Alleingang starten würde. So ungern er sich auch immer von der Frau trennen mochte – bei der Aktion konnte er sie nie und nimmer an seiner Seite gebrauchen. Niemals würde er ihr Leben aus Spiel setzen, auch wenn er sehr genau kalkulierend Gewalt, zumindest psychischer Natur, gegen sie einsetzte.

Seit fast einer halben Stunde signalisierte ihm das Empfangsgerät einen Stillstand des Polos. Ganz klar länger als bei jener nichtssagenden Kirche in Neuenburg am Rhein.

Aus seinem Handy tönte die Titelmelodie von Star Wars.

„Was gibt es, Bieler? ... Nein! Verflucht, das wäre ja auch zu einfach gewesen! ... Nein. Also, nochmal. Die Projektile stammen eindeutig aus verschiedenen Waffen? ... Okay, okay. Und die Auswertung der Video-Überwachung im Stift? ... Also nur Braun und die Brugger zu erkennen. Hm, hm. ... Wie, man kann nicht erkennen, was sie ...? ... Ach! Die Brugger, dieses ausgekochte Früchtchen! ... also immer im entscheidenden Moment direkt davor ... Nein. Übrigens – perfekte Arbeit, Bieler! Wahrlich nicht selbstverständlich an einem Wochenende. ... Ja. Ich bin ihnen auf den Fersen. ... Ja, ich bin gewarnt. Ach, und richten Sie den Kollegen im Labor meinen Dank aus. Das war ja wohl die eine oder andere Überstunde. ... Ja, danke. Ihnen auch!"

Gäggeler hatte gerade das Handy weggesteckt, als das GPS-Empfangsgerät eine Weiterfahrt des Überwachungsobjektes signalisierte.

Meine Gründe kann ich mir also sparen, stellte Gäggeler gedanklich mit einer Zufriedenheit fest, die allerdings nichts mit Bielers Angaben zu tun hatte. Im Gegenteil. Bielers Durchgaben bestätigten zwar eine seiner Einschätzungen, warfen aber neue Fraugen auf. Gerade passierte er die Stelle, an der noch vor wenigen Minuten dieser Polo gestanden haben musste. Der Kommissar sah den mittelalterlichen Kirchenbau. Seine Entschlussfähigkeit war gefordert – jetzt! *Braun und die Brugger hatten hier eine längere Pause. Sie waren garantiert in jenem Bau dort gewesen. Hatten sie etwas entdeckt? Sind beide gemeinsam weitergefahren? Was ist, wenn nur die Brugger im Auto sitzt und Braun ...* Gäggeler verwarf den Gedanken. Er setzte alles darauf, dass die Brugger nicht ohne Braun weiterfahren würde. Oder fuhr Braun?

„Was ist los, Chris? Hast du nun einen Einsatz – oder warum fährst du nur im Schritttempo?"

Mein Gott! Rebecca! Die ersten Worte seit was weiß ich wie vielen Kilometern!

„Nein. Ich war nur in Gedanken. Geht es dir gut?"

Rebecca nickte.

„Okay. Ich wusste nur nicht, ob bei dir alles in Ordnung ist. Dann kann ich ja wieder durchstarten.

Gäggeler trat aufs Gaspedal und nahm die normale Geschwindigkeit wieder auf.

*

Zirka einen Kilometer vor Gäggeler folgte Andreas dem weißen Polo. Die Pistole, die er bereits schussbereit unter seinem Hemd versteckt hatte, als er Frank und Maria an der Kirche in Ottmarsheim observierte, hatte er wieder im Beifahrersitz versteckt. Er musste sie jetzt nicht schussbereit zur Hand haben, da er weder jetzt noch sonst wann einen Angriff der beiden fürchtete. Erst wenn er sich offenbaren, falls er das Risiko überhaupt eingehen wollte, und selbst angreifen würde, wozu er in jedem Fall in der richtigen Situation bereit wäre, müsste er die geladene und entsicherte Waffe ohne Rücksichtnahme benutzen. Aber jetzt? Jetzt hatte er Zeit. Es galt wieder nur, das Fahrzeug da vorn nicht aus den Augen zu verlieren. In diesem relaxten Gefühl überquerte er die Grenze zwischen Frankreich und der Schweiz.

*

Die Ernüchterung hatte wieder um sich gegriffen.

Frank und Maria fuhren zwar linksrheinisch auf Landstraßen wieder in die Schweiz zurück, hatten aber dennoch kein bestimmtes Ziel. Südlich von Basel legten sie eine Pause ein. Weniger, weil sie jetzt lange Zeit gefahren wären, denn das waren sie beileibe nicht nach diesen gerade einmal vierzig Kilometern. Vielmehr überredete sie das Bedürfnis nach einem generellen Abstand zum Auto, bei einem Kaffee oder einfach auf einer Bank in der Sonne die Situation zu überdenken und zu besprechen.

Keine Frage, die alte Abtei in Ottmarsheim blieb ihnen als beeindruckendes Bauwerk in Erinnerung. Allein das Gefühl, in einer Kopie der Pfalzkapelle Karls des Großen mittelalterliches Flair erlebt zu haben, prägte ihre Gefühle für das Leben in jener Zeit noch mehr. Dass bei der Entstehung der Kirche sogar die Benediktiner und sogar die aus Sankt Gallen ihre Hände im Spiel hatten, ließ ihre Hoffnungen steigen und machte Maria sehr stolz. Doch der Namensgeber war keinesfalls ihr Ottmar, sondern Otmar mit nur einem ‚t', der schon im achten Jahrhundert Abt gewesen war – ausgerechnet in Sankt Gallen, das damals über dieses Gebiet die Hoheit gehabt hatte. Quel malheur!

„Und nun?" Frank brachte die Frage hervor, ohne Maria anzusehen. Er hielt seine Augen geschlossen und bot sein Gesicht den Sonnenstrahlen hier draußen auf dem Gartenstuhl vor dem kleinen Wirtshaus mit in den Nacken zurückgelegtem Kopf an.

„Weiß nicht." Maria sah Frank kurz an, dann tat sie es ihm gleich. So saßen sie nebeneinander wie zwei müde Sonnenanbeter. In dieser trauten Haltung lief ihre Konversation weiter.

„Wir haben nichts, oder, Maria?"

„Nö, nichts – zumindest nichts Neues."

„Jou."

Pause. Fünf Minuten Stille.

„Nach Hause, Maria?"

„Weiß nicht."

Stille.

Frank lutscht mit der Zunge an seinen Zähnen herum. Selbst ein unbeteiligter Beobachter hätte erahnen können, dass Frank in seinem Hirn gerade mächtig und heftig Spedition spielte. Wie Container schob er die Gedanken von der einen Ecke in die andere, dann wieder zurück oder woanders hin.

Jetzt brach Maria die Stille.

„Frustriert?"

„Ein bisschen ... ja."

„Hm. Haben wir doch gar nicht nötig, oder?"

Frank schwieg.

„Na, so grundsätzlich, meine ich. Das war doch jetzt erst unser erster Versuch. Wäre doch komisch, wenn gleich die ersten Versuche immer klappten, oder?"

„Hmmh." Franks Tonfall signalisierte ganz leichte Zustimmung. Er drehte den Kopf nur soweit wie nötig in Marias Richtung, um zwischen seinen kaum erkennbaren Lider-Schlitzen zu ihr hinüber zu blinzeln. Sie saß unverändert mit geschlossenen Augen zur Sonne gewandt. Er musterte ihr Profil, sein Blick wanderte an ihrem Hals mit dem Rollkragen, der bei den kühlen Temperaturen in den Bergen trotz der Sonnenstrahlung sicher nicht die falsche Wahl gewesen war, entlang weiter abwärts und blieb wieder an ihrem unbedeckten Arm hängen. Seine Gedanken hingen noch Marias letztem Satz nach.

„Du hast recht", fuhr er fort. „Wir haben noch mindestens einen Versuch frei, wenn nicht noch mehr."

„Wie meinst du das?", fragte Maria und drehte ihren Blick nun dem Mann zu, der aber scheinbar noch immer in die Sonnenstrahlen hinein schlief, denn er hatte seinen Kopf schon wieder in die Ausgangslage zurück gedreht.

„Och, bloß so."

Pause.

„Na ja", ließ er sich dann doch zu weiteren Worten ganz langsam hinreißen, „wir müssen eben noch einmal nachdenken. In aller Ruhe."

Dann richtete er mit einem überraschenden Energieschub seinen Kopf wieder auf und sah Maria, die wieder mit geschlossenen Augen die Sonne anbetete, mit gewohnt offenen Augen an.

„Lass uns aus der Not eine Tugend machen. Wir haben mindestens noch einen Tag Zeit. Wir sollten dahin fahren, woher die Nachricht des Paters kam."

„Nach Solothurn?"

„Nein, das war ja nur eine Zwischenstation. Lass uns nach Moutier fahren. Vielleicht finden wir dort etwas. Zumindest heute Abend ein schickes Essen. Was meinst du?"

Maria drehte ihren Kopf und grinste, die Augen aber noch immer geschlossen.

„Das stelle ich mir schön vor. Einverstanden." Erst jetzt öffnete sie die Augen. Als wäre sie gerade in diesem Moment aus einem Traum gerissen worden, schaute sie ihn wie schlaftrunken an.

Eine Viertelstunde später reisten sie mit geöffneten Seitenscheiben weiter durch das Schweizer Jura.

Zwei Stunde später hatten sie ein einfaches Hotel, das Cheval Blanc, gefunden, in dem sie sich vielleicht einquartieren wollten, nachdem sie in Moutier vergeblich nach Überresten des alten Klosters gesucht hatten. Die Hotelwirtin bestätigte, dass das Kloster schon vor Jahrhunderten dem Erdboden gleichgemacht worden und nun darüber eine neuere Kirche entstanden war. Nachdem die Wirtin auch noch versicherte, dass im ganzen Hotel eine WLAN-Abdeckung funktionierte, checkten Maria und Frank für zwei Einzelzimmer ein. Sie wussten, welchen Fehler sie heute

Morgen gemacht hatten, und wollten den gleichen nicht noch einmal begehen. Ihr nächstes Ziel würden sie erst dann ansteuern, wenn sie durch Recherchen mehr Klarheit über die Fakten hatten als bei ihrem zurückliegenden, heutigen. Diese Fahrt nach Deutschland hätten sie sich sparen können. Aber ein neues Ziel hatten sie nicht – noch nicht.

*

Gäggeler hatte die Situation schnell überblickt. Einige Straßen weiter nahm er für Rebecca und sich ein Zimmer in einem ziemlich neuen, sechsstöckigen Hotel nahe der Bahnlinie. Es war ihm wichtig, möglichst weit oben zu residieren, um eine bessere Sicht zu erhalten, was bei den flacheren umliegenden Häusern durchaus möglich erschien. Ob er diesen Vorteil benötigen würde, wusste er nicht. Aber jede zusätzliche Chance einzuräumen, hatte bei ihm Priorität. Sein wichtigstes Utensil trug er natürlich direkt in seiner Jacke bei sich: den Empfänger.

So ausgerüstet wagte er sogar einen Spaziergang mit Rebecca, aber peinlichst darauf bedacht, ihre Schritte keinesfalls in die Nähe des anderen Hotels zu lenken, sondern tunlichst nur in entgegengesetzter Richtung.

*

Maria und Frank hockten wieder vor dem Notebook.

„Mein Gott, sind wir deppert!"

„Na komm, Frank. Du doch wohl eher nicht. Aber ich hätte schon darauf kommen müssen."

„Nee, nee, lass mal. Ich und mein Navi! So ein Blödsinn!"

„Na, warte einmal." Maria holte ihr eigenes kleines Navigationsgerät, das sie keinesfalls im Auto liegenlassen wollte, aus der Reisetasche hervor und tippte den Ortsnamen ein.

„Siehst du, auch bei mir."

Sie hielt Frank das kleine Display vor die Nase, und er erkannte die gleiche Liste wie auf seinem Gerät gestern. Und das nächstgelegene Neuenburg war jenes am Rhein, das sie heute weniger besucht denn durchfahren hatten. Und das passierte ihnen, obwohl der offizielle deutschsprachige Name für Neuchâtel ‚Neuenburg' ist.

„Ja, aber ich hätte trotzdem darauf kommen müssen. Neuchâtel! Mann! Eine der größeren Städte hier! Und vor allem: zieht man die Linie von Basel kommend über Moutier weiter, dann landet man doch genau am Lac de Neuchâtel. Johannes war tatsächlich noch nicht an Ottmars und damit seinem Ziel vorbeigezogen. Natürlich hätte ich darauf kommen müssen."

Der Tonfall erweckte den Eindruck, dass er es weniger an Maria als vielmehr an sich selbst gerichtet hatte. Er nahm sich seinen Schnellschuss von gestern selbst übel.

„Aber schon gut, dass dir der Gedankenblitz kam."

„Na ja, lieber Frank. Danke. Aber Neuchâtel könnte ja auch falsch sein."

Er blickte sie verständnisvoll und vor allem dankbar an. Obgleich er wusste, dass Maria das aus reinem Mitleid gesagt hatte.

„Klar. Aber für solche Fälle habe ich dich ja, oder?"

Damit spielte Frank auf Marias heutige Recherche-Künste an. Welch ein Ergebnis! Neuchâtel, zu Deutsch ‚Neuenburg' und lateinisch ‚Novum Castellum', erhielt seinen Namen um die erste Jahrtausendwende durch den Bau eines neuen Schlosses. Diese an sich für die beiden schlechte Nachricht, denn das passte wieder nicht zu ihrem gesuchten Zeitfenster, verlor ihren Schrecken durch das zweite Recherche-Ergebnis, ach was, sie wurde sogar in einen kleinen Triumph gewandelt. Denn im Jahre 1180 legte ein Fürst namens Ulrich den Grundstein für eine neue Burg und eine neue Kirche. Und zu Beginn des Dritten Kreuzzuges lebte dieser Ulrich noch. Also passte alles!

„Doch wie passt Nifelheim da hinein? Und wieso Alberich?"

„Ich glaube, Maria, das kann etwas bedeuten – oder aber auch belanglos sein. Soweit ich das überblicke, ist eine der möglichen Bedeutungen, die im Mittelalter mit Nifelheim verbunden wurden, das Nebelland. Und das war eine ganz alte Begrifflichkeit für das Land, in dem viel Schnee liegt und bei Sonneneinstrahlung der Nebel übermäßig stark aufsteigt. Das passt auf das Land am Fuße der Alpen. Viele denken, Nifelheim lag im Gebiet der heutigen Schweiz. Der Zwerg Alberich passt ebenso da hinein. Dabei könnte es sein, dass der Zwerg nicht für eine Person stand, sondern für ein Reich: das Alpenreich, aus dem im Laufe der Zeit Alberich wurde. Eine von vielen Theorien, der ich bis soeben wenig Bedeutung beigemessen hätte."

Beide lachten sich an. Frank dachte wieder an den Moment, als Maria ihm vor zehn Minuten ihr Ergebnis präsentiert hatte und er sie daraufhin jubelnd in die Arme genommen und fest und innig gedrückt hatte. Und Maria drückte ihn genauso. Für einen Augenblick vergaß er die Suche.

Maria lächelte stolz und dann noch herzlicher, als Frank ihre Hand griff.

„Du bist schon stark, meine Liebe."

Maria wandte sich kurz ab und blickt ihn dann doch wieder an, aber schüchtern wie ein kleines Mädchen. Sie konnte wohl nicht einordnen, wie Frank das gemeint hatte – rein sachlich bezogen auf ihre Recherche oder doch anders.

„Also doch jetzt weiter?"

„Ach was, Maria. Rechne mal nach! Wir würden Neuchâtel zwar locker innerhalb von ein bis zwei Stunden erreichen, aber was wollen wir dann dort heute noch tun? Wir könnten versuchen, schnell etwas in der Kirche zu finden. Ja, aber wenn wir Pech haben, wird dort dann gerade die samstägliche Abendmesse zelebriert. Und dann? Und in Hektik Suchen ist in meinen Augen eh Mist. Und ob wir nun hier oder dort übernachten, spielt auch keine Rolle. – Halt, spielt doch eine! Wir müssten gleich vierfach für die Nacht blechen. Zweimal für dich, hier und da, und zweimal für mich genauso. Also? Lieber morgen einen guten Zeitpunkt für die Suche finden?"

„Gemacht. Also genießen wir hier unseren ... Abend."

Maria unterdrückte das Wort, das ihr schmerzlich auf der Zunge gelegen hatte. Sie hoffte, ohne es sich wirklich einzugestehen, dass es nicht ihr gemeinsamer letzter Abend wäre.

*

Bultmann beugte sich zu seiner Frau hinunter und drückte ihr einen Kuss auf die Wange, der eine eigenartige Mischung aus Zuneigung, Höflichkeit und Formalie repräsentierte. Gerber, der sich ebenfalls nach dem gemeinsamen Abendmahl erhoben hatte, prozedierte das Gleiche bei Doris, als hätten die Männer genau diese Form der Liebesbezeugung in irgendeiner Schule beigebracht bekommen.

„Unterhaltet euch schön. Wie sehen uns ja später nochmal."

Mit diesen an die Damen gerichteten Worten geleitete Bultmann seinen Gast in den Nebenraum und zog die große zweiflüglige Schiebetür zu, so dass durch das in die Flügel eingelassene Sandstrahlglas noch ein diffuser Lichtschein, aber keine Blicke mehr von außen in das Zimmer fielen.

„Komm, alter Haudegen! Wie immer?"

„Aber gern."

An dem kleinen Flaschentisch goss Bultmann einen exzellenten zwölfjährigen schottischen Whisky in zwei breite Gläser ein und kam mit den Getränken in der Hand zurück an den Kamin. Bevor auch er sich in seinen Ledersessel setzte, reichte er Walter, der sich bereits niedergelassen hatte, eines der Gläser.

„Zum Wohl! Auf unsere Kameradschaft!"

„Auf uns, Reinhard."

Genüsslich zelebrierten beide ihren ersten Schluck. Wie in einer Choreografie stellten sie gleichzeitig die Gläser auf dem Rand des kleinen Holztisches zwischen den Sesseln ab und griffen zu ihren Pfeifen, die der eine in einem Lederfutteral mitgebracht hatte, während der andere die seinen in einem Wandregal neben dem Kamin aufbewahrte.

Sie wechselten kein einziges Wort, während sie den aromatischen Tabak in die Wurzelholzköpfe stopften und dann jeder ein entzündetes Streichholz über der Pfeifenöffnung mit tiefen, langen Zügen in Zuckungen versetzte, bis die Glut sich fest im Pfeifeninneren eingenistet hatte. Bei den ersten Zügen konzentrierte sich ein Jeder auf die Geschmacksnerven der Zunge beim Ein- und den Tanz des Qualmes beim genüsslichen Ausatmen, wobei jeder der beiden genauestens darauf Acht gab, dass das Nikotin nicht wirklich die Lunge erreichte, sondern sich in der Mundhöhle austobte. Nach drei oder vier Zügen, bei denen die Männer nach Luft schnappenden Karpfen ähnelten, eröffnete Bultmann das weitere Gespräch.

„Ich habe dir ja eine Überraschung versprochen."

„Ich bin schon sehr gespannt. Jetzt also heraus mit deinem Geheimnis. Ich weiß ja, wie gut du auf die Folter spannen kannst."

„Ja, diese Präsentation ist mir nun schon ein besonderer Genuss."

Ohne, dass er sich irgendwie mit seinem Gegenüber abgesprochen hatte, griff Bultmann die weißen Schachfiguren und stellte sie auf seiner Brettseite auf, während Gerber des entsprechende mit den schwarzen auf der seinigen tat.

„Wir sind ein ganzes Stück weiter gekommen. Ein großer Schritt in Richtung des Schatzes ist gemacht."

„Nein! Du Teufelskerl! Wie ging das?"

„Du weißt ja von meinem Schmuckstück ...", dabei zeigte Bultmann auf ein freistehendes Stehpult mit einem dicken Buch obenauf, das im Einband beim Deckel und der Rückseite aus dickem dunklen Holz bestand, „... und dem kleinen Überraschungsbriefchen darin."

„Und ob ich das weiß."

„Gut. Und über den Inhalt – nun, nicht in allen Details, aber genug, dass man damit eine Spur erkennen könnte – habe ich alle unsere wichtigen Leute im gesamten Gebiet informiert. Und was glaubst du, was in den letzten Tagen geschah?"

„Es wurde jemand fündig?"

„Richtig."

„Den Schatz ...?"

„Nein, noch nicht. Aber eine scheinbar verlässliche Spur in die richtige Richtung."

„Exzellent! Ich kann es kaum glauben. Das wäre ja ein Mordsschub für die Vereinigung! Der wahre Deutsche Schatz!"

„Du sagst es."

„Wer aus der Verbindung weiß es sonst noch?"

„Noch niemand außer dir und den Leuten, die an der Spurenfindung beteiligt waren. Und auf die ist absoluter Verlass, von denen dringt nichts an andere. Aber – und das ist meine zweite Überraschung – morgen werden wir es einem weiteren mitteilen."

„Wem? Sag schon!"

„Bernhard Wenger."

„Nicht möglich! Bernhard? Kommt er her oder willst du mit ihm telefonieren?"

„Komm, hör mal, alter Junge! Telefonieren wäre doch keine Überraschung, nicht wahr? Nein, morgen Vormittag trifft unser Bücherwurm höchst persönlich hier ein."

„Ich wird verrückt! Das hast du ja fein hinbekommen."

„Hmm", grunzte Bultmann freudig und stolz. Er griff den Königsbauern und eröffnete die Partie, während er einen kräftigen Zug an der Pfeife nahm. „Wir haben eben gute Leute in der

Linie. Hellhörig wie die Luchse, zupackend wie Adlerkrallen und konsequent wie der Tod."

„Unfassbar! Wie war das, wie lange warten wir jetzt schon?"

„Etwas mehr als fünfundzwanzig Jahre. Wenn du den Zeitpunkt meinst, seit dem wir von dem geheimen Briefchen wussten."

Gerber hatte schon längst seinen Zug gemacht, also schob Bultmann seinen Läuferbuben zur Deckung des vorgeschickten Bauern nach. Er vergaß für einen Augenblick ihr Gespräch und sinnierte darüber, dass er doch fast immer mit der gleichen Eröffnung begann und Walter in der gleichen Variante konterte, und doch ihre Partien letztlich immer anders verliefen. Es waren immer die kleinen Nuancen im Leben, die letztlich für die großen Ausschläge sorgten.

„Wie schätzt du die Auswirkungen ein?"

„Ach, Walter, da mag ich gar nicht recht drüber nachdenken. Wer will das schon sagen? Aber eine Burschenschaft, die im Besitz des Nibelungenschatzes wäre, würde mit Sicherheit neuen Zulauf in deutlichem Ausmaß bekommen. Frisches Fleisch. Und mit neuen Burschen bekämen auch die Traditionen neues Leben eingehaucht. An politischem Gewicht gewännen wir allemal. Ich sage dir: die alten Traditionen stehen auf dem Sprung."

Gerber ballt die Faust und pflichtet Bultmann nickend mit einem dicken Lachen bei.

Einige Spielzüge später bemerkte Bultmann als Kompliment:

„Deine Doris hat sich ja perfekt gehalten. Wir sehen sie ja viel zu selten."

„Ja, schon perfekt. Du, ich sage dir, sie hat auch alles perfekt im Griff. Wenn ich einmal nicht in der Firma bin, managt sie auch die. Meine Jungs stehen dann in ihren schicken Anzügen stramm vor ihr. Das müsstest du einmal sehen! Aber – wir halten das natürlich auf ganz seltenem Niveau. Zuviel davon wäre nicht gut und würde die jungen Männer nur verschrecken. Also – alles ganz piano. Und bei euch?"

„Brigitte hält sich da heraus. Dafür glänzt sie umso mehr, wenn sie für mich Repräsentationspflichten übernimmt. Da ist sie einsame Klasse."

„Na, da läuft ja auch deine Ehe perfekt. Ja, wir haben schon einen Glücksgriff mit unseren Frauen getan. Sollen wir sie eigentlich gleich hereinholen?"

„Nein, nein, lieber Walter. Alles zu seiner Zeit. Jetzt tauchen wir erst noch ein wenig in die alten Zeiten ab. Möchtest du noch ein Scotch?"
„Nichts lieber als das. – Und ... du bist am Zug."

*

Rebecca krallte ihre Finger in das Kopfkissen. Sie hätte schreien könne, aber nicht aus Lust, sondern aus Frust und Verzweiflung. Eine Träne suchte sich in dem nach unten liegenden Gesicht ihren Weg. Rebecca empfand nur noch Ekel angesichts der primitiven und trotz seines verschwitzen Körpers eiskalten, egoistischen Vorgehensweise Gäggelers. Sie versuchte mit der Erinnerung an ein ihr lieberes Gesicht eine andere Vision von den Vorgängen und Reizungen in ihrem Unterleib in ihre Gedanken- und Gefühlswelt zu projizieren. Einfach sich nur vorstellen, Frank läge auf ihr, streichelte mit seinen Händen ihren Nacken, küsste zwischendurch ihre Schultern! Aber Frank war nicht hier, so sehr sie sich mit aller Vorstellungskraft dieses Gefühl vorzugaukeln versuchte.

Chris kniete über ihr, die Knie links und rechts von ihren Oberschenkeln platziert. Sein rhythmisches Auf und Ab fand seinen hörbaren Widerhall in seinem Stöhnen, dass aus seinem verschwitzten Gesicht zu Rebecca herunter schallte. Ihre Hände drückten sich tiefer in das Federkissen. Sie wusste – und hoffte gleichermaßen –, dass auch dieser Akt zu Ende gehen würde. Wie jeder Akt immer zu Ende gegangen war. Und sie war Profi genug, dass ihr Stöhnen und der Rhythmus ihres Beckens im Einklang mit den Bewegungen des Mannes auf ihr die Illusion ihrer Ekstase bei dem Kerl aufrecht hielten. Sie wusste, dass das die Dauer erheblich abkürzen konnte. Und doch – jetzt half ihr sogar die Vorstellung an Frank dabei. *Er sitzt auf mir und reitet mich ...*

Doch ihre Tränen tränkten weiter das Kissen unter ihr.

*

Andreas legte seinen Schlafsack im Kombi zurecht. Auch wenn sein Drang noch nicht zwingend trieb, so suchte er doch schon jetzt eine etwas dunklere Ecke zum Urinieren auf. Nur wenig hasste er so sehr, wie sich des Nachts aus einem Schlafsack zu quälen und in der Dunkelheit den Schutz eines Zeltes oder Autos zu verlassen, um bei Wind und Wetter halbnackt draußen sein Geschäft zu verrichten.

Er ging die wenigen Schritte weiter, bis er neben dem Polo stand. Er blickte sich um, überlegte. Die Mülltonne zwei Meter weiter brachte ihn auf eine Idee. Er eilte zurück zum Kombi und kramte im Laderaum herum. Er fand ein Stück Pack-Band, das aber nicht reichen würde. Hoppla! Stopp! Es gab auch etwas anderes. Er griff das Abschleppseil. Irgendetwas störte ihn noch. Das Teil war einfach zu auffällig. Aus seinen Zweitschuhen zog er die Schnürsenkel heraus und knotete sie zusammen. Dann hängte er noch das Pack-Band mit dem einen Ende hinzu. Diese etwas mehr als einen Meter lange Kombination schien ihm ausreichend für den Anfang. Er griff die Sachen und ging wieder, leise pfeifend und wie zufällig, zu dem Polo. Pack-Band mit anhängenden Schuhbändern knotete er an die hintere Abschleppöse des Autos. Den Schnürsenkel am anderen Ende verknotete er mit dem Abschleppseil, das er dann fein säuberlich in die Gosse bis auf Höhe der Mülltonne legte. Das noch nicht verlegte Ende schleifte er dann zur Tonne und hakte den Karabinerhaken des Seiles an dem Tonnengriff ein. Das Auto war nun mit der Mülltonne verbunden. Sicher nicht fest genug, um den großen Plastik-Behälter hinter sich her zu ziehen, aber ausreichend, dass die Tonne beim Losfahren des Wagens umstürzen würde. Das wäre Andreas schon genug. Er überprüfte noch einmal, dass den Passagieren des Autos beim Einsteigen oder Beladen die Pack-Band/Schnürsenkel-Kombination nicht ins Auge fallen würde. Das einen Meter weiter beginnende Abschleppseil tarnte Andreas mit Laub und Dreck, vor allem über das Stück zwischen Gosse und Tonne schüttete er viel Erde aus einem nahen Beet. Wenn morgen früh jemand mit dem Polo losfahren würde, würde derjenige die Verbindung zur Mülltonne nicht wahrnehmen und beim Losfahren Andreas mit Getöse wecken, falls Andreas verschlafen sollte. Und niemand würde wissen, wer denn diesen Dummer-Jungen-Streich verzapft hatte. Jetzt konnte Andreas sich beruhigt zur Ruhe betten. Er würde auch morgen wieder ein ganz Ausgeschlafener sein.

Als er im Schlafsack lag, stellte er seinen kleinen Wecker auf sechs Uhr ein. Das sollte reichen.

*

Frank wünschte Maria eine gute Nacht. Als er ihr in dem Gang vor den Zimmern gegenüber stand, ging es ihm ähnlich wie am Abend zuvor. Er wehrte sich innerlich dagegen, Maria für die nächsten Stunden allein zu lassen. Aber hatte es heute irgendeine akute Gefahr gegeben? Nein, wahrlich nicht. Ein geruhsamer Tag neigte sich dem Ende zu. Die Zeit im Auto hatte weder ihn noch Maria angestrengt. Die kurzen Besichtigungen, deren Erfolglosigkeit man wahrlich nicht das Attribut der Aufregung zuschreiben durfte, und die Stunden in der Sonne versinnbildlichten eher ein entspanntes Miteinander, das Gemälde eines Paares, das das Zusammensein genoss. Aufregung um Gefahren war im Gegensatz zum gestrigen Abend nicht der treibende Grund für seinen Drang, Maria nicht allein zu lassen. Er blickte in ihre Augen, die durch die Mimik ihres Gesichtes in einer Vereinigung von leichter Traurigkeit und Glück ein für ihn nicht beschreibbares Verlangen auslöste, sie in den Arm zu nehmen. Doch etwas in ihm ließ nur zu, dass seine Hände Marias Oberarme sanft griffen und er ein „Es war ein schöner Tag" hervorbrachte. Maria nickte stumm, ohne ihre Augen von den seinen abzuwenden. Für gefühlte zwei Minuten, obwohl der Zeitraum keinesfalls auch nur annähernd so lang dauerte, blickten sie sich stumm an. Dann beugte Maria sich vor und entglitt Franks Griff. Zärtlich gab sie ihm einen Kuss auf die Wange und hauchte „Danke" hinterher. Sie drehte sich um und griff die Klinke ihrer Zimmertür. Während des Öffnens suchten ihre Augen fast schüchtern noch einmal Franks. „Dir auch eine gute Nacht. Schlaf gut." Dann schloss sie von innen die Tür und drehte den Schlüssel im Schloss, wie Frank es ihr beim Hinaufgehen zu den Zimmern sicherheitshalber noch einmal geraten hatte.

Frank ging nicht direkt zu Bette. Erst blickte er stehend nach draußen auf die vorbeifahrenden Autos, dann nahm er sich den Stuhl und setzte sich an das geöffnete Fenster, um die klare Nacht und die Unendlichkeit der Milchstraße zu genießen. Morgen sollte es regnen, doch der Himmel zeigte davon noch keinerlei Anzeichen.

Ein Zimmer weiter konnte Maria im Bett liegend die Sterne sehen, denn sie hatte die Vorhänge nicht zugezogen. Ihr war nach

Freiheit und Ausblick, nach Weite und Fliegen. Sie begann die glitzernden Himmelspunkte zu zählen, einfach so. Und malte sich aus, wie schon die Kreuzritter von ihren Lagerstätten das genau gleiche Panorama studieren konnten. Es kam ihr zu Bewusstsein, dass das für die Menschen des Mittelalters ihr Navigationsgerät war. Und während ihr die Augen langsam zufielen, stellte sie sich Frank als Kreuzritter winkend mit einem gewichtigen Dokument in der Hand vor.

Kap 13 - Der Morgen des 17. Juni 2012

Andreas hörte den Wecker. Er eilte sich, sich anzukleiden und seine unbenutzte Zweitwecker-Konstruktion des Vorabends zu demontieren. Zehn Minuten später saß er ungekämmt und ungewaschen abfahrbereit hinter dem Lenkrad. Falls gleich schon eine Bäckerei aufmachen sollte, würde er vielleicht für einen Happen etwas Unsicherheit riskieren.

*

Nach dem gemeinsamen Frühstück räumte Gäggeler bereits seine eigenen Reiseutensilien in den Kofferraum, während Rebecca sich für den Tag noch ein wenig aufhübschen wollte. Dann kam sie, ihren kleinen Trolley hinter sich herziehend. Gäggeler starrte gebannt auf die Frau! Er konnte sich nicht erinnern, sie jemals schon einmal in einem solchen Outfit gesehen zu haben. Sein unbeweglicher Blick klebte zunächst an ihrem schwarzen Minirock, der weit oberhalb der Knie endete und gerade so viel bedeckt hielt, dass bei ihren Schritten an der Unterkante so eben noch nichts anders zu sehen war als ihre langen Beine, die von einem dunkel getönten Strumpfgewebe bedeckt wurden und damit so wirkten, als gehörten sie einer hellhäutigen Schwarzen. Doch nur ein kleiner Ausschnitt davon wurde dem Betrachter gewährt, denn noch oberhalb der Knie wurde den Blicken die Faszination der Haut schon wieder geraubt. Lange, schwarze Stulpen waren von unten über die Beine und die durchsichtigen Strumpfteile gezogen und endeten genau oberhalb der Knie. So durfte der gereizte Mann genau zwei Handbreit der makellosen Haut ihrer Beine zwischen Stulpen und Minirock erahnen, in einer für die Hormone gefährlichen Zone also. Die hochhackigen, ebenfalls schwarzen Stiefeletten wirkten wie ein übergangsloses Ende der Stulpen, als streckte der Teufel selbst der Erde seine Beine entgegen. Ein enges, schlichtes T-Shirt in der Farbe des Rocks gab ihrem Oberkörper das Flair einer Skulptur. Die kurzen Ärmel des Shirts trieben in enger Partnerschaft mit den leichten, langen, bis über die Ellbogen gezogenen schwarzen Handschuhen den Schabernack weiter, den der Rock und die Strümpfe mit den lüsternen Männerblicken trieben. Nur eine Handlänge ihrer straffen Oberarme durfte von der Öffentlichkeit gesehen werde. Und über allem thronte Rebeccas Kopf mit ihren langen, blonden Haaren und einem triumphierenden Blick. Keine Frage, sie wusste um die Wirkung, die ihre gezielten Verhüllungen und die aufreizenden knappen Freistellungen auf Männer und vor allem auf Chris hatten.

Wenigstens diesen Triumph wollte sie auskosten und dadurch Kraft für ihr Leben tanken.

Wortlos, mit leicht geöffnetem Mund verfolgte Chris jeden ihrer Schritte, bis sie direkt vor ihm stand und ihm den Griff ihres Trolleys entgegenhielt. Gäggeler schreckte auf und verfrachtete das Case in den Kofferraum.

Zwei Minuten später fuhren sie los. Gäggeler warf nur flüchtige Blicke auf seinen kleinen Empfänger. Rebeccas Oberschenkel ließen ihn nicht los.

*

Frank und Maria sprachen nicht viel. Das monotone Hin- und Her-Schlagen der Scheibenwischer war das einzige Geräusch, das die leisen Klänge des Autoradios übertönte. Alle paar Minuten warfen die beiden sich Blicke zu, die keiner Worte bedurften. Das Gefühl, sich schon länger zu kennen und jetzt auf einer gemeinsamen Erlebnisreise alles Verbindende zu vertiefen, setzte sich von gestern fort. Zwei heftiger als sonst schlagende Herzen – obwohl nichts weiter als ein schüchterner Gute-Nacht-Kuss auf die Wange passiert war.

Bald schon würden sie den Bieler See sehen können. Ab dann hatten sie nur noch fünfzig Minuten Fahrtzeit vor sich.

*

„Herr Bultmann, Ihr Gast ist eingetroffen." Petra, die Hausbedienstete nickte freundlich, als sie zunächst in der Tür stehend einen Schritt bei Seite trat und Bernhard Wenger mit einer kleinen Handbewegung zum Eintreten bat.

„Bernhard, altes Haus!"

Bultmann kam mit ausgebreiteten Armen auf Wenger zugestürmt, der seinerseits die Hände weit seitlich wegstreckte.

„Komm an mein Herz, Bulti!"

Lachend lagen sich beide in den Armen.

„Und – schau einmal hier!" Bultmann zeigte auf Gerber.

„Mensch, Walter, alter Sack!"

Wenger stürzte auf den anderen zu. Auch sie beide warfen ihre Arme umeinander.

„Magst du einem kleinen Schluck?" Bultmann deutete dabei auf das kleine Tablett mit drei gefüllten Sektkelchen auf dem Holztischchen. Selbstverständlich! Das war für Wenger gar keine Frage.

„Prost!"

„Zum Wohlsein!"

„Auf uns!"

Die Gläser klirrten. Mit einem leichten, genussvollen Stöhnen quittierte ein jeder der drei den ersten Schluck.

„Und? Wie war der Flug?"

„Na, reibungslos. Ist ja auch nur ein Hüpfer. Kaum richtig oben, ging es auch schon wieder in den Landeanflug. Katzensprung."

Mit den Gläsern in der Hand ließen sich die drei in den Ledersesseln am noch immer oder schon wieder brennenden Kaminfeuer nieder.

„Wie lange ist es jetzt her, dass wir uns das letzte Mal sahen?"

„Ich weiß nicht genau, Reinhard. Acht Jahre oder so?"

„Ja, kommt schon hin. Das holen wir alles in den nächsten Tagen noch nach, nicht wahr? Schön, dich etwas länger hier als Gast zu haben." Bultmann wandte sich an Walter. „Aber bei euch beiden ist es schon länger her, nicht wahr?"

Gerber und Wenger nickten.

„Ich schätze an die fünfzehn Jahre, oder was meinst du, Bernhard?"

„Klar. Das war ja fast noch zu deinen Bücherwurm-Zeiten."

„Ach, hör auf, so lange nun auch wieder nicht. Und Bibliothekar bin ich nun schon viel länger nicht mehr. Da habe ich Schöneres und Einträglicheres zu tun"

„Ja, ja, unsere Leseratte!", lachte Bultmann dazwischen. „Wie war das nochmal? Hofgut Heidelberg?"

„Fast, lieber Reinhard, fast. Nein, es war die Badische Landesbibliothek in Karlsruhe, die bis vor fast hundert Jahren Hofbibliothek genannt wurde."

„Und? Bist du noch oft dort?"

„Nein. Ich war seit über zwanzig Jahren nicht mehr dort."

„Aber schön, dass wir unseren Vorleser wieder in der Gruppe haben."

„Wisst Ihr was, Ihr beiden? – Ich freue mich auch!"

Und wieder lachten alle drei los.

So ergab ein Wort das andere. Eine Erinnerung nach der anderen wurde hervorgekramt, umgedreht und zum Besten gegeben. Nach mehr als einer halben Stunde lenkte Bultmann dann das Gespräch auf sein Überraschungsthema.

„Siehst du das dort drüben, Bernhard?"

Wenger schaute zu dem Stehpult hinüber und musterte es aus der Entfernung.

„Sag nichts, Reinhard! – Ich tippe auf die berühmte Aargauer Bibel. Stimmt's?"

„Perfekt, mein Bester! Ja, das ist sie. Aber du hast sie doch noch nie gesehen, oder?"

„Nein. Aber einiges davon gehört. Sie ist ja nun schon lange genug im Besitz der Burschenschaft. Darf ich einmal schauen?"

„Selbstverständlich. – Du musst sogar!"

Bultmann geleitete seinen Gast die fünf Schritte hinüber. Im Schein des Lichtstrahlers oberhalb des Pultes fiel ihm wieder einmal Wengers glatte Gesichtshaut auf. Bernhard war einer der wenigen gewesen, die keine Narbe aus ihrer Studentenzeit davon getragen hatten. Ob das seinen Grund darin hatte, dass Wenger bei den Mensuren sein geradezu sprichwörtliches Glück gehabt hatte, oder daran, dass Wenger eventuell nie eine geschlagen hatte, konnte Bultmann nicht sagen. Er hatte ihn nie eine schlagen sehen. Aber er hatte auch nie nachgefragt. Das wollte er nun auch nicht mehr nachholen. Es war so, wie es war.

„Mein Gott! Ein wahrhaft prachtvolles Stück! Dass die Aargauer das je weggaben!"

„Na ja, du weißt doch. Für Geld ... Die hatten doch damals, nachdem sie die Mönche zum Teufel gejagt hatten, alles Sakrale versilbert. Und da hatte einer unserer ganz alten Herren eben aufgepasst und zugeschlagen."

„Darf ich?"

Bultmann nickte. Ehrfurchtvoll klappte Wenger den Holzdeckel auf die Seite und blätterte in der alten Bibel herum.

„Aber, liebster Freund, das Beste wirst du beim Blättern nicht entdecken können. Und damit kommen wir zu meiner großen Überraschung für dich."

Bultmann klappte den Buchdeckel halb hoch und legte seinen Finger auf die Holzkante.

„Siehst du das hier?"

Wenger inspizierte den Rand genauer.

„Du meinst diesen Spalt?"

„Genau! In diesem Spalt steckte die eigentliche Überraschung. Und erst ich entdeckte sie vor vielen Jahren."

Bultmann klappte den Deckel wieder zurück und ging zu dem Regal.

„Das hier", sagte er, als er zwei Blätter hervorzog, „habe ich sonst sorgfältig verschlossen. Aber aus Anlass deines Besuches habe ich es bereit gelegt."

In einer den Vorgang zelebrierenden Handbewegung reichte er Wenger das erste Blatt herüber. Dieser las die ersten Zeilen, sein Gesicht wechselte in einen Ausdruck freudigen Erstaunens. Bultmann wusste, dass Wenger das Lateinische fast fließend lesen konnte. Dennoch nahm er das Blatt wieder an sich, legte es ins Regal zurück und sagte, mit dem zweiten Blatt in der Hand: „Komm, das gehen wir jetzt zusammen in Ruhe durch."

Er geleitete seinen Gast wieder zu der Sesselrunde am Kamin. Die beiden setzten sich. Gerber hatte die letzten Minuten schweigend aus seinem Sessel heraus verfolgt. Er kannte das Dokument ja schon.

„Liebe Freunde, lasst uns diesen Moment gemeinsam genießen." Bultmann setzte seine Lesebrille auf und fuhr fort: „Ich weiß, lieber Bernhard, dass du das alles locker ohne Übersetzung herunterlesen könntest. Aber ich möchte, dass auch Walter – und sogar ich – das Geschriebene jetzt richtig genießen."

Er hielt das Blatt mit der Übersetzung, die er schon vor vielen Jahren erstellt hatte, im gebotenen Leseabstand und begann.

„Der 25. Dezember im Jahre des Herrn 1192, am Tage der Geburt Christi, zu Muri im Kloster. Am heutigen heiligen Tag nahm der Herr einen unserer edlen Mitbrüder zu sich. Pater Johannes aus Passau an der Donau, den das Schicksal weitab seiner Heimat in seinen letzten Tagen zu uns führte. Brave Bauern aus der Gegend

brachten ihn, der schwer verwundet war, vor mehr als einer Woche hierher. Seine Wunde hatte sich entzündet und schien kaum zu heilen. Wir pflegten ihn von Tag zu Tag. Zweimal erwachte der arme Johannes aus seinen Alpträumen. Dann konnte er berichten, was ihm widerfuhr. Ein meuchelnder Ritter namens Ottmar, durch den Pater im Namen seines kirchlichen Herrn gejagt, mordete eine unserer Schwestern und stahl ein Dokument, dessen Johannes habhaft zu werden hatte. Das Schriftstück blieb dem Pater jedoch unerreichbar. So musste er unverrichteter Dinge seinen Heimweg antreten, auf dem er unerwartet diesen Ottmar wiedertraf. Der Ritter fügte dem Bruder die schwere Verwundung bei, dann selbst tödlich niedergestreckt von des Paters Begleitern. Johannes berichtete von einem Versteck, in dem das Dokument verborgen sei, einem Schuh in einer Kirche des Ritter-Herren. Der Inhalt des Dokumentes sei eine Wegbeschreibung zu einem Schatz, dem Schatz des Hagen. Gott hat es nicht zugelassen, dass Johannes seinen irdischen Weg beendete, und rief ihn zu sich an einem denkwürdigen Tag. Nun gedenkt Johannes gemeinsam mit dem Herrn seiner Geburt. Und wir feiern mit ihm. Gezeichnet Reinhold, der Benediktiner"

Bernhard Wenger lauschte mit leicht geöffnetem Mund. Dann hauchte er nur „Der Schatz des Hagen".

Eine weitere Phase der Stille kehrte ein. Dann fragte Wenger:
„Aber ist das echt? Die Bibel dort ist doch nicht so alt, oder?"
„Stimmt. Gut erkannt, lieber Bernhard. Die Bibel mag ungefähr zweihundert Jahre jünger sein. Aber aus demselben Kloster. Wer auch immer das Versteck in dem Buchdeckel anfertigen ließ – es interessiert mich jetzt relativ wenig. Das Alter des Dokuments ist aber verbürgt; ich ließ es prüfen."

„Dann ist das wahrlich ein Hammer! Der Schatz des Hagen! Aber – was nützt es? Ein Schuh in einer Kirche, sonst nichts. Und dann auch noch ein Schuh! Nach achthundert Jahren?"

„Ja, Bernhard, da hast du recht. Aber das Dokument war noch nicht meine wirkliche Überraschung. Du wirst es nicht glauben, aber wir haben eine konkrete Spur!"

Bultmann und Gerber ballten die Fäuste und freuten sich diebisch, erwartend, dass Wenger einstimmte. Doch dieser strahlte weit weniger euphorisch.

„Was für eine Spur?"

„Vor wenigen Tagen fand einer unserer Leute in der Schweiz einen konkreten Hinweis auf ein weiteres Dokument, in dem allem Anschein nach mehr steht. Wir haben einen unserer besten Männer ganz nah am Ziel! Und der ist mit allen Wassern gewaschen und auf alles vorbereitet. Mit allen nötigen Verbindungen. Glaube mir, noch ein oder zwei Tage, und der hat die Ortsbeschreibung! Garantiert! Und dann sind wir endlich am Ziel, dem wahren Deutschen Schatz!"

In dem dämmrigen Licht konnten Bultmann und Gerber nicht wahrnehmen, wie Wengers Gesicht kreidebleich wurde. Verdammt noch einmal! Er konnte seinen Mann jetzt nicht erreichen! Erst wenn der von sich aus anrufen würde – wenn er noch dazu käme. Ein anderer ist auch auf der richtigen Spur! Welche Katastrophe! Ein Wettlauf mit der eigenen Verbindung! Seine eigenen Hinweise auf die Spuren des Paters zu diesem Ottmar, seinem Herrn Ulrich und dem Schatz, die er in den Karlsruher Beständen aus dem Kloster Sankt Peter gefunden hatte, waren von der einen Sekunde auf die andere wertlos geworden.

Ihr Gespräch wurde unterbrochen.

„Herr Bultmann", störte Petra die Runde. „Das Mittagessen ist serviert."

Kap 14 - Unweit des Sees

Jetzt, kurz nach der Mittagszeit, in der die Menschen sich zurückgezogen und sogar die frommsten Kirchgänger eine Glaubenspause eingelegt hatten, herrschte in der Kirche eine himmlische Ruhe, wäre da nicht der selbst ohne einen tatsächlich vorhandenen Ton durch die Sinne wahrnehmbare Hall von den hohen Wänden und Gewölben des Sakralbaues gewesen. Das immerwährende, sonst kaum hörbare Rauschen in der Luft bekam hier einen die Stille in verblüffender Weise verstärkenden Charakter. Trotz der riesigen Fenster gelang es den Lichtstrahlen von draußen nicht, die tieferen Sphären des Kirchenschiffes oder gar jeden Flecken des Bodens zu erhellen. Vielleicht mochte das bei ungehinderter Sonnenstrahlung anders sein, doch bei dem heutigen trüben Wetter schlug sich die Dämpfung deutlich hier zwischen den alten Wänden nieder.

Maria blickte im ersten Augenblick, nachdem sie vom Eingang kommend den Mittelgang betreten hatten und weiter in Richtung des Altares schritten, ehrfürchtig nach oben und bewunderte die Sakralfenster und die Gewölbe. Weit über ihnen schlugen die Bögen ihre knochigen Streben hinüber auf die jeweils andere Seite. Die Kapitel der Säulen fingen die Bogenenden in ihrer Massigkeit ein, um ihre Kräfte in den Boden zu leiten. Aus dem Mittelgang nach oben betrachtet wirkte die Folge der Gewölbe wie die Rippen im Skelett eines riesigen Tieres.

„Einfach gewaltig!" Mehr brachte sie in ihrer Bewunderung für das Bauwerk zunächst nicht heraus.

Schweigend gingen Frank und sie nebeneinander langsam weiter nach vorn. Ihre Schritte hallten. Sie waren die einzigen Besucher, doch sie fühlten sich, als schritten sie in einer Prozession und unter den staunenden Blicken hunderter von Menschen dem Altar entgegen. So mochten sich fürstliche Würdenträger oder Bischöfe bei einem Einzug vorgekommen sein.

„Und du bist dir sicher? Ein kleiner Schuh?"

„Ganz sicher, Maria. So gut ist mein Latein – mittlerweile – allemal."

„Aber ein echter Schuh wird es doch wohl kaum sein", flüsterte sie. „Der würde hier doch nicht Jahrhunderte hindurch unbeschadet und einfach so herum liegen. Und schon gar nicht als ein Versteck taugen. Das Leder, oder was die damals auch immer trugen, wäre sicherlich schon längste aufgelöst und zerfallen."

„Da magst du sehr recht haben." Mehr erwiderte Frank nicht. Sein Blick schweifte von links nach rechts und wieder zurück. An zentraler Stelle des Schiffes lenkte er ihre gemeinsamen Schritte nach rechts in ein Seitengewölbe. Die Abbildung einer Grabplatte interessierte ihn mächtig. Der Würdenträger, dessen Abbild der Stein verewigte, schien fürstlichen Standes gewesen zu sein. Ein Bischof war es jedenfalls nicht. Franks Finger tasteten die Beine in dem Flach-Relief ab. Er untersuche die Schuhdarstellung genauer. Doch konnte er nichts Auffälliges entdecken.

„Du meinst also, dass es sich um ein Schuh-Bild handeln muss?"

„Sicher. Nur in oder unter Stein könnte ein solches Dokument unsichere Zeiten überdauern, wenn es nicht in einer Burg oder wie zum Beispiel in einem Kloster unter ständiger Bewachung und Obhut stehen konnte. – Dieser Ottmar war doch wohl ein einfacher Ritter. Der *musste* ein einfaches, aber sicheres und vor allem dauerhaftes Versteck benutzen, sonst wäre sein Geheimnis schnell verloren gewesen."

In dem Dämmerlicht schienen die Statuen alter Heiliger gespenstischen Aufsehern über ein stilles Reich gleich.

„Vielleicht bei einer der vielen Statuen?" Marias Frage kam fast gehaucht.

Frank nickte. Sein Blick fiel sofort auf ein kunstvolles und trotz der Steinfiguren lebendig wirkendes Arrangement, das auf der genüberliegenden Seite des Kirchenschiffes links der Treppenstufen hinauf zum Altar in die Wand gearbeitet war, gleich rechts neben der riesigen Orgel. Im Innern der Wandaushöhlung standen drei in weiße Gewänder gehüllte Frauen, zwischen der zweiten und dritten von ihnen ein Ritter. Alle vier hielten in Andacht die Hände vor ihrem Bauch wie kleine Kirchtürme gefaltet. Weitere Frauen und Ritter standen seitlich ebenfalls mit gefalteten Händen, andere zur Wache außen davor, als schützten sie den Wandeingang. Frank zählte insgesamt fünfzehn Figuren, eine wie die andere mit Ausnahme der äußerst rechten kunstvoll bemalt. Konnte man bei den Frauen keine Schuhe unter den alles verdeckenden Gewändern erkennen, so lagen die Fußbekleidungen aller Ritter frei. Frank ging hinter die vor dem Kunstwerk in den Boden eingelassene Absperrung und inspizierte die Schuh-Formen genauer.

„Ich fürchte, Frank, das kannst du dir schenken."

Der Journalist drehte sich langsam mit fragendem Blick um. Maria hielt ein kleines Infoblatt in die Höhe, das sie wohl beim Eintreten von einem der Prospekt-Ständer am Eingang genommen hatte.

„So schön diese Gruppe auch aussieht und so vielversprechend sie auch mir erschien – sie existierte zu Ottmars Lebzeiten noch nicht."

„Oh!"

„Dieses Grabmal für die Neuchâteler Fürsten, der sogenannte Cénotaphe, entstand erst über hundertundfünfzig Jahre - also deutlich - später. Als Versteck hätte Ottmar das wohl nicht nutzen können."

„Schade", fauchte Frank, als er wieder über die Absperrung stieg. „Dann lass uns weitersuchen."

„Aber nur hier vorn." Maria zog mit ihrem Arm einen Halbkreis in Richtung des Altars und der dahinter liegenden Apsis. „Der Rest zum Hauptportal hin ist zu jung. Nur der bauliche Teil hier vorn entstand zu jener Zeit."

„Oh Gott! Das schränkt uns aber jetzt sehr ein."

„Oder auch nicht, Frankie-Boy."

Frank musste unwillkürlich loslachen. Diese Namens-Verballhornung hatte er ja noch gar nicht gehört. Zumindest nicht von Maria. Bei den Kumpels in früheren Zeiten kam diese Anleihe bei Sinatra durchaus schon dann und wann vor. Aber davon wusste Maria ja nichts. Schön, wenn sie ihn mit Sinatra verglich!

„Je weniger wir absuchen müssen, desto intensiver können wir doch hinschauen, oder?"

Da hatte Maria recht. Frank sah das bereitwillig ein und stieg die Stufen zur Altar-Empore hoch. Er ging einmal um den schlicht gestalteten Altar herum. Doch er fand nicht die Spur einer Figur oder einer Abbildung. Nun suchte er jede der drei Teilnischen hinter dem Altar ab, schaute nach oben, folgte dem Säulenverlauf mit seinem Blick nach unten. An der äußersten Apsis-Säule ganz rechts blieb er stehen und dachte einen Moment nach. Wie versonnen blickte er auf die Madonnen-Gestalt, die in einem kleinen Seitengewölbe alleinstehend aufgebaut war und hinter einer wahren Batterie von kleinen, hell leuchtenden Kerzen thronte.

Vielleicht hier? Frank wurde sich wieder unsicher.

„Maria, wenn dieser Ottmar nun doch die Wegbeschreibung damals schon kurz nach dem Verstecken wieder hervor geholt hatte, was dann? Ich fürchte, wir suchen nach einem Phantom."

„Ganz so sehe ich das nicht. Ja, das kann sein. Aber ich halte die Wahrscheinlichkeit dafür für nicht sehr hoch. Hätte dieser Ottmar oder irgendwer anderes zu späterer Zeit das Dokument wieder zu Tage befördert, dann wäre in den Geschichtsbüchern eine deutlichere Spur zurückgeblieben, meinst du nicht? Die Existenz des Nibelungenschatzes wäre über alle Maße hinausposaunt worden."

„Da hast du recht." Frank konnte der Logik gut folgen. „Das Dokument könnte aber in der langen Zwischenzeit auch durch Feuer oder Wasser zerstört worden sein."

„Damit müssen wir leben. Aber aus diesem theoretischen Grunde, denn nachprüfbar wäre das Faktum der Zerstörung doch wohl nur bei Vorliegen einer Dokumentation entsprechender außergewöhnlicher Ereignisse, würde doch niemand diese Suche abbrechen. Übrigens ist zu dieser Kirche kein solches zerstörerisches Ereignis bekannt – zumindest nicht für die noch existierenden alten Teile."

„Bliebe vielleicht doch, dass Ottmar zurückkam und ..."

Eine laute Stimme unterbrach ihn.

„Sehr schön, Frau Brugger! Ich stimme Ihnen voll und ganz zu!"

Frank fuhr herum. Gäggeler! Nur vielleicht zehn Schritte entfernt stand der Kommissar in dem Seitengang. Sie hatten ihn nicht kommen hören. Er war mit Sicherheit bewusst sehr leise gegangen, das war Frank sofort und vor allem niederschmetternd klar. Denn Gäggeler hatte seine Waffe gezogen und zielte genau auf Maria.

„Was soll das denn? Hat Frau Brugger irgendetwas verbrochen?"

„Wie man es nimmt."

„Was heißt das denn?" Franks Frage galt dem Kommissar, doch er sah dabei Maria an, die genauso unwissend seinen Blick erwiderte.

„Nun, Herr Braun, in Ihrer Begleitung, also der des Frank Braun, zu sein, ist Anlass genug für ein Einschreiten."

„Einschreiten wogegen?"

„Gegen Ihre Suche, Herr Braun."

„Was sollen wir denn suchen?"

„Verkaufen Sie mich bitte nicht für dumm! Sie suchen die Wegbeschreibung. Descriptio Loci – wenn Ihnen das mehr sagt. Ich empfehle Ihnen dringlich, meine Fragen korrekt zu beantworten. Sonst ist diese kleine Freundin nur noch Vergangenheit! Also, wo ist der Schuh?"

„Schuh?"

„Der Schuh! Das wissen Sie selbst genau so gut wie ich. Lateinisch *calceus*. Das sagt ihnen doch was, oder?"

Gäggelers triumphales Grinsen beeindruckte Frank nicht sehr. Ihm fiel vielmehr die Diskrepanz der Wortwahl auf.

„Sie scheinen eine eigene Quelle zu haben, Gäggeler!"

„Wie meinen Sie das?"

„Nun ja, Ihr Wort *calceus* kommt in der unsrigen nicht vor."

„Wie bitte?"

„Aber ja. Soll Ihr ‚Schuh' etwa das Versteck sein?"

„In dem Schuh steckt der Plan!"

„Ach was! Unsere Quelle benennt ein anderes Versteck."

Verunsicherung brachte Gäggelers Gesichtszüge zur Starre. Wie sollte er auch ahnen, dass Frank die Wahrheit sprach und doch log. Frank sagte die Wahrheit, denn *socculus* ist nun einmal ein anderes Wort als *calceus*. Aber im Sinne der Quellen-Inhalte log Frank, denn beide sprachen von einem Schuh. Doch das wusste Gäggeler nicht; er kannte Franks Quelle nicht.

„Und außerdem, Herr Kommissar, ich halte die Wahrscheinlichkeit dafür, dass dieser Ottmar sein Versteck damals wieder leerte, für sehr hoch."

„Meinen Sie? – Ich weiß es besser. Ottmar starb schon bald, nachdem er den Plan versteckte."

„Woher wollen Sie das wissen?" Nun verfielen auch Franks Gesichtszüge in eine leichte Verblüffungsstarre.

„Aber lieber Herr Braun, Sie erwähnten doch soeben selbst, dass wir unser Wissen aus unterschiedlichen Quellen haben ..."

Frank blies seinen Atem in einem Luftstoß der Enttäuschung aus sich heraus, so dass sich seine Wangen ballonartig zu dicken Backen aufplusterten. Gäggelers Quelle schien nicht schlecht zu sein - egal, ob Schuh oder kleiner Schuh, ob *calceus* oder *socculus*. – Frank zuckte ganz leicht zusammen. *Socculus! Der Sockel!* Ein Geistesblitz durchzuckte sein Hirn. Von *socculus* stammt die Wortbildung *Sockel!* So einfach? Ihm fielen die architektonischen Begriffe der Säulenbestandteile ein. *Socculus* als Bezeichnung für den kleinen massiven Unterbau, den manche Säulen noch unterhalb der Basis hatten? Möglich wär's! Frank begriff sofort, dass es kaum einen besseren und vor allem dauerhafteren Platz für ein Versteck geben konnte. Wenn etwas Jahrhunderte überdauern könnte, dann im Schutze des kleinen Schuhs. Frank hatte vorher angezweifelt, dass Descriptio Loci nach so vielen Jahrhunderten überhaupt noch existierte – jetzt nicht mehr. Wenn es eine Chance gab, dann dort!

Eine kleine Unebenheit, die er an der letzten Säule entdeckt hatte, kam ihm wieder in den Sinn. Sie sah einfach nur nach einer ungenauen Steinmetzarbeit aus. Doch die klare Umrandung dieser Unebenheit hatte Franks Aufmerksamkeit erregt. Diese Unebenheit, eine gleichmäßige Vertiefung, in die vielleicht der kleine Finger eines Erwachsenen gerade so hinein passte, brachte seine Gedanken in Aufregung. Er senkte den Blick und schielte aus den Augenwinkeln zu dem Quader herüber. So könnte es sein! Wenn er es doch nur untersuchen könnte!

„Trefflich, trefflich!" Die Stimme eines dritten Mannes schallte urplötzlich durch die Gewölbe und hallte laut mehrfach von den kahlen Wänden zurück. Frank und Gäggeler gleichermaßen drehten sich erschrocken in die Richtung, aus der die Stimme getönt hatte.

Ein junger Mann war hinter einer Säule hervor getreten und zielte mit einer Pistole auf Gäggeler, der seine Waffe sinken ließ.

„Ein Schuh! Trefflich, trefflich! Das hatte mir noch gefehlt. Das letzte Steinchen nach der Kirche hier. – Waffe weg!"

Das letzte Raunzen galt dem Kommissar.

Frank ging in die Hocke. Der junge Angreifer mit den schwarzen Haaren erkannte das aus seinem Augenwinkel und schrie ihn an, ohne seine Waffe von seinem Ziel abzuwenden.

„Lassen Sie das! Bleiben Sie stehen!"

Frank, noch immer in der Hocke, hielt seinen Körper ganz ruhig. Nur keine falsche Bewegung!

„Sie fragten doch nach dem Schuh. Soll ich ihn jetzt doch nicht ausziehen?"

Andreas schaute verwirrt. Jetzt hieß es schnell handeln. Hatte er etwas falsch verstanden? War bereits etwas geschehen, von dem er nichts mitbekommen hatte, weil er erst einige Minuten nach Gäggeler in die Kirche gekommen war?

„Gut, Mann! Ziehen sie Ihre Schuhe aus. Den anderen auch!"

Andreas wollte keinerlei Risiko eingehen, die Waffe noch immer auf Gäggeler gerichtet.

Kaum hatte Frank den ersten Schuh ausgezogen, warf er ihn unvermittelt in die Richtung des Italieners. Dieser wendete seinen Blick für einen Moment erschrocken zu Frank. Gäggeler nutzte diesen Augenblick und feuerte schnell hintereinander zwei Schüsse auf Andreas ab. Der junge Italiener sank schwer getroffen zu Boden. Gäggeler sprang zu ihm und kickte mit einem Fuß die neben dem Angreifer liegende Waffe in das Dämmerlicht des Ganges. Röchelnd lag Andreas auf den kalten Steinen, unfähig sich zu bewegen. Gäggeler sah, wo er ihn getroffen hatte. Einer der beiden Schüsse hatte den Oberkörper getroffen, der andere, wahrscheinlich der zweite, hatte scheinbar als sehr tiefgehender Streifschuss die Stirn getroffen und den Mann zwar noch nicht getötet, ihm aber anscheinend die Besinnung geraubt.

Schon im nächsten Moment warf er seine ausgestreckten Arme mit der beidhändig gehaltenen Waffe in Franks Richtung.

„Keine Dummheiten! Den zweiten Schuh, bitte!"

„Ahm. Sie glauben ernsthaft, ein Kreuzritter hätte das Dokument in meinen Schuhen versteckt?"

„Verulken kann ich mich allein, Sie Scherzkeks! Ich will Sie einfach auf Socken sehen!"

Frank entledigte sich auch des linken Schuhs.

„Und nun stellen Sie sich wieder ganz normal hin. Und bleiben dann stehen. Und zwar regungslos!"

Frank tat, wie ihm geheißen. Gäggeler richtete seien Waffe wieder auf Maria, die noch immer nur vier Schritte von Frank entfernt stand.

„Komm, mein Mäuschen! Zu mir, bitte! Aber plötzlich!"

Langsam setzte Maria einen Schritt nach dem anderen, bis sie nur noch eine Armeslänge vor dem Kommissar stand.

„Umdrehen!"

Nach ihrer halben Drehung blickte Maria genau in Franks Richtung. Sie spürte, wie sich von hinten Gäggelers Arm um sie schlang. Er hatte sie fest im Griff und setzte seine Waffe gegen ihre Schläfe. Dann wanderte seine Hand, die gerade noch den Hals der Frau umschlungen hatte, langsam tastend an ihrem Körper entlang. Marias Augen suchten ängstlich geweitet und flehend Frank. Hilflos musste der Journalist mit ansehen, wie Gäggeler erst Marias Oberkörper von der Gürtellinie über ihre Brüste zum Hals und dann ihre Oberschenkel und ihren Genitalbereich abtastete.

„Okay. Sauber." Grinsend wandte sich der Polizist an Frank.

„Und nun zu uns, Herr Braun. Wo ist das Papier?"

„Ich kann es Ihnen nicht sagen. Wie soll ich es denn wissen, wenn auch Sie das Versteck nicht kennen. Glauben Sie, ich wäre Hellseher?"

„Hören Sie auf, Braun! Halten Sie mich nicht für blöd! Ich weiß, dass Sie in diesen Dingen sehr beleckt sind. Und ich hatte die Notiz Orschels sehr wohl verstanden. Sie können es! Wenn es einer lösen kann, dann Sie! Orschel wusste Sie dazu in der Lage. Also machen Sie keine Dummheiten, wenn Ihnen das Leben Ihrer kleinen Freundin auch nur einen Pfifferling wert ist."

Frank versuchte, Gäggelers durchdringenden Blick richtig einzuordnen. Dass das hier noch weniger Spaß war als vorgestern, wusste Frank seit mittlerweile vielen Minuten. Und dass Gäggeler ohne zu zucken abdrücken würde, wurde spätestens jetzt klar. Dass mit dem Kommissar nicht alles koscher war, hatte Frank ja schon seit Freitagmorgen geahnt. Dass er aber so sehr in die Vorgänge verwickelt war, überraschte Frank dann doch. Er sah Marias flehenden Blick.

Welche Alternativen hatte Frank jetzt? Nichts tun? Dann würde Gäggeler abdrücken. Auf Marias Leben kam es ihm nicht an. Er brauchte Frank.

Sein eigenes Leben in die Waagschale werfen und Gäggeler angreifen? Auch das würde Maria keine zwei Sekunden überleben.

Also dem Kommissar Descriptio Loci aushändigen? Frank dachte an das Stück Papier, das seit einigen Minuten in seinem rechten Socken steckte. Seine Vermutung hatte er heimlich bestätigen können. Während er in die Hocke gegangen war, hatte er die Unebenheit getestet. Und unbemerkt von dem Angreifer und Gäggeler, die in dem Augenblick gedanklich mit ganz anderem beschäftigt waren, hatte Frank den kleinen Finger in das Löchlein gesteckt und kräftig gedrückt. Er war heilfroh, dass er seine eigene Überraschung darüber, dass der Quader mit einer unregelmäßigen Steinfläche aufklappte, vor den anderen verborgen halten konnte. Das vielfach zusammengefaltete Papier, das er blitzschnell greifen konnte, verschwand innerhalb einer Sekunde unter seinem Hosenbein.

Doch Frank hatte keinerlei Zweifel, dass der Kommissar erst recht abdrücken würde, sobald er das Geheimnis gelüftet wüsste. Frank sah nur noch einen einzigen Ausweg. Er musste etwas tun, das Gäggeler ohne zu zögern von Maria ablassen ließ und weg lockte. Frank kannte nur eines, das dem Kommissar gesichert wichtiger war als alles andere: Descriptio Loci!

„Okay. Ich werde tun, was ich kann. Ich bin schon weiter, als Sie vielleicht glauben. – Aber eines sollten Sie wissen. Geschieht Maria auch nur das Geringste, dann ist das Papier auch für Sie verloren. Für immer!"

„Wie soll das denn geschehen?" Gäggelers höhnisches Lachen schallte von den Wänden zurück.

„Lassen Sie sich überraschen, wenn Sie es unbedingt darauf ankommen lassen wollen."

„Na, na, Herr Braun. Sie glauben doch nicht wirklich, dass ich so etwas tun würde." Gäggeler grinste.

Frank legte sich in seinen rasend ablaufenden Gedanken sein Vorgehen zurecht. Er musste die Verwirrung, die nach seinem Plan unweigerlich und schnell eintreten würde, nutzen, um mit Maria so schnell wie möglich durch den Gang zu flüchten. Einmal hinter der ersten Säule verschwunden, hätten sie zumindest eine gute Chance, einen der Ausgänge zu erreichen, ohne wie hilfloses Wild eine schutzlose Zielscheibe abzugeben.

„Sie gestatten, dass ich mir die Schuhe wieder anziehe? Der Gang, durch den wir hier hinter mir gehen müssen, ist nur auf Socken wahrlich nicht gut zu bewältigen."

Gäggeler überlegte einen Augenblick, nickte aber dann.

„Denken sie aber an den Schatz vor meiner Mündung", zischte er als Warnung hinterher.

Frank nahm seinen linken Schuh in die Hand und ging mit betont langsamen Bewegungen seinen rechten Schuh neben dem

Italiener holen. Als er ihn aufhob, konnte er den am Boden Liegenden noch immer atmen sehen. Frank bewegte sich wieder ein Stück zurück, um den Abstand zu Gäggeler zu wahren, und zog sich direkt vor der Madonnen-Statue die Schuhe wieder an. Die Blicke der beiden Männer hatten sich gegenseitig ohne Pause in trauter Verbundenheit im Griff. Fingerfertig zog Frank unbemerkt das Papier aus seinem Versteck. Nach während er hockte, begann er, Descriptio Loci auf der für Gäggeler nicht sichtbaren Seite seines Körpers zu entfalten. Während er sich langsam erhob, beendete er die Arbeit. Jetzt musste jeder Handgriff sitzen! Würde Gäggeler das Papier nicht eindeutig identifizieren, würde er Franks Aktion für eine Finte halten und nicht wie gewünscht reagieren. Würde Frank ihm zu viel Zeit für die Identifikation einräumen, würde Gäggeler ziemlich sicher einen sofortigen Schuss abgeben – und zwar nicht auf Maria, sondern auf ihn selbst, auf Frank, weil er dann gesicherten Zugriff auf das hätte, was er wollte. Maria wäre danach garantiert das schutzlose zweite Opfer. Jetzt galt es!

„Sehen Sie, was ich hier habe! Descriptio Loci!"

Mit einer schnellen Handbewegung holte Frank das entfaltete Papier hervor und hielt es so in den Kerzenschein, dass der Dokumententitel klar erkennbar war. Im nächsten Moment senkte er seine Hand, dass das Papier Feuer fing, und er ließ es fallen. Die Kerzenreihe fand schnelle und sofortige Nahrung!

„Nein!!!"

Gäggeler rammte Maria auf Seite und stürzte zu der Kerzen-Batterie, um das Papier doch noch zu retten. Gleichzeitig sprang Frank zu Maria, um ihre Hand zu greifen und sie fort zu ziehen. Doch Maria lag am Boden! Gäggeler hatte sie bei seiner Aktion mit dem Kopf gegen die erste Sitzreihe geschleudert. Maria lag ohne Besinnung! Frank konnte mit ihr nicht fliehen. Aussichtslos!

Entmutigt sackte er in sich zusammen und kniete sich neben die Frau. Er hob ihren Kopf an, legte ihn sanft in seinen Schoß und streichelt ihre Wangen. Jetzt war alles aus!

„Sie Scheißkerl!"

Frank blickte mit Maria in seinen Armen zu dem brüllenden Gäggeler, der mit einem letzten kleinen Fetzen Papier, höchstens eine Zigarette lang, in der Hand fassungslos auf das Paar starrte. Einmal tief durchatmend besann Frank sich auf eine weitere

Möglichkeit. Wollte der Kommissar sie beide wirklich einfach so abknallen? Damit käme er doch nie durch!

„Was wollen Sie, Gäggeler? Uns einfach so niederschießen? Kommissar tötet unbewaffnete Besucher in Kirche! Auch noch zwei! Glauben Sie wirklich, damit kämen Sie durch?"

„Wieso unbewaffnet?" Gäggelers Augäpfel schienen vor Wut hervorzuquellen. Seine Linke fingerte unter seiner Jacke ein Holster hervor. Frank kannte es nur zu gut. Gäggelers Zweitwaffe aus dem Stiftskeller!

„Was glauben Sie wohl, wessen Fingerabdrücke darauf sind? Nun?"

Frank verkniff sich die Antwort. Der Kommissar hatte ganz offensichtlich eine Situation vor zwei Tagen perfekt für sich nutzen können. Dennoch fragte er:

„Waren Sie dann nicht sehr mutig, mir in Ihrem Rücken eine Waffe zu überlassen?"

„Och, wissen Sie, Herr Braun, solange eine solche Waffe nicht entsichert ist, kann ich damit ganz gut leben."

Dieser Scheißkerl, dachte Frank. *Der hätte mich schon da ins offene Feuer rennen lassen, wenn es dumm gelaufen wäre!* Doch das war jetzt auch egal. Er wusste, sie hatten keine Chance mehr. Gäggeler würde ihn eiskalt abknallen. In vermeintliche Notwehr.

„Und Maria?"

„Ach, die Ärmste. Wurde von einem Querschläger getroffen. So etwas lässt sich leider bei Befreiungsversuchen mit Schusswechseln nie ganz ausschließen."

Frank schloss die Augen und drückte Maria fester an sich. Keine Chance mehr!

Der Schuss peitschte durch das hohe Gemäuer.

Frank verspürte keinen Schmerz. Über alle Maße erstaunt öffnete er seine Augen. Gäggeler sackte wenige Meter von ihm entfernt zusammen, die Waffe auf den Boden fallen lassend. Frank sah sich entgeistert um. Im Dämmerlicht neben der nächsten Säule stand eine Figur, die er nur zu gut kannte. Eine Violine im gedämpften Licht! Ein schwarzer Engel mit güldenem Haar! Rebecca! In ihrer Berufskleidung ließ sie trotz der Dramatik und seines erhöhten Adrenalin-Spiegels Franks Atem für einen Augenblick in aufreizender Erregung stocken. Sie hielt mit beiden Händen noch immer die Waffe auf den Kommissar gerichtet. Ihr ganzer Körper zitterte.

„Du Schwein richtest kein Unheil mehr an. Du nicht!"

Ganz langsam ließ sie die Waffe sinken.

Jetzt erst verstand Frank die Situation. Gäggeler hatte die Waffe des anderen genau in die Ecke gekickt, aus der Rebecca auftauchte. Warum auch immer sie jetzt hier war – Frank dankte Gott für ihr Erscheinen.

Rebecca blickte wehmütig auf Frank, der die immer noch bewusstlose Maria in seinen Armen hielt.

„Rebecca!"

„Lass!" Langsam ließ sie die Waffe aus ihren behandschuhten Fingern gleiten. Sie starrte gebannt auf die bewusstlose Maria in Franks Armen an. „Mach dir keine Sorgen. Ich komme da schon durch."

Ihm noch eine Kusshand zuwerfend drehte sie sich um, um zum Ausgang zu gehen.

„Warte, Rebecca!"

Mit größter Vorsicht legte Frank Marias Kopf auf ihren angewinkelten Arm und stand auf.

„Rebecca, warte!"

Rebecca blieb stehen. Frank untersuchte kurz den Kommissar, dann den Italiener.

„Nichts mehr zu machen. Beide tot."

Dann ging er weiter auf Rebecca zu. Er formte nachdenklich seine Lippen zu einem wulstigen Mund, dann blickte er noch einmal auf Rebeccas Handschuhe.

„Du warst nie hier, verstanden!"

Er schritt zu ihr hinüber, hob mit einem Taschentuch in der Hand die Waffe auf und platzierte sie dem toten Italiener vor dessen Rechte. Dann wandte er sich wieder zu Rebecca und gab ihr einen innigen Kuss auf die Wange.

„Verstehst du? Du warst nicht hier und hast erst recht keine Vorstellung von dem, was hier geschehen ist. Ich weiß nicht, warum du her gekommen bist, aber warum auch immer – du warst nicht hier in der Kirche!"

Rebecca nickte. Mit einem sanften, dankbaren Blick gab sie ihm zu verstehen, dass sie verstanden hatte. Dann verschwand sie trotz der gebotenen Eile langsam durch den Nebenausgang, als in der Ferne schon die ersten Signalhörner der Streifenwagen zu hören waren. Blaue Lichtblitze mischten sich mit dem matten Tageslicht in den Reflektionen der Fenstersteige.

Frank sprang hinüber zu dem toten Kommissar und zog dessen Holster mit der Zweitwaffe hervor. Sich umblickend entdeckte er im Halbdunkel auf der anderen Seite des Kirchenschiffs das abgedeckte Taufbecken. Mit großen Schritten eilte er hinüber, liftete den schweren Deckel soweit an, dass er das gefüllte Holster darunter hindurch in das Becken schieben konnte, und senkte den Deckel wieder ab. *Dieses Restrisiko muss ich eingehen!* Dann rannte er zurück.

Frank kniete sich wieder neben Maria hin, hob ihren Kopf sanft auf in seinen Schoß und liebkoste ihr Gesicht. Sie schlug benommen die Augen auf.

„Was ist los, Frank?"

„Ich glaube, wir haben es überstanden."

„Was?"

„Die letzten Details erzähle ich dir später. Wichtig ist jetzt nur: kein Wort über Gäggelers Absichten, hörst du? Kein Wort!"

„Wie? Ist Gäggeler auch hier?"

An ihrem verstörten Blick erkannte Frank, dass ihre letzte Frage nicht ein pfiffiges Signal ihres Verstehens war, sondern dass ihr wahrlich jede Erinnerung an die letzten Minuten abhanden gekommen war. Ob sie nun eine schwere oder leichte Gehirnerschütterung erlitten hatte, konnte Frank nicht sagen. Aber dass sie eine hatte, lag auf der Hand.

Stimmengewirr schwoll an. Die Türflügel des Hauptportals wurden aufgestoßen. Bewaffnete Polizisten stürmten unter lauten Kommandos herein.

„Hierher! Hier sind wir!", rief Frank auf Französisch in die Gewölbehöhen. „Nous sommes ici!"

Kap 15 - Die Schlagzeile

Frank nahm einen Schluck aus der Wasserflasche und bewunderte den Ausblick in die noch tiefstehende Sonne. Ihre Strahlen glitzerten ihr Licht brechend in den Wellen des Lac de Neuchâtel. Der Journalist genoss die Ruhe nach der Hektik der letzten Tage. Er griff sich wieder die Zeitung und las noch einmal die Schlagzeile im *L'Express et Feuille d'avis de Neuchâtel*, der alt-eingesessenen lokalen Tageszeitung. So gut war sein Französisch als altem Lateiner allemal, dass er das Geschriebene ohne jegliche Schwierigkeit lesen konnte.

<u>Schießerei in Kollegiatskirche</u>
Neuchâtel, 17. Juni 2012
Dramatische Ereignisse am Sonntag in der Église Collégiale! Eine Sprachwissenschaftlerin (28) wurde bei ihren Arbeiten in der Kirche von einem Gewalttäter (25) italienischer Herkunft überfallen. Die junge Frau und ein sie begleitender Kultur-Journalist (32) aus Deutschland wurden von dem Gangster als Geiseln genommen, als ein Polizist (43) aus dem Kanton St. Gallen die Situation erfasste und den Italiener zur Aufgabe überreden wollte. Es kam zu einem Schusswechsel, bei dem der Gangster durch den Polizisten vermeintlich kampfunfähig geschossen wurde. Dem Geiselnehmer gelang es jedoch trotz seiner schweren Verletzung, den heldenhaften Polizisten in einem unbeobachteten Moment mit einem Schuss tödlich zu verwunden. Auch der Täter verstarb noch am Tatort. Einsatzkräfte der Polizei und der Notarzt konnten nur noch den Tod der beiden Männer feststellen.

Bei der Befreiung wurde die Frau verletzt und musste anschließend in das Hôpital Pourtalès eingeliefert werden. Sie schwebt nicht in Lebensgefahr und muss lediglich für zwei Tage stationär beobachtet werden. Der Journalist blieb unverletzt.

Hintergrund der Tat war offensichtlich die Absicht des Angreifers, ein historisches Dokument zu stehlen. Im Laufe des Schusswechsels fing aus ungeklärter Ursache das Schriftstück an einer Kerzenreihe Feuer und wurde bis auf wenige sichergestellte Fragmente nahezu vollständig vernichtet. Der Schaden wird als unersetzlich eingestuft. Ob der Täter das Papier absichtlich anzün-

dete und ob weitere Beweggründe für seine Tat eine Rolle spielten, ist noch unklar. Die Ermittlungen laufen. Der Polizist aus St. Gallen hinterlässt seine Frau und zwei Kinder.

Die Augen gegen die Sonnenstrahlen etwas zusammen kneifend ließ Frank seinen Blick über das Wasser schweifen. Noch gestern am späten Nachmittag hatte er die Kirche nach Aufhebung der Sperren noch einmal aufgesucht und danach eine kleine Sightseeing-Tour mit einem der kleinen Ausflugsboote unternommen, um mitten auf dem See unbeobachtet von anderen die unbenutzte Zweitwaffe Gäggelers in den Tiefen des Sees verschwinden zu lassen. Sicher war sicher. Frank wusste, dass jedweder Erklärungsversuch zum Misserfolg verdammt gewesen wäre. Er wollte sich auf kein Risiko einlassen. Jetzt konnte Ruhe einkehren.

Frank steckte die Doppelseite der Zeitung mit der Meldung in die Innentasche seiner Lederjacke. Den Rest des Blattes ließ er liegen, als er aufstand und sich vom See abwandte. Sein Blick fiel auf die überdimensionale Parkbank, einem ungewöhnlichen Kunstwerk zwischen sich und dem Museum, an der eine Handvoll Touristen ihre Späße trieb und auf die fast eineinhalb Meter hohe Sitzfläche kletterte, um sich gegenseitig zu fotografieren. Frank wollte den knappen Kilometer zum Krankenhaus laufen. Er hatte jetzt Zeit genug. Seine Redaktion hatte vollstes Verständnis dafür, dass er noch nicht nach München zurückreiste. *Sicher auch ein wenig aus Eigennutz*, dachte Frank und sah schon die Schlagzeile vor seinem geistigen Auge: *Reporter der SZ bei Befreiung einer jungen Wissenschaftlerin unverletzt!* So oder so ähnlich würden seine Kollegen aus der Tagesredaktion die Sache schon formulieren. Immer mit einem kleinen Spielraum der Interpretation für den Leser.

Vor dem Krankenhaus betrat Frank einen kleinen Blumenladen, in dem er sich sorgsam einen Strauß zusammenstellen ließ. Bunte Frühlingsblumen mit ihren aufmunternden Farben waren ihm nicht gut genug. Es sollten Rosen sein, rote Rosen. In freudiger Erwartung und gleichzeitig nervöser Anspannung trug Frank die Blumen in das Hôpital Pourtalès.

Er fieberte dem Moment entgegen, an dem er Maria bei seinem Krankenbesuch eine Frage stellen würde, auf die er sich von ganzem Herzen ein ‚Ja' erhoffte. *Hoffentlich!*

Kap 16 - Am Flughafen Köln/Bonn

Sehnsüchtig wartete Frank im Terminal 1 des Köln/Bonner Flughafens.

Morgen würde sein Freund Armin in den heiligen Stand der Ehe treten – und er, Frank Braun, wäre sein Trauzeuge. Frank war in den zwei Tagen zuvor eingefangen von seinen Erinnerungen. Schon auf der altsprachlichen Penne waren er und Armin unzertrennlich gewesen. Die erste Zigarette hinter einer Hausecke, die gemeinsamen Streiche in der Schule, die Schweißtropfen bei den Arbeiten im damals gehassten Latein. Und die Samstage in der Jugenddisco der örtlichen Pfarrgemeinde. Die gegenseitigen Ermutigungen, doch die jeweils Angebetete zum Tanze aufzufordern, die unwiederbringlichen Wallungen beim Tanzkurs, als sie beide es immer wieder geschickt verstanden, sich beim Aufstellen in der Reihe und den berüchtigten Worten des Tanzlehrers „die Herren gehen bitte weiter zur nächsten Dame" immer so zu positionieren, dass die Angebetete die zufällig nächste Dame war. Und während der ersten Semester an der Kölner Uni waren sie beide es, die Arm in Arm des Nachts durch die Kölner Altstadt zogen, von einem Jazz-Club in den nächsten, und schließlich in dem angesagten „Wartesaal" unter dem Kölner Bahnhof die Nacht beendeten.

Morgen nun würde Armin seine angebetete Biggi, mit der er nun schon seit sechs Jahren ein Paar war, zu heiraten.

Doch hatte Frank alle Erinnerungen beiseite gedrängt. Jetzt hier stehend war Frank überglücklich, dass er bei diesem für Armin so denkwürdigen Ereignis an seiner eigenen Seite eine Frau wusste, wie er sie sich seit Jahren nicht hat vorstellen können. Maria wäre dabei! Sie sagte ‚Ja', als er sie mit dem roten Strauß in der Hand darum bat. Und sie hatte nicht nur aus Höflichkeit oder als Freundschaftsdienst eingewilligt. Weiß Gott nicht! Das hatten ihm schon gleich im ersten Moment ihre leuchtend strahlenden Augen verraten.

Frank blickte auf die Anzeigentafel. Vor fünfzehn Minuten war die Maschine der Germanwings aus Friedrichshafen gelandet. Welch ein Katzensprung – in einer Stunde vom Bodensee hierher. Von München aus brauchte er über drei Stunden, um bis an den

Bodensee zu fahren. Eine direkte Flugverbindung gab es nicht. Aber hier, weit weg von seinem jetzigen Wohnort, zurück in seiner Heimat, war er für Maria einfacher zu erreichen als sonst. Verrückt!

Da kam sie aus dem Gate! Maria! Frank winkte mit beiden Armen. Maria rannte auf ihn zu, ließ einen Meter vor ihm ihre Taschen fallen und fiel ihm um den Hals. Sie hochhebend fest an sich drückend drehte Frank sich zweimal um die eigene Achse. Marias Beine zogen dabei abgewinkelt ihren Kreis um das Paar.

„Frank!"

Doch der Mann sagte im ersten Moment gar nichts. Mit geschlossenen Augen drückte er Maria nur noch fester an sich. Seine linke Hand streichelte ihr liebkosend durch das dunkelbraune Haar.

„Das waren verdammt lange drei Tage! Schön, dass du da bist. Unglaublich schön, Maria!"

Ihre Lippen suchten sich. Dann vergaßen Frank und Maria für viele Augenblicke die Welt um sich herum, als ihre Zungen sich berührten und im Liebesspiel wild miteinander tobten.

„Komm!", sprach Frank, als er Marias große Tasche griff. „Die nächste Woche wird dir mit Sicherheit gefallen. Nicht nur die Hochzeit morgen."

Maria schnappte sich ihre kleinere Tasche.

„Ich freue mich auf deine Kölner Welt." Dabei strahlte sie ihn verliebt an. „Und du zeigst mir auch die Straße deiner Kindheit, wie versprochen?"

„Wie versprochen, Maria. – Ach, ich habe auch einen neuen Namen für mein Motorrad. Ich fand, deinen Namen wollte ich mit nichts anderem teilen."

Er küsste sie noch einmal. Sie fest in seinem rechten Arm haltend lenkte ihrer beider Schritte zum Ausgang.

„Und für übermorgen habe ich eine besondere Überraschung für dich eingeplant."

Maria blinzelte zu ihm herauf. Doch Frank grinste nur.

„Na los! Sag schon!"

„Wir beide gehen ins Theater – in ein Puppentheater. In eine Kindervorstellung."

„Du machst Witze!" Marias Lachen glitt in einen Ausdruck von Ungläubigkeit ab. „Ein Kasperl-Theater?"

„Nein, nicht ganz. Du kennst das Hännsche?"

Maria schüttelte den Kopf.

„Dann wirst du das Hännsche und sein Bärbelsche kennenlernen. Und du wirst sie mögen. Aber noch mehr die Handlung des Stücks."

„Und? Sag schon!"

„Hännesche un der Nibelungenschatz. – Nur, so fürchte ich, wirst du nicht viel von dem Gesprochenen verstehen."

Dabei lachte Frank laut los, kam aus dem Tritt und rempelte einen der Umstehenden an.

Der Angerempelte fuhr herum und blickte Frank an, der lachend und gleichzeitig entschuldigend die Schultern hoch zog. Der Fremde sah dem verliebten Paar noch einen Moment freundlich nach, als es fröhlich, fast hüpfend dem Ausgang entgegen verschwand.

„Ja, ja. Jung und verliebt. Das kennen wir auch noch, oder, Reinhard?", sprach der Mann schmunzelnd, als er sich wieder zurück zu seinem Begleiter drehte.

„Da hast du sehr wohl recht – wenn die Erinnerungen auch nicht mehr so taufrisch sein mögen. Aber hattest du damals denn auch für etwas anderes Augen als für deine Bücher?"

Lachend kniff Bultmann seinem Gegenüber Wenger ein Auge zu und fuhr fort: „Aber wir wissen halt, was die Zeit mit sich bringt. Da haben wir den beiden etwas voraus."

Bultmann grinste frech. Bernhard Wenger nickte zustimmend. Auch wenn das freundliche Lächeln schon wieder aus seinem Gesicht verschwunden war.

„Ja, die Zeit. Aber auch uns geht die Zeit einmal aus, Reinhard."

Ja ...", stimmte Bultmann zu, „... die Zeit. Wir hatten so lange auf diese Gelegenheit gewartet, und jetzt ... - aber wir werden eine neue Chance bekommen, da bin ich mir sicher."

Wenger erwiderte nichts.

„Ich bin mir sicher, dass es nicht nur diesen einen, nun unwiederbringlich verlorenen Hinweis auf unser großes Erbe gab, Wir werden weiter warten und observieren."

„So ist es, Reinhard. Man pflegte in jener Zeit nicht ohne Grund die hohe Kunst der Abschriften."

„Nur schade, dass es einen unserer guten Männer erwischt hat. Er war dran, so nah am Ziel. Verdammt noch einmal! Wer auch immer diesen Italiener schickte – der musste gut unterrichtet gewesen sein."

Wieder nickte Wenger stumm. Er biss sich auf die Unterlippe und dachte dabei an *seinen* Mann, der ebenfalls nicht überlebt hatte.

„Es war aber jedenfalls schön, dich wiederzusehen, Bernhard. Kommt viel zu selten vor, du alter Bucherwurm."

Wenger stimmte ein: „Das stimmt. Wer weiß ... Aber ich glaube, ich muss mich sputen. Da war soeben schon der letzte Aufruf für die Lufthansa nach München."

„Okay, alter Freund. Mach es gut."

Bultmann umarmte seinen alten Kameraden, als plötzlich ein Telefon klingelte. Wenger griff in seine Tasche und holte das kleine Klapp-Handy hervor.

„Ach", sagte Bultmann schnippisch und grinsend, als Wenger auf das außenliegende Display des Handys blickte, „noch etwas anderes als dein Smartphone. Dein Spieltrieb?"

Doch Wenger winkte nur ab.

„Du – ich muss ..."

„Schon klar, Alter!" Bultmann hielt ihm die rechte Hand zur Faust geballt hin. Wenger drückte seine Faust dagegen, dass sich ihre Fingerknöchel berührten. Seine Hand umschloss dabei das klingelnde Handy.

„Heil dir!"

„Heil dir!"

Dann eilte Wenger in Richtung seines Gates. Als er einige Schritte zurückgelegt hatte, drehte er sich noch einmal winkend um und sah Bultmann außerhalb seiner Hörweite. Er eilte weiter, klappte dabei im Laufen das noch immer klingelnde Handy auf und führte es an sein Ohr.

„Hier Bartoli. Was gibt's?"

Während seine Schritte unverändert ihren Rhythmus hielten, lauschte er seinem Gesprächspartner am anderen Ende der Verbindung.

„Nein, Sie können nichts dafür. Das weiß ich. Dafür müssen Sie sich nicht entschuldigen. ... Nein, keine weiteren Aktionen. .. Nein, lassen Sie! ... Unsinn! Jetzt würde uns der Weggang Ihrer Kollegin und ihres neuen Freundes nichts mehr nutzen! Letzte Woche Freitag hätte es klappen müssen! Da hatten Sie Ihre Chance! Das hätte uns viel Ärger erspart. ... Ach was! ... Und den

Bullen hätten Sie in dem Keller gleich mit erledigen können. Aber Sie sind ja abgehauen. ... Verdammt noch einmal, Winter! Sie machen jetzt nichts weiter! Nur Ihren ganz normalen Job. ... Ja, ich weiß. Ohne „,,"

Wenger schaute sich zu allen Seiten um, um sicher zu sein, dass niemand mithörte, und senkte seine Stimme noch weiter ab.

„... Orschels Abgang wären wir sicher noch im Rennen. Sein Tod hat alles nur gegen uns beschleunigt statt uns zu nutzen. Die Magnus-Notiz und Orschels Daten verschwinden zu lassen, war einfach wertlos. Wenn wir geahnt hätten, dass er selbst schon mehr wusste ... Ja, Sie können nichts dafür. ... Nein, wir werden das Thema anders angehen. Und Sie werden Ihre nächste Chance bekommen – so sicher, wie das Amen in der Kirche! ... Ja, genau so. Sie haben die Waffe noch? ... Gut. Dann entsorgen Sie sie. Inklusive Schalldämpfer. Ach, und die Festplatte gleich mit. Die ist jetzt genau so wertlos wie der Rest. Am besten an der tiefsten Stelle des Bodensees. Es wäre fatal, wenn die Polizei jetzt doch noch die Tatwaffe identifizieren könnte. –... Nein, keine Sorge. Ich besorge Ihnen zu gegebener Zeit eine neue. ... Einfach ganz ruhig bleiben. ... Abgesehen von der offenen Frage nach der zweiten Waffe glaubt die Polizei, dass der richtige Täter auf der Strecke geblieben ist. Wir sollten alles dafür tun, dass das so bleibt und die Polizei an eine Zweitwaffe des Toten glaubt. ... Ja, tut mir auch leid um den Tiroler. ... Nein, das klappt schon. ... Ja, die nächsten Schritte sind schon eingeleitet. Und bleiben Sie vorsichtig! Ich hätte nicht gedacht, dass die Züricher so gut unterrichtet waren. Trauen Sie niemandem! Sie hören von mir. ... Ja, ciao!"

Wenger klappte das Handy zu. Er überlegte einen Moment, noch immer in Eile seine Schritte setzend. Dann klappte er das Telefon wieder auf und tippte eine Ziffernfolge ein, die mit der Vorwahl von Passau begann ...

Beim Einstieg in den Flieger griff sich Wenger den aktuellen *Stern* und nahm seinen Fensterplatz ein. Während des Steigflugs nach dem Start kreisten seine Gedanken um die Jagd nach der Wegbeschreibung. Er verfluchte sich selbst, dass er keinen Hinweis darauf aufspüren konnte, dass die eigene Burschenschaft bereits so dicht auf der Spur des Descriptio Loci gewesen war. Er hatte sich auf einen törichten Wettlauf mit seinesgleichen eingelassen. Wie dumm! Doch teilen wollte er nach wie vor nicht.

Dazu hatte er in seinem Leben nach seinem Bibliotheksfund zu viel in die Suche hinein investiert.

Er griff den *Stern* und blätterte missmutig darin herum. Auf Seite zehn blieb er bei einem halbseitigen Bericht über die Schießerei in Neuchâtel hängen. Die Bilder der beiden Überlebenden trafen seine Augen wie Dolchstiche. Wenger rieb sich die Stelle am Arm, an der ihn vor zwanzig Minuten ein Mann angerempelt hatte, die er zwar nicht mehr als Kontaktpunkt spürte, die ihm aber dennoch schlagartig wie eine frische Verletzung wieder ins Bewusstsein kam. Er sah noch einmal diese entschuldigende Mimik des Fremden und die Frau in seinem Arm. Wengers Gesicht verlor die Farbe, und fahl schaute er zum Fenster hinaus. *Welch verrückte Zufälle die Welt doch bereit hält!* Er sah zwar den Rhein und seine Ufer, doch sein Blick ging dennoch leer ins Nichts. Und Wenger alias Bartoli wusste, wer die Sache vermasselt hatte: er, er selbst, und kein anderer!

Epilog - 2013 in Passau

Der Schulleiter der Gisela-Schulen rief per Telefon die junge Kollegin zu sich.

„Frau Weinhold, unser neuer Kollege ist eingetroffen. Könnten Sie bitte kurz hier vorbeischauen?"

Eine Minute später betrat die Frau das Rektorat.

„Darf ich vorstellen – Frau Gisela Weinhold; und das ist Herr Beat Winter, der neue Mitarbeiter."

Die neuen Kollegen schüttelten sich zur Begrüßung die Hand.

„Es wäre sehr nett, wenn Sie Herrn Winter unsere Einrichtung zeigen. Er wird am Montag kommender Woche seinen Dienst antreten."

„Das mache ich gern, Herr Schachner." Frau Weinhold wandte sich an ihren neuen Kollegen. „Kommen Sie, Herr Winter! Ich führe Sie gern herum."

Dabei traf ihr Blick für einen winzigen Augenblick direkt den seinen, und ein Lächeln blitze durch ihr Gesicht. Sein fester Blick hatte sie schon in seinen Bann gezogen.

Nebeneinader gingen sie durch den langen Wandelgang des Klostergebäudes Niedernburg. Von hier hatte man einen herrlichen Ausblick in Richtung des Inn-Ufers.

„Fantastisch, Frau Weinhold, wirklich! Das ist ja wie in einer Burg."

„So ähnlich, Herr Winter. Wir gehen hier gerade durch einen der ältesten Teile des ehemaligen Klosters. Mit einer sehr langen Geschichte."

Frau Weinhold blickte ihren Begleiter stolz an.

„Ich glaube, tausend Jahre sind da nichts. Und Sie können sich glücklich schätzen. In der Blüte seiner Geschichte hätten Sie als Mann und Nicht-Kleriker hier nicht wandeln dürfen."

Sie lachte ihn an, als müsste er jetzt vor Ehrfurcht auf die Knie fallen. Im nächsten Moment wendete sie Ihren Blick wieder ab, musterte ihn aber aus ihren Augenwinkeln. Die Eleganz seiner Kleidung und sein forsches Auftreten verfehlten ihre Wirkung bei ihr nicht.

„Und Sie unterrichten Latein und Französisch?"

„So ist es", antwortete Winter freundlich.

„Und wo unterrichteten Sie bisher?" Sie empfand ihre Frage nicht als übersteigerte Neugier, sondern als übliches Kennenlern-Geplänkel unter neuen Kollegen.

„An einem kleinen Gymnasium in der Schweiz, bis gestern – aber das steht ja auch in meinen Personal-Unterlagen." Winter lächelte freundlich zurück. „Aber sagen Sie, Frau Weinhold, gab es hier nicht auch eine berühmte Bibliothek?"

„Na, ob berühmt, weiß ich nicht. Aber das Kloster hatte tatsächlich in einem der Räume genau hier den Gang hinein eine sehr alte Bibliothek. Doch die Bestände wurden im Laufe der Zeit aufgelöst. Ich glaube, Restbestände finden sich heute in der Staatlichen Bibliothek, gleich um die Ecke."

„Ah ja, sehr interessant."

Die nächsten Schritte erfolgten ohne einen Wortwechsel. Dafür musterte nun Winter seinerseits die Frau neben ihm von ihr unbemerkt, aber doch genauestens.

„Sagen Sie, Frau Weinhold, finden Sie das nicht auch spaßig, dass die Schule nach Ihnen benannt wurde."

„Sie scherzen, Herr Winter." Die Schmeichelei ging trotz ihres platten Humors ganz offensichtlich nicht spurlos an der Lehrerin vorbei. „Sie kennen die heilige Gisela?"

„Offen gesagt – nein."

„Nun, die liegt sogar hier im Kloster begraben. Eine Heilige – ungarische Königin und spätere Äbtissin hier. Schon weit über neunhundert Jahre tot."

„Nicht möglich. Und nach der haben Sie sich benannt?"

Gisela lachte wieder ob des Scherzes.

„Wer weiß, Herr Winter, vielleicht hätte ich tatsächlich Gisela als Namen gewählt, wäre ich in früher Zeit hier Nonne gewesen. Nonnen können ja ihren Namen im Orden selbst wählen. Viele hier entschieden sich seit jeher gern für den Namen Giselas."

„Er steht Ihnen gut. – Verzeihen Sie, aber wir sind doch ab jetzt Kollegen. Darf ich Sie bei Ihrem doch so schönen und bedeutsamen Vornamen nennen?"

Gisela konnte seinem Hundeblick nicht widerstehen und lächelte bestätigend zurück.

„Ich bin Beat – aber das weißt du ja schon. Ich freue mich auf die Zusammenarbeit mit dir."

Schweigend folgten die nächsten Schritte, bei denen sich für kurze Momente die Blicke der beiden aus den Augenwinkeln trafen

„Sag, Gisela, interessierst du dich auch für alte Schriften? Das ist eines meiner Hobbies."

„Na ja, viel hineingeschaut habe ich in solche Sachen noch nicht. Aber wer weiß ...?"

Beat nickte freundlich lächelnd und augenzwinkernd.

„Aber *ich* weiß. Das machen wir beide schon ..."

An einem Außenfenster hielten sie inne. Eng nebeneinander stehend betrachteten sie das Ufer des Inn, und Gisela erläuterte mit Begeisterung den Ausblick. Beats nächster Kreuzzug im Auftrag seines Herrn hatte begonnen. Und er wollte perfekt agieren – und keinerlei Andeutungen mehr überhören.

ENDE

Nachwort

Die Story ist fiktiv, handelt aber entlang tatsächlicher historischer Ereignisse. Die handelnden Personen sind frei erfunden. Ähnlichkeiten mit tatsächlich lebenden Menschen wären rein zufällig. Ein Schriftstück *Descriptio Loci* gab es nie in der beschriebenen Form – wenn doch, so wäre das reiner Zufall.

Die Kantonspolizei St. Gallen sowie sämtliche Unternehmer in Bonn sind über jeden Zweifel erhaben.

Einige Räumlichkeiten, auch in den allgemein bekannten Gebäuden, sind frei im Sinne der Geschichte erfunden. Insbesondere das beschriebene Innere des Klosters Niedernburg, der Stiftsgewölbe und der Kollegiatskirche hat in einzelnen Details keinen real existierenden Hintergrund.

Der Anfangspunkt der Geschichte liegt in Passau. Passau galt im Mittelalter als eine von mehreren frühen Hochburgen der Dichtung. Allgemein wird angenommen, dass die Schriften zu den Nibelungen im heutigen Österreich oder Ostbayern entstanden sind. Passau wäre damit nicht unwahrscheinlich.

Hintergrund des Nibelungenlieds ist die Zerschlagung des Burgunderreiches um Worms in der Spätantike (um 436). Es gibt vom Nibelungenlied 37 deutsche fragmentarische Handschriften und eine niederländische Umarbeitung. Die Fundorte dieser Schriften lagen vor allem in der heutigen Schweiz und in Vorarlberg, Tirol. Die wichtigsten drei wurden in der zweiten Hälfte des 18. Jahrhunderts gefunden. Die Entstehung dieser Handschriften wurde auf die Zeit von 1180 bis 1230 datiert.

Bischof Wolfger amtierte von 1191 – 1204 als 31. Bischof von Passau. Eine seiner ersten Amtshandlungen war die Absetzung (oder Degradierung) der Äbtissin des Kloster Niedernburg. In den folgenden Jahren wurde das Kloster nur noch von einer Nonne im Rang einer Dechantin geleitet. In dem Gebäude des ehemaligen Klosters befinden sich heute die Gisela-Schulen.

Der dritte Kreuzzug, bei dem Kaiser Friedrich I., genannt Barbarossa, ums Leben kam, fand 1189 – 1192 statt. Den Begriff „Kreuzzug" gab es zu der damaligen Zeit übrigens noch nicht. Er wurde erst im darauffolgenden Jahrhundert rückblickend geprägt.

Bis dahin sprach man von (bewaffneten) Pilgerfahrten oder Expeditionen (vom lat. expeditio).

In jenen Zeiten (9. bis 12. Jahrhundert) entstanden sehr viele Klöster. Größter Ordensbund war jener der Benediktiner. Die mächtige Zeit der Klöster hielt an bis zur Zeit der Reformation. Anfang des 16. Jahrhunderts gab es umfangreiche Umwälzungen. Gerade in der Schweiz mussten Orden ihre angestammten Klöster aufgeben und sich an anderen Orten niederlassen. Das Kloster Moutier wurde von den Benediktinern 1533 aufgegeben; sie mussten nach Solothurn und später nach Delsberg, dem heutigen Délémont, ausweichen.

Im 19. Jahrhundert folgte dann die Zeit der Säkularisierungen. Klöster wurden reihenweise geschlossen und ihre Besitztümer anderweitig verwendet. Im Aargauer Klosterstreit wurde das Kloster Muri geschlossen. Die Mönche mussten in andere Klöster ziehen. Das Vermögen des Klosters und wertvolle Bibliotheksbestände wurden 1841 eingezogen, teilweise sogar weiterveräußert.

Die Jahrhunderte nach der Reformation blieben in der Schweiz unruhig. Kantone führten nicht zuletzt durch die Glaubensgegensätze Kriege untereinander. Dazu gehörten auch die Toggenburger Kriege. Der Streit um die Kulturgüter-Deportation in 1712 hielt bis in die heutige Zeit an. Erst im Jahre 2006 (!) wurde der seit 1712 schwelende Streit zwischen Zürich und Sankt Gallen beigelegt und Kulturgüter teilweise wieder zurückgeführt.

Das Kloster Sankt Peter wurde 1806 aufgelöst. Die Bibliotheksbestände gingen an neue Eigentümer, z.B. die Hofbibliothek Karlsruhe und die Universitätsbibliothek in Freiburg.

Das Stück „Hännesche un der Nibelungenschatz" hat seine Premiere in der Realität erst in 2013. So lange wollte ich die Beteiligten aber nicht warten lassen. ☺

Eine sprachliche Anmerkung:
Aus einem ganz grundsätzlichen Standpunkt heraus verwende ich das Substantiv »Gegenüber« als Bezeichnung für Personen in meinen Werken abweichend vom Duden in personifizierter Form, also je nach Person in femininer oder maskuliner Form.

Über den Autor

Rudy Namtel, gebürtiger Westfale, schreibt sowohl Kurzgeschichten als auch Novellen und Romane.

Kleine Alltäglichkeiten finden sich in seinen amüsanten Short Stories als Keimzellen des Vergnügens - doch nicht ausschließlich. Namtel lässt sich nicht auf bestimmte Genres festlegen und schreckt auch vor Persiflagen auf Hollywood-Streifen wie in »Dragos Blutspuren« nicht zurück. Humoristisches mit starkem Regional-Einschlag wechselt mit Kriminal-Stories oder überzeichneten Parodien. In seinen längeren Werken spielen Länder oder bestimmte Orte gewichtige Nebenrollen (wie in seinen Romanen »Signale« und »Watt-Grab«) oder sie liefern historische Hintergründe (wie in der Novelle »Nebelmann«) oder beides zusammen (wie in »Descriptio Loci«).

Der Vater zweier Kinder lebt mit seiner Familie in einem hessischen Dorf.

Weitere Werke

Taschenbücher von Rudy Namtel:

»Der Nebelmann kommt aus dem Nichts – und nicht allein« –
Eine Collection mit »Nebelmann« und sechs Kurzgeschichten

»Nebelmann – Eine Liebe auf Wangerooge« –
Single-Edition der Novelle

»Das Herz des Potts schlägt am Kanal« –
Fünf Geschichten aus dem Pott in der Sprache des Potts

»Signale« -
Beschreibung einer nicht ganz planmäßig verlaufenden Reise durch Land und Liebe

»Rudy Namtel's Cover Art« –
Cover-Entwürfe für die Bücher des Rudy Namtel

»Dragos Blutspuren« -
Geschichten für Liebhaber von Blutsauger-Stories und Hasser von Vampir-Geschichten gleichermaßen. Ehrlich!! - Spaß pur!!

»Descriptio Loci – oder die Spuren des Paters« –
Thriller. – Eine 800 Jahre alte Jagd wird wieder aufgenommen ...

»Vandark« -
Ein Spooky-Abend am Kamin.
Melanie gerät in eine illustre Abendrunde auf dem Gut Vandark.
Spukige Geschichten gewürzt mit einem Schuss Krimi und einer winzigen Prise Vampir.

»Krimi-Reise Reloaded« -
Sieben Krimi-Kurzgeschichten.

»Summertime Blues in Love« -
Variationen über eine Begegnung und andere Short Stories.
Sieben Kurzgeschichten und ein Gedicht.

»Watt-Grab – Die Tote vor Wangerooge« -
Im Watt wird die Leiche einer Frau gefunden. Eine Touristin
verschwindet spurlos. Bianca Weeger ermittelt – und gerät selbst
in Gefahr. Und da ist noch die junge Julia ...

»Wangerooge – Faszination im Bild« -
Ein Bildband über die Insel im Wetter und im Licht. Mit
beeindruckenden Farbspielen.

»Gesamtausgabe 1 – 2012/2013« -
Alle Bücher der Jahre 2012 und 2013 in einem Band.

»Entscheidung in Taos County« (J. Jones-Joyce) -
Eine junge Frau erlebt den Summer of Love. Über vierzig Jahre
später bereist ein junger Mann die USA. Die Lebenslinien treffen
sich. Ein Leben wird bedroht ...

Die meisten Werke sind auch als eBook erhältlich.

www.RudyNamtel.de